書下ろし

うつ蟬《せみ》

風の市兵衛 弐《に》㉝

辻堂 魁

祥伝社文庫

目次

不忍池
花川戸
吾妻橋
大川
市兵衛の店（永富町）
土もの店
口入れ屋「宰領屋」（三河町）
神田川
旅人宿「飛騨屋」（馬喰町四丁目）
江戸城
鎌倉河岸
北町奉行所
南町奉行所
柳井宗秀の診療所（柳町）
本湊町
永代橋
両替商「近江屋」（新両替町二丁目）
北
西
東
南

地図作成／三潮社

『うつ蟬』の舞台

新宿
四谷御門
岩倉家（五番丁）
半蔵御門
赤坂御門
大山道
千駄ヶ谷村
代々木村
岩倉家別邸
原宿村
七右衛門の店（原宿町）
隠田村
上渋谷村
宮益坂
道玄坂
渋谷川
古川

序章　隠田村《おんでん》

前夜、江戸に激しい雨が降った翌日の明け方、渋谷川《しぶやがわ》沿い隠田村《おんでん》の用水堀で、男の亡骸《なきがら》が土砂の中に見つかった。

それは、隅田堤《すみだづつみ》に満開に咲いた桜が、春の南風に吹かれ一斉《いっせい》に散り急ぎ、花吹雪《はなふぶき》となって、向島《むこうじま》の土手道や隅田川《すみだがわ》の川面《かわも》に、うす紅《べに》色の模様をちりばめた数日後の、文政《ぶんせい》九年（一八二六）三月上旬のまだうす暗い刻限だった。

夜半すぎに雨は小降りになったものの、隠田村の渋谷川に落ちる用水堀の濁流が、ひと晩中の雨で地盤のゆるんだ土手をくずした。

濁流は、土手沿いの小藪《こやぶ》の土砂もえぐって下流へ押し流し、濁流に押し流された土砂と草木が、用水堀の四半町（約二七・三メートル）ほど下流の土手下で、流れを遮《さえぎ》る堰《せき》のように堆積《たいせき》したのだった。

早朝、隠田村の百姓がくずれた土手と下流に堆積した土砂を見つけ、急いで村役人に事態を通報し、村役人は名主に知らせた。

隠田村の名主は知らせを聞き、村中総出でくずれた土手の応急の補修と、用水堀の流れを妨《さまた》げる堆積した土砂をとり除くように命じた。

村の半鐘《はんしょう》が打ち鳴らされ、集まった村人に村役人が斯《か》く斯《か》く云々《しかじか》と指図し、ようやく雨が止んで白々と高曇りに広がる雲の下、土手の補修と土砂を浚《さら》う作業が大急ぎで始まった。

だが、土砂を浚う作業が始まってほどなくだった。作業中の村人が、

「わあっ。なんだこりゃあ」

と、声をあげ仰け反《のぞ》った。周りの村人らが声のほうへ見かえり、泥の中の黒い塊《かたまり》に気づいた。そして、村人らは口々に叫んだ。

「人だ。人が出たぞ」

隠田村のこのあたりは、江戸御府内《ごふない》の町奉行所と陣屋の両支配である。

即座に村役人のひとりが、江戸町奉行所へ知らせに走った。

一刻《いっとき》（約二時間）後、白衣に黒羽織《くろばおり》の町方が、ひょろりと背の高いひとりと、中背で小太りの御用聞《ごようきき》を二人従え、ぬかるんだ野道の泥を撥《は》ね、黒羽織の裾《すそ》をひらめかせ、足早にやってくるのが見えた。

鴉《からす》の群が囃《はや》したてるように騒ぎ、町方と御用聞の頭上を飛び廻《まわ》っていた。

町方がくるまでに亡骸は、土砂の中から掘り出されて土手上の粗莚《あらむしろ》に寝かされ、その上にまた粗莚をかぶせてあった。

女子供も混《ま》じった村中総出の村人らは、二手に分かれ、くずれた土手の補修と堆積した土砂を浚う作業を懸命に続けている。

数名の村役人と名主が、粗莚で蔽《おお》った亡骸を囲んで町方の到着を迎えた。

名主と村役人は、町方と二人の御用聞へ丁寧《ていねい》な辞儀《じぎ》をし、名主が言った。

「御役目、畏《おそ》れ入ります。隠田村の名主を務めます為右衛門《ためえもん》でございます。この者らはみな村役人でございます」

「北町の渋井《しぶい》だ。仏さんの検屍《けんし》にきた。これだな」

北町奉行所の渋井鬼三次《きさじ》は、粗莚を蔽った亡骸へ顎《あご》をしゃくって、名主の為右衛門と村役人らを見廻した。

「さようでございます。今朝の明け方、ここの土砂の中に埋まっておりました亡骸を引き上げたのでございます」

為右衛門が、百姓衆が土砂に膝《ひざ》までつかって懸命に浚っている土手下の用水堀を手で差した。

「よし。助弥《すけや》、蓮蔵《れんぞう》、始めるぜ」

渋井が命じ、蓮蔵が粗莚をめくった。

渋井は、黒羽織の下の納戸《なんど》色に格子《こうし》模様を抜いた小袖《こそで》を、膝頭が見えるほど尻《しり》端折《はしょ》りにして、亡骸の傍《かたわ》らにしゃがんだ。助弥は渋井の反対側に、蓮蔵は亡骸の足元のほうに片膝をついた。

冷たく湿った土の中に埋まっていた所為《せい》か、蛆《うじ》が集《たか》らず、亡骸の見た目はまだそれほど傷《いた》んでいなかった。月代《さかやき》を剃《そ》った髷《まげ》がほどけ、ざんばらになりかかっていたものの、泥で汚れてもいなかった。

埋められて、まだそう日がたっていないのはわかった。

武家ではなく、明らかに町民風体《ふうてい》に思われた。

亡骸の顔は土色に萎《しぼ》んで、両眼を閉じていた。骨張った頰《ほお》と、口を歪《ゆが》めて開いた中に黄ばんだ歯が見える。鼻のわきに、ぽつんと目だつ疣《いぼ》があった。

着衣は上等そうな紺紬《こんつむぎ》で、黒の手甲股引脚絆《てっこうももひききゃはん》、黒足袋草鞋掛《くろたびわらじがけ》の旅姿だった。片方の草鞋が脱げていて、用水堀の流れにとられたと思われた。

角帯《かくおび》がゆるんだ紺紬の着衣には、刃物の刺《さ》し疵《きず》らしき綻《ほころ》びの穴があって、おびただしい出血の黒い染みが腹部に広がっていた。

独特の死臭が漂《ただよ》い、まだ夏でもないのに蠅《はえ》が早や一、二匹亡骸の周りで羽音をたてた。

「この恰好《かっこう》だと旅人か。街道からはずれたここら辺で旅人は珍しいがな。年のころは四十代から五十代ぐらいだ。仏さんに顔見知りはいるのかい」

渋井は、名主と村役人を見廻した。

「仏さんと顔見知りの者は、村にはおりません」

名主の為右衛門が答えた。

「ふむ。助弥、腹の疵を見るぜ」

へい、と助弥が亡骸の襟元《えりもと》を両手でつかみ、腹部の疵痕《あと》が見えるところまで左右に寛《くつろ》げた。

渋井は、腹部の肌に黒い血の塊が盛り上がった疵痕を、十手《じって》で差した。

「この刺し疵は匕首《あいくち》だ。これが致命傷だろう。土左右衛門《どざえもん》じゃねえのは確かだ」

「土砂の中に埋まっていたのに、仏さんは案外綺麗《きれい》ですね、旦那」

助弥が言った。

渋井は羽音をたてている蠅を払いながら、手で鼻を蔽って腐臭を防いでいる村役人らをまた見廻して言った。

「仏さんを土手に上げるとき、泥を洗い流したのかい」

「いえ、そうではございません。土砂の中から掘り出した仏さんは泥まみれでございましたが、土手に上げる際にだいぶ難儀し、用水堀の流れをかぶって、この通り泥が洗い流されたんでございます。ただ、仏さんの目は見開いたままでございましたので、苦しげな様子があまりにむごたらしく気の毒だと申しまして、村の者が塞《ふさ》いだそうでございます。それと、仏さんにはその腹の疵の他に、背中にも二ヵ所、同じような得物《えもの》で刺したらしい疵がございます」

「気の毒だから目は閉じたかい。触らないほうがいいんだが、まあいいだろう」

渋井は指先で、亡骸の瞼《まぶた》を開いた。瞳孔《どうこう》が開いたままの黒い空虚な目が高曇りの空へ向き、ゆっくりと瞼がゆるんで半眼になった。

渋井は懐中の手控《てびかえちよう》帳と矢立《やたて》をとり出し、矢立の筆を揮《ふる》って亡骸の姿態や鼻のわきの疣などの目だつ特徴、また腹の疵痕などを、簡単な絵と文字で素早く書き留めていった。

紫赤色の大小の死斑《しはん》が、亡骸の左肩から背中の左側と脇腹に無数に浮いていた。

それとは別に、喉《のど》には絞《し》められたと思われる青黒い痣《あざ》も残っていた。

「仏さんを俯《うつぶ》せにしてくれ。背中の疵を確かめる」

渋井は、助弥と蓮蔵に指図した。

助弥と蓮蔵は、ふう、ふう、と臭気がつらそうに息を吐きながら亡骸を俯せにし、血の跡が見える紺紬の上半身を擦《ず》りおろして、背中の疵痕を曝《さら》した。

匕首らしき刺し疵が、背中の右胸下あたりに二ヵ所見える。

「仏さんを殺《や》ったのは、二人以上かもな。ひとりは腹、ひとりは背後から仏さんの首筋に腕を廻し、喉を締《し》めあげながら二度匕首を突き入れた。喉にも青黒い痣が残っている。仏さんはたぶん、いきなり後ろから締めあげられたんだ。腹のひと刺しだけでも充分だったろうが、背中の二突きで息の根を止められた。で、そいつらは仏さんの死斑が浮いているほうを下にして、膝を折り曲げた恰好で埋めた。その場所があそこってわけだな」

渋井は、用水堀の四半町ほど上流の、百姓衆に女や子供らも混じって、くずれた土手を補修している辺りへ、手控帳に記している筆を向けた。

用水堀の濁流は、土手わきに繁《しげ》る竹の小藪までえぐっていた。

「村役人さん、土手がくずれた跡から、埋められていた仏さんが持っていたと思われる物は見つかっていないかい」

渋井は村役人を見廻した。

「仏さんがこちらの土砂の中に埋まっているのがわかってから、それらしき物が出てきましたら、埋め戻さないようにと申しておりますが、今のところは何もございません。土手がくずれているのが見つかったときは、竹藪の前の土手は、まだ今より残っていたのでございます。ですが、雨はやんでも濁流が収まらず、それからどんどん土手が削《けず》られて、あの通りでございます。仏さんの物が残っていたとしても、すでに濁流に流されていると思われますし、こちらに積もった土砂からも、何も見つかってはおりません。財布に紙入れ、莨入《たばこい》れや巾着《きんちゃく》や道中差《どうちゅうざし》、そのほか旅の荷物と思われるような物も、一切《いっさい》ございません。何かひとつぐらい残っていてもよさそうですが、まるで追剝《おいはぎ》にでも遭《あ》って、着衣以外は身ぐるみはがされたかのようにでございます」

為右衛門は、あっ、と言いすぎたことに気づいてつけ足した。

「隠田村のみならず、近在で追剝などが出たためしは、これまで一度もございませんが」

「だろうね」

渋井はどうでもよさそうにひと言かえし、東方《ひがしかた》から北方、西方、そして南の高台のほうまで、ぐるりと頭《こうべ》を廻《めぐ》らした。

渋谷川の両岸に広がる田畑や、東方から南方へかけての大名屋敷の白い土塀《どべい》と屋敷内に繁る木々が見え、西方の上渋谷《かみしぶや》村のほうへ渋谷川が流れている。

昨晩の雨が止んだ涼《すず》しい高曇りの空に、鴉が飛び廻って鳴き騒いでいた。

渋谷川の対岸は、千駄ヶ谷《せんだがや》村や代々木《よよぎ》村で、その田畑の中にも樹林の繁る武家屋敷や寺院の堂宇《どうう》が見える。

この亡骸が見た目の通り旅人ならば、街道をだいぶはずれたこの隠田村か近在にどんな用があったのか、あるいはこの近く街道筋で襲われ、亡骸が出ないようにここへ運ばれ埋められたか、と渋井は考えた。

亡骸を埋めた者らは、まさか大雨で用水堀端の小藪までくずれるとは、思ってもいなかったのだろう。

この近くの街道なら、赤坂御門外《あかさかごもんがい》から相州《そうしゅう》の大山《おおやま》、さらに厚木《あつぎ》方面へと通ずる大山街道である。

手がかりになりそうなものは、旅人らしい、ということだけだった。

旅人ならば、どこからきてどこへ行くつもりだったのか。

江戸へきた旅人か、それとも江戸を発《た》った旅人か。

亡骸がどこの誰兵衛《だれべえ》か、まずは身元を割り出さなければならない。

赤坂御門外の町家には、伝馬《てんま》の馬喰《ばくろう》らが宿をとる馬宿《うまやど》もある。無駄骨になっても、赤坂御門外の界隈《かいわい》から宮益《みやます》町あたりまで、茶屋や飯屋や伝馬の馬子《まご》や馬喰らが泊る馬宿、また賭場《とば》や隠売女《かくしばいじょ》商売の裏店《うらだな》を、虱潰《しらみつぶ》しに当って行くことから始めるぐらいしかなかった。

渋井は手控帳と筆を仕舞《しま》った矢立を懐《ふところ》に戻し、尻端折りの裾を直した。

「為右衛門さん、とりあえず、こっちの用は済んだ。仏さんの始末を頼む。もし、このあと仏さんにかかり合いのありそうな物が出てきたら、呉服橋《ごふくばし》の御番所に知らせてくれるかい」

「承知いたしました。御役目ご苦労さまでございました」

名主の為右衛門と村役人らが、そろって辞儀を寄こした。

「助弥、蓮蔵、行くぜ。蓮蔵、仏さんに筵をかけてやれ」

雨あがりのこんな涼しい朝でも、腐臭を嗅《か》ぎつけた蠅が羽音をたてている。

土手下の用水堀で土砂の浚いと、四半町ほど上流のくずれた土手の修復を、百姓衆に女子供らが、休みなく続けていた。

第一章　花嫁御寮《ごりよう》

一

隠田村の用水堀で旅人風体《ふうてい》の亡骸《なきがら》が出た五日前の、三月三日の上巳節《じようしせつ》の日、元川越《かわごえ》藩士村山永正《むらやまながまさ》の一女《いちじよ》早菜《さな》は、家禄三千石《ごく》の岩倉則常《いわくらのりつね》の嫡子《ちやくし》高和《たかかず》の元に輿入《こしい》れをした。

文政九年の、まことに麗《うら》らかな春のよき日であった。

岩倉家は、徳川幕府の番方を代々襲《つ》ぐ御目見《おめみえ》以上の名門である。

当主の則常は五十二歳。職禄四千石の小姓組番頭《こしようぐみばんがしら》を務め、嫡子高和が職禄三百俵の中奥番衆《なかおくばんしゆう》に就《つ》いている。二十七歳の高和は、いずれ則常の跡を継ぎ、岩倉家当主となって、小姓組番頭を拝命することになる。

一方の早菜は二十四歳。元川越藩勘定《かんじょう》頭の父永正を失い、村山家も改易《かいえき》となった去年、川越城下を去って、江戸の大店《おおだな》両替商《近江屋《おうみや》》に身を寄せていた。早菜の父村山永正と近江屋の主人隆明《たかあき》の母季枝《きえ》との間には、二十数年前からの深い因縁があるが、今それはさて措《お》く。

ともかく、岩倉家の嫡子高和と村山家の一女早菜の婚礼は、大店両替商近江屋の強力な後《うし》ろ楯《だて》があって調《ととの》ったのである。

御目見以上と御目見以下との縁組は許されない。

そのため、早菜は岩倉家と親交のある新番頭《しんばんがしら》の三村《みむら》家の養女となって、三村家より輿入れする。

嫁方は、紅梅の綿入《わたいれ》に幸菱《さいわいびし》の白小袖《しろこそで》、同じ白の打掛《うちかけ》に綿帽子《わたぼうし》をかぶって輿に乗り、そのあとに三村家夫婦の輿や、長持《ながもち》、御厨子《みずし》、貝桶《かいおけ》、黒棚、唐櫃《からびつ》、屏風箱《びょうぶばこ》などの嫁持参の調度を運ぶ供人が続く輿入れの行列が、門わきに燎火《にわび》を焚《た》いた禿《かむろ》小路《こうじ》の三村家の屋敷を出て御厩谷《おんまやだに》をのぼった。

同じ刻限、聟《むこ》方の五番丁《ごばんちょう》の岩倉家でも御厩谷まで出迎えた一行が、嫁方の輿を作法通り引きとり、やはり燎火を門わきに焚いた岩倉家へと、嫁方の行列を導いて行った。

婚礼の式は、岩倉家邸内の内塀《うちべい》が囲う中庭に面した書院と、次の間と縁側の間仕切をとり払った三十畳敷以上の広間で執《と》り行われた。

聟の高和は、切れ長なひと重《え》の眼差《まなざ》しが鋭く、色白細面《ほそおもて》の長身痩軀《そうく》に岩倉家嫡子の育ちの良さが身についた若侍ぶりだった。

その高和に並んだ嫁の早菜は、目鼻だちが綿帽子に隠れて、白い頤《おとがい》とひと筋の真紅の唇《くちびる》しか見えなかった。

だが、とき折りふと持ち上げた綿帽子の下に垣間《かいま》見えた容顔《かんばせ》は、誰もが息を呑《の》む華やぎと愁《うれ》いに彩《いろど》られた美しさだった。

縹《はなだ》色の裃《かみしも》を着けた聟の高和と、白の婚礼衣装に胸守《むねまも》りをかけた嫁の早菜が、立花《たてばな》、置鳥《おきとり》、置鯉《おきこい》を飾り、一対《つい》の瓶子《へいし》、熨斗《のし》の三方《さんぼう》、蛤《はまぐり》の吸物《すいもの》を供え、松竹に鶴を描いた屏風をたてた上座に着座し、両家の奥女中が三々九度の盃事《さかずきごと》を行った。

そして、盃事が進むその間には、祝言小謡《こうたい》の高砂《たかさご》が謡《うた》われた。

高砂やこの浦舟に帆をあげて　月もろ共に出汐《いでしお》の
波の淡路《あわじ》の島影や　遠く鳴尾《なるお》の沖こえて……

縁側に沿う板縁ごしの、玉砂利《たまじゃり》を敷きつめた中庭に二基の石灯籠《いしどうろう》を据《す》え、低い内塀ぎわに梅の木と木蓮《もくれん》の灌木《かんぼく》が葉を繁《しげ》らせていた。

それらの木々の間で、ひよどりが両家の婚礼を寿《ことほ》ぐように囀《さえず》っていた。

高和と早菜の左右に、仲人《なこうど》役を頼んだ小姓頭取の夫婦が座を占め、上座から下座へと、両家にかかり合いのある列座の客が、粛々《しゅくしゅく》として厳《おごそ》かに進行していく三々九度の盃事を見守った。

聟方の岩倉家側に居並ぶのは、岩倉家の親族縁者に続いて、小姓番の組頭や父親則常と同役の番頭、岩倉家と親交のある譜代大名家の重役方、また聟の中奥番衆の傍輩《ほうばい》、岩倉家お出入りの大店商人らのお歴々だった。

一方の嫁方の三村家側に居並ぶ客は、三村家の夫婦のほかには、早菜の後見人の近江屋の主人夫妻、近江屋の刀自《とじ》の季枝、村山家の旧臣で早菜の身内も同然の富山小左衛門《とみやましょうざえもん》、次に嫁方の縁者らしき三名の客、そして両替商仲間から米問屋、呉服問屋、酒問屋まで、江戸屈指の大店の商人と続いた。

武家の婚礼にしては、嫁方の招いた客に武家はわずかで、岩倉家と比べて人数も少なかったが、近江屋の招いた婚礼の客は、お歴々の武家でさえ台所勘定の苦しいこの時世では一目置《いちもく》かざるを得ない、大店の主人や筆頭番頭が殆《ほとん》どだった。

そのため、嫁方側の客が婿方側の客に見劣《みおと》りすることはなかった。

やがて婚礼の式が終って、早菜は白小袖から色模様の小袖に着換える色直しを済ませ、披露《ひろう》の祝宴《しゅくえん》がすでに始まっていた広間に再び現れると、その艶《あで》やかさと初々《ういうい》しい美しさに列座の客がどよめいた。

祝宴の膳《ぜん》に向かっている高和の傍輩の中奥番衆らが、色直しをした早菜の器量を盃の手を止めて眺《なが》めつつ、ひそひそと噂話《うわさばなし》を弄《もてあそ》んだ。

「なんと、嫁御《よめご》の美しさは聞いていた評判以上だ。父親は元川越藩士だったそうだが、川越の田舎《いなか》にもこれほどの息女が育っていたか」

「まことに、大層器量よしの花嫁御寮《ごりょう》だ。生まれは川越藩勘定頭の村山家と聞いた。父親は上意《じょうい》討《う》ちによって落命し、村山家は改易になった。大店近江屋の富の後ろ楯がなければ、岩倉家に嫁《とつ》ぐ幸運などなかったのだがな」

「あれほどの器量ならば、武州《ぶしゅう》の田舎育ちでも、嫁御に迎えてもよいと言う者はいるのではないか。おれも、妻がおらねば考えてもいい」

「おぬしでは向こうが承知せんよ」

「おぬしもな」

二人の番衆はにやにやして言い合い、盃を嘗《な》めた。そうして、祝宴の膳の肴《さかな》を突《つ》きながら初めの番衆がまた言った。

「ただな。この度《たび》の祝言は則常さまが決めて、高和は嫁御がどのような面相《めんそう》かも知らなかったらしいぞ。大きな声では言えんが、則常さまは後ろ楯の近江屋の財力目当てでこの縁談に乗ったと、さる処《ところ》から聞いた」

「さる処とは、どこの誰だ」

「ここだけの話だぞ」

うむ、と相手の番衆が頷《うなず》いた。

「御数寄屋坊主《おすきやぼうず》の松之丞《まつのじょう》だ。松之丞は早耳だ」

「松之丞か。確かに松之丞なら早耳に違いない。だとしても、近江屋ほどの大店両替商が、殿さまの上意討ちで落命した家臣の血筋の後ろ楯になったのは不審ではないか。それについて、松之丞はなんと言っていた」

「川越藩の松平家《まつだいら》と近江屋は寛政《かんせい》の世からのつき合いで、むろん、松平家は今も近江屋の融資を受けておる。勘定頭の村山 某《なにがし》は、松平家と近江屋との交渉掛《がかり》を長年務めていた。おそらくその縁で、改易になった村山家の血筋を近江屋に迎え入れ、後ろ楯について庇護《ひご》したのだろう。それがわかっていても松平家は何も言えず、見て見ぬふりをしておるらしい」

「そりゃそうだ。身分は殿さまでも、近江屋に懐をぎゅっとにぎられていたのでは、言いたくとも言えぬことはいくらでもある」

「松之丞によれば、岩倉家の台所事情が相当切迫しており、高和の縁談が持ちこまれたとき、則常さまは、嫁御の出自はさておき、後ろ楯についておる銀座《ぎんざ》町の近江屋が気に入って、一も二もなく承知したそうだ」

「なるほど。三千石の大家だろうと、台所事情は楽ではない。大店両替商の近江屋が倅《せがれ》の嫁の後ろ楯になっておるのは、確かに何かと心強いからな。では、則常さまの意向を、高和は承知しておるのだろうな」

「承知していないわけがなかろう。だから、嫁御の面相も知らずに婚礼をしておるのだ。幸運にも、嫁御は文句なしの器量よしだった」

「同感だ。あの嫁御なら申し分なかろう。高和め、悪運の強い男だ」

と言いかけた番衆が、向かい合う嫁方側の縁者の列座にいた顔見知りと目を合わせ、お？　と目を止めた。

顔見知りが、頰骨《ほおぼね》の張った赤ら顔ににこやかな笑《え》みを浮かべて聟方側の番衆に会釈《えしゃく》を寄こし、番衆も軽く会釈をかえした。

「誰だ」

隣の番衆が訊《たず》ねた。

「あの人物は、正田昌常《しょうだまさつね》という浪人者だ。おぬし、権門師《けんもんし》とか御内談師《おないだんし》とかいう生業《なりわい》の者を知っているか」

「聞いたことがある。確か、無役の旗本や御家人が役目に就く口利きをして、謝礼を得る生業ではないか」

「御公儀のみならず大名家の江戸屋敷勤番の重役方にまで顔が知られており、広い顔を生かして、表だたずに仕官先の口利きをする斡旋《あっせん》業だ。以前、正田昌常の口利きで古河《こが》藩の役方に就いた知人がおる。その知人の紹介で、一度、正田昌常と会った。いかにも世慣れて如才《じょさい》ない人物だった。なるほどそうか」

番衆が膝《ひざ》を打った。

「このたびの身分違いの縁談は、正田昌常が陰ながらとり持ったのか。嫁御を三村家から輿入れする表向きの身分を調えてな。そういうことならありそうだ。きっとそうに違いない」

「仕官先の口利きのみならず、手広く婚姻のとり持ちもやるのか。そういうめでたいとり持ちなら、血色のよいあの爺《じい》さんには似合っておる。正田昌常の左隣の侍は誰か知っているか。総髪に髷《まげ》を結《ゆ》った生白いひょろりとした風体だが、嫁御の客の中では唯一、これが使える侍らしい侍に見える」

番衆が塗《ぬ》り箸《ばし》をふって、剣を使う仕種《しぐさ》をして見せた。

「左隣の侍は知らんが、右隣はたぶん、村山家が川越藩士だった当時から仕えてきた富山小左衛門という年寄りだ。村山家が改易になって、あの嫁御とともに江戸に出てきたと聞いた。もしかしたら、左隣は嫁御の婚礼に駆けつけた川越城下の芋《いも》侍かもな。見た目は芋よりだいぶすっきりしておるが」

「芋侍の左隣の町人風体も、ちょっと癖がありそうだぞ。町人の左隣は大店真綿問屋の《大丸屋《だいまるや》》の主人だろう。婚礼の祝宴の場にもかかわらず、大丸屋の主人といやに深刻そうな話に耽《ふけ》っておるではないか。富山小左衛門と膳を並べておるということは、正田昌常ら三名も花嫁御寮の数少ない縁者というわけか。どうやら、岩倉家嫡子の嫁御は相当わけありと思われる」

「いかにもだ。このさき器量よしの嫁御にはあの手の縁者がついてくるのだから、高和の前途は多難かもな」

くすくす笑いをもらしたひとりが、盃の酒を鶯茶《うぐいすちゃ》の袴《はかま》にこぼし、

「おっと、これは失態」

と、慌《あわ》てて懐紙《かいし》を懐から出して袴を拭《ぬぐ》った。

聟方側と向かい合う嫁方側の富山小左衛門の右隣から、権門師あるいは御内談師といわれる正田昌常、武家の用人役《ようにんやく》を臨時に請負《うけお》う唐木市兵衛《からきいちべえ》、そして神田三河町《かわちょう》で請人宿《うけにんやど》を営む《宰領屋《さいりょうや》》の矢藤太《やとうた》が膳を並べていた。

この三名は、岩倉家に嫁いだ早菜の縁者ではない。だが、村山永正亡きあとに残された一女早菜を、川越城下より江戸の近江屋に送り届けるのにそれぞれ手をつくし、近江屋の刀自の季枝が、

「村山家の早菜さまの、祝宴にお招きするお客さまではなく、村山家の縁者として婚礼に参列していただきたいのです」

と申し入れ、村山家旧臣の富山小左衛門に続いて婚礼の座を並べていた。

婚礼の祝宴が次第に酣《たけなわ》となって、招かれた客が次々と上座に居並ぶ高和早菜の前に伺候《しこう》し、祝辞を述べている様を眺め、正田昌常が右隣の市兵衛に言った。

「さすがは岩倉家ご嫡子の嫁とりだけあって、お歴々が集まり、盛大な祝宴になりました。われらも方々の挨拶《あいさつ》が一段落したら、高和さまと早菜さまにお慶《よろこ》びを申しあげに参りましょう」

「参りましょう。早菜さまはつらいときを乗り越えてこられました。今こうしてお輿入れをなされた様子を見ていると、早菜さまにもようやく報《むく》われるときがきたのだと、実感しています」

市兵衛が言った。

「それがしもこのたびの婚礼が調うよう、奔走《ほんそう》した甲斐《かい》がありました。早菜どのの家柄お血筋、またご容姿は申し分ないのですが、何しろ川越城主の松平家と亡くなられた父上のむずかしい事情がございましたので、岩倉家ご一門の中には、身分違いのこの婚礼はいかがなものかと懸念される方もおられた。相手は徳川家番方の大番頭、書院番頭に次ぐ小姓組番頭に就かれる名門の家柄です。家格に合う婚姻かどうかがだいぶとり沙汰《ざた》され、これは破談かなと諦《あきら》めかけておったのです。季枝さまが残念がられましてな」

「ご当主の岩倉則常さまが、最後はご決断なされたと聞いています」

「さよう。早菜さまと見合いをなされたご当主の則常さまの、ご嫡子高和さまの嫁に相応《ふさわ》しいというお気持ちが、名門の懸念に勝《まさ》ったのでしょう。新番頭の三村家にお願いして三村家からのお輿入れという表向きで、どうにか調いました」

しかし、そこで正田は声をひそめて言い添えた。

「とは申せ、ここだけの話、早菜さまの後ろ楯に大店両替商の近江屋さんがついているのが効いたのも事実ですがな」

そのとき、市兵衛の右隣の矢藤太が、膳を隣り合わせている通旅籠《とおりはたご》町の大店真綿問屋大丸屋の主人と、一季や半季の使用人を使う側と請け負う側の様々な気苦労や事情を熱心に語り合っていた話に区切りをつけ、

「あのさ……」

と、語調を落として市兵衛にささやいた。

「岩倉家側の一番下座の膳に、焦茶《こげちゃ》の裃を着けた町人風体の客がついているだろう。あんまりじろじろ見ないでさ。わかるかい」

「ふむ。岩倉家お出入りの商人なのかもな」

市兵衛はゆっくりと盃を乾《ほ》し、岩倉家側の下座の膳についた焦茶の裃の客を、視界の端に認めた。

その客は四十代半ばごろと思われ、顔色の浅黒い痩身の男だった。裃に拵《こしら》えているにもかかわらず、端座《たんざ》をくずして胡坐《あぐら》をかき、痩身の背中を丸めて盃をあおっていた。侍ではなく、商人らしくもなかった。

「さっき思い出したんだが、おれはあの男に見覚えがあるんだ」

　矢藤太が、鱠《なます》の小鉢《こばち》に箸を使いながら言った。

「見覚えがあるのか。どういう商人だ」

「あの客は商人じゃない。原宿《はらじゆく》町の七《しち》右衛《え》門《もん》という金貸だ」

「百人《ひやくにん》町の往来からはずれる原宿町か」

「ほかに原宿町があるかい」

「知らんよ」

　市兵衛は提子《ひさげ》の酒を盃に注《つ》ぎ、矢藤太は鱠の小鉢から、醬油《しようゆ》に酒を加えたたれをつけた串焼きの鴨肉にとりかかった。

「おれが宰領屋の亭主に納まって間もない、八年か九年ほど前だ。宰領屋が斡旋《あつせん》した百人町の一季雇《やと》いの中間《ちゆうげん》が、博奕《ばくち》の遊び代を、原宿町の金貸の七右衛門に借金をした。だが、期限通りに返済できず、ひどいとりたてにあった。雇主の御家人が、七右衛門が屋敷の門前で大声で喚《わめ》くので体裁《ていさい》が悪い、宰領屋が請負った使用人だから宰領屋が対処しろと言って寄こした。中間は七右衛門に脅《おど》され、怯《おび》えてるばかりでどうにもならなかった。仕方なくおれが間に入って、借金のけりはつけてやったんだ。だけど、七右衛門は性質《たち》の悪い破落戸《ごろつき》まがいの金貸でさ。間に入ったおれにいろいろ難癖をつけやがって、危《あや》うく乱闘どころか、刃傷沙《にんじようざ》汰《た》になりかけた。こんな野郎ともめて宰領屋を縮尻《しくじ》るわけにはいかないと、かろうじて思いとどまったけどさ。十年近く前だから、顔つきはだいぶ老《ふ》けたが、間違いない。あのときの性質の悪い金貸の七右衛門だよ」

「思いとどまってよかったな。で、矢藤太は何が言いたい」

「妙だと思わないか。百人町の家禄の低い御家人ですら体裁が悪いと、金貸の七右衛門に出入りされるのを嫌がっていたのにさ。家禄三千石の小姓組番頭に就く名門のめでたい婚礼の祝宴に、性質の悪い金貸の七右衛門を招いたってことは、七右衛門が普段から、こちらのお屋敷にお出入りが許されてるってことなんじゃないか。けどそいつはちょいと、岩倉家には似合わないだろう。まさか、岩倉家が町家の金貸に借金を抱えてるとは思えねえ。けど、気になるぜ。おれたちが川越からお連れした、早菜さまの嫁ぎ先だぜ」

「矢藤太こそあまり見るな。向こうも気づいて、こっちを気にかけてるぞ」

金貸の七右衛門は、盃を手にして口をもぐもぐと動かしながら、市兵衛と矢藤太のほうへ訝《いぶか》しげな目つきを寄こしていた。

金貸の七右衛門は、矢藤太が以前の顔見知りであることには気づいていないようだった。胡坐をかいた恰好《かっこう》が、裃の正装に似合わずだらしがなかった。

そのとき正田が言った。

「唐木どの、矢藤太どの、ただ今は高和さまと早菜さまに祝いの挨拶に参るお客がおりません。今のうちにわれらが……」

「参りましょう。矢藤太、早菜さまにご婚礼のお慶びを申しあげに行くぞ。その話はあとだ」

「わかった」

市兵衛と矢藤太が座を立った。

二

隠田村の用水堀で、旅人らしき男の亡骸が見つかった朝から二日目だった。

その午後、馬喰《ばくろ》町四丁目の旅人宿《飛驒屋《ひだや》》の主人福次《ふくじ》が、四丁目の町《ちょう》役人と同道して呉服橋の北町奉行所の門をくぐった。

福次は表門番所の町方に、飛驒屋に宿をとった客が、五日前、用事があって出かけたまま今日になっても戻りませんので、とお調べを願い出たのだった。

表門番所の掛《かかり》の町方が、宿をとった客が戻らないとはいかなる事情かと、福次に子細を質《ただ》した。

「はい。それはでございますね……」

福次が町奉行所に願い出た事情はこうだった。

七日前の、桃の節句の三月三日、泰三郎《たいざぶろう》と名乗る大坂堂島《どうじま》の米仲買商が、旅人宿の飛驒屋に宿をとった。

「生まれも育ちも大坂堂島で、生粋《きっすい》の浪速《なにわ》の米仲買商だす」

泰三郎は、飛驒屋の主人福次に、生粋の浪速の米仲買商が自慢げに語って、通行手形を差し出し、宿帳には《堂島光之助店《みつのすけだな》居住、四十九歳》と記した。

だが、泰三郎が江戸へ下ってきたのは、米仲買商の商《あきな》いの用ではなかった。二十年前、大坂の暮らしに見切りをつけ江戸に下った仲買商仲間に、

「なんとしても会わなあかん用事が、おましてな」

と、福次に話していた。

翌日、泰三郎は朝から、江戸の米問屋が軒《のき》をつらね、米の取引が盛《さか》んな伊勢《いせ》町界隈《かいわい》へ見物に出かけ、そのあとは日本橋《にほんばし》の町家を散策したらしく、午後の八ツ半(三時頃)ごろ飛驒屋に戻ってきた。

その日の夕餉《ゆうげ》どき、泰三郎は主人の福次を呼んで、明日、昔の仲買商仲間に会

いに行くが、原宿町というところは馬喰町から遠いのかと訊ねた。

「原宿町は赤坂御門外から大山厚木道を西へとり、百人町と申します御家人さん方がお住まいの武家地へ差しかかるあたりの梅窓院《ばいそういん》観音さまを、半町（約五四・五メートル）ほどすぎまして北へはずれる往来をとり……」

と、福次は説明した。

「公方《くぼう》さまお膝元の江戸は広くとも、同じ町奉行所支配の江戸御府内でございます。朝のうちに宿を出られ、原宿町まではおよそ一刻（約二時間）ほどでございましょうか。お訪ねのお仲間に会われて、ゆっくりお昼などを召しあがりながらひと用事を済ませ、それからお戻りになれば、明るいうちにはこちらの宿にお戻りになることができます。もっとも、赤坂御門外の伝馬《てんま》町の馬宿に宿を頼むこともできないわけではございませんが、気が荒く柄《がら》の悪い馬子《まご》や馬喰《ばくろう》らも同宿しており、うるそうございますので、お勧めはいたしかねます」

すると、泰三郎は少し難しい顔つきで考える間をおいて言った。

仲間との用事は簡単に済むと思うが、もしかして日がかかる場合もあり得るので、それではもう三、四日、こちらの飛驒屋さんで世話になることにしよう。

泰三郎はその場で決め、差し当たり昨夜と今夜、そして明日の宿泊分も含め、三日分の宿代を福次に支払った。

翌早朝、泰三郎は旅の荷物は飛騨屋に預け、菅笠《すげがさ》に手甲《てっこう》脚絆《きゃはん》草鞋掛《わらじがけ》に、小さな風呂敷包みを背に括《くく》りつけただけの軽装で原宿町へ出かけた。

それが五日前で、泰三郎は出かけたまま未《いま》だ戻っていない。

三日目までは、泰三郎が昔の仲買商仲間に二十年ぶりに再会し、互いに旧懐の情に絆《ほだ》され、仲間の店に身を寄せてついつい日をすごしているのだろう、と福次は思っていた。

それなら一旦飛騨屋に戻って、旅の荷物を引きとり宿代を済ませ、また仲間の店へ行ってゆっくりすればいいのに、しょうがないね、とそれぐらいにだ。

しかし、四日目の昨日になって、福次は急に心配になった。

泰三郎が、もしかして日がかかる場合もあり得ると言ったことが、ふと、福次の脳裡《のうり》に妙に重く引っかかり、気になり始めた。

昔の仲間と言っても、もう二十年も前だ。人も事情も変わっているのに違いない。もしかして、古い仲間になんとしても会わなければならなかった用事で、むずかしい事態に巻きこまれ、戻れなくなっているのでは……

などと、不穏な考えがよぎった。

「そういう事情でございまして、お客さまの泰三郎さまが、今はどちらでどのようになさっているのか、お調べ願いたいのでございます」

福次は表門番所の黒羽織《くろばおり》の町方に、深々と辞儀《じぎ》をした。

「ふむ。五日前原宿町に出かけたまま戻らない、馬喰町四丁目の飛驒屋の客泰三郎の行方《ゆくえ》、並びに安否のお調べ願いだな」

「さようでございます」

「客の泰三郎が訪ねた、原宿町の昔の仲間の名はなんと申すのだ」

「お客さまのご事情でございますので、詳しくはうかがっておりません。ただ一度だけ、七右衛門と言われた名を覚えております。ですので、お訪ねのお仲間が原宿町の七右衛門さんと申される方なのだろうな、と思っておりますが、確かめたのではございません」

「よろしい。その七右衛門の生業と原宿町の住まいは……」

「申しわけございません。詳しいことはうかがっておりません」

福次はそれにもそう答えた。

町方は、泰三郎の風貌《ふうぼう》の特徴や、五日前の朝、飛驒屋を出たときの紺紬《こんつむぎ》などの装《よそお》い、大坂堂島の住まいと米仲買商の生業を改めて確認した。

「では、馬喰町四丁目飛騨屋主人福次のお調べ願いを受けつけた。泰三郎の事情がわかれば、追って知らせる。以上だ。引きとってよいぞ」

「いつごろ、お知らせいただけるのでございましょうか」

「それは、今ここでいつとは言えないな。しかし、泰三郎の訪ねた先が原宿町の七右衛門なる人物で間違いなければ、長くはかからんと思う。ともかく、わかれば知らせる。それまで待っておれ」

「へへえ。何とぞよろしくお願いいたします」

福次と同道の町役人は、町方に深々と頭《こうべ》を垂《た》れた。

飛騨屋の主人・福次のお調べ願いを受けつけた町方は、表門番所に詰《つ》めている若い同心に、与力《よりき》番所の当番方与力へ福次のお調べ願いを届けさせた。

「五日も戻らぬのか。わかった。すぐに当番方に調べさせよ」

当番与力は若い同心に指図した。

若い同心は、与力番所から同心詰所へ赴き、当番方の同心に当番方与力の指図を伝えたところ、捕物ではないものの、当番方同心はみな急な出役《しゅつやく》が重なって、福次のお調べ願いは後廻《あとまわ》しにせざるを得ないと言った。

「おれもこれから、出役があるのだ」

「すぐに調べさせよとの、与力さまのお指図ですが」

「と言うてもな。仕方がねえ。聞きこみをするだけならむずかしくはなかろう。良一郎《りょういちろう》を呼んでくれ」

と、渋井良一郎が呼ばれた。

当番方の同心は良一郎に事情を伝えると、事もなげな口ぶりで言った。

「そういう事情で、おめえ、原宿町の七右衛門に会って、泰三郎の消息を聞いてきてくれ。泰三郎の消息がわかればそれでいいし、わからなきゃあわからねえでも仕方がねえ。泰三郎の消息以外のことを、あれこれ詮索《せんさく》する必要はねえ。中間の谷助《やすけ》をつれて行け。わからねえことがあったら、谷助に聞けばいいんだ。谷助は奉行所勤めが長えから、大体のことは心得てる。今から急いで行けば、暗くなるまでには戻ってこられるだろう。それから念のため、十手《じって》を持っていけよ。いいな。頼んだぜ」

「承知いたしました」

良一郎は、少し意気ごんで答えた。

谷助は五十に近い老練な中間だった。北町奉行所の紺看板に梵天帯《ぼんてんおび》、木刀《ぼくとう》一本

の拵《こしら》えに、連尺《れんじやく》で御用箱をかつぎ、

「渋井さま、お指図を願えます」

と、良一郎に言った。

「うん。よろしくな。行き先は百人町からはずれた原宿町だ。行こう」

良一郎の風体は、白絣《しろがすり》の白衣に黒羽織、紺足袋雪駄《こんたびせった》、黒塗の菅笠をかぶって、腰に帯びた二刀とともに、奉行所支給の鍛鉄《たんてつ》の十手をしゅっと差した。

朱房《しゆぶさ》の十手を持てるのは、本勤並《ほんづとめなみ》の町方になってからである。

三

渋井良一郎は、この春十九歳の見習である。

六尺(約一八〇センチ)余ある長身痩軀の細面で、色白にぱっちりとした目と、すっと通った鼻筋の下に真一文字《まいちもんじ》に結んだ唇の目鼻だちが、母親のお藤《ふじ》に似て、きりっとした人がふり向くような若衆だった。

父親は北町の定町廻《じようまちまわ》り方の渋井鬼三次である。

渋井鬼三次は、小銀杏《こいちよう》に結った青い月代《さかやき》の下に、広い額《ひたい》と八の字の下がり眉《まゆ》、

左右がちぐはぐな疑り深そうな切れ長なひと重の目とくぼんだ頬、尖《とが》った鷲鼻《わしばな》、

ぷっくりとした赤い唇をいつも斜に結んで、いかにも癖の強そうな相貌である。

渋井が中背の瘦《や》せた背中を丸め、ちゃらちゃらと雪駄を鳴らして市中見廻りに現れると、闇夜《やみよ》の鬼も渋面《しぶづら》になるぜ、と両国《りょうごく》界隈から本所深川《ほんじょふかがわ》、浅草《あさくさ》の盛り場の顔利きらが言い始め、《鬼《おに》しぶ》の綽名《あだな》が地廻りらに広まった。

親父に似なくてよかったな、と見習出仕を始めたころ、良一郎は奉行所の町方によくからかわれた。

良一郎がまだ童子《どうじ》のころ、父親の鬼三次と母親のお藤が離縁し、お藤は良一郎は絶対町方にはさせませんと言い残し、良一郎の手を引いてお藤の生家である本《ほん》石《こく》町の老舗《しにせ》扇子《せんす》問屋に戻った。

二年半後、お藤が生家と同じ町内の扇子問屋の伊東文八郎《いとうぶんぱちろう》に縁づき、文八郎の倅になった良一郎は、扇子問屋《伊東《いとう》》の坊ちゃんとして育ち、いずれは文八郎の跡を継《つ》いで伊東の主人になるはずだった。

しかし、それから良一郎にはいろいろあって、母親のお藤をずい分やきもきさせた挙句《あげく》、良一郎は伊東を継がなかった。

去年の文政八年（一八二五）の秋、十八歳になった良一郎は渋井家に戻った。

そして、町方同心の倅らがそうするように、町奉行所に見習出仕を始めたのだった。

去年の冬から年の瀬までは、東両国小泉町《ひがしりようごくこいずみ》の本所方御用屋敷に出仕していたのが、年が明けた春早々、また呉服橋の北町奉行所に戻されていた。

これまでは、町方の使い走りの御用か、町方に従って御用を果たす実地見習ばかりだった。

だが、これは実地見習ではなく、自分が中間を率《ひき》いて町方の手順を踏み御用を果たすのだから、やっと本途《ほんと》の町方になれた気がした。

良一郎と中間の谷助が、呉服橋の北町奉行所から大名《だいみよう》小路、日比谷《ひびや》御門、外《そと》桜田《さくらだ》、霞《かすみ》ヶ関《せき》、永田《ながた》町をへて赤坂御門を出たのは、午後の八ツ（二時頃）すぎだった。

原宿町は、梅窓院観音をすぎて百人町の街道筋から北へ折れ、武家地の中に町家が肩を寄せる片側町《かたがわまち》だった。

古くは原宿村村内《そんない》の、相州より奥州《おうしゆう》への街道の宿駅であった。

片側町の原宿町からそのまま北へとって、諸大名の下屋敷が多い武家地の坂をくだった先に、原宿村や隠田村が渋谷川に沿って広がって、渋谷川の彼方《かなた》は、千駄ヶ谷村や代々木村である。

良一郎は原宿町の自身番に立ち寄り、七右衛門の店を訊ねた。

「お役目、ご苦労さまでございます」

対応した自身番の当番が、まだ子供っぽさが残る青竹のような長身の良一郎を見あげて言った。

「原宿町で七右衛門という人は、日済《ひな》し貸《がし》を生業にしておる七右衛門さんしか存じません。その七右衛門さんでございますか」

「日済し貸?」

「はい。最初、金を貸すさいに元金から期限までの利息を引いておき、翌日から期限までの日数分で刻んだ一定額を返済いたす日済し貸でございます」

「あ、たぶん、そ、それだと思う」

良一郎は、日済し貸を知らなかったが、とり繕《つくろ》って言った。

そもそも七右衛門が金貸らしいのも、そのとき知ったのである。

当番は、頼りなさそうなのがきたな、という顔つきをうす笑いでとり繕い、店番のひとりに、金次郎《きんじろう》さんの店までお役人さまのご案内を頼むよ、と指図した。

良一郎と谷助は店番について、武家地との境の往来から、小店が肩を寄せ合うように密集した原宿町の小路へ四半町（約二七・三メートル）ほど入り、小路に小店が軒を並べた途中の木戸をくぐった。

どぶ板を踏んで路地を抜けた先が、二階家の三軒と二軒が路地を挟《はさ》んで向かい合う金次郎店だった。居付《いつき》地主の金次郎はだいぶ裕福らしく、三軒家と二軒家とは別に、金次郎のうぐいす垣《がき》の囲う二階家が建っていた。

金次郎の店と路地を挟んで、井戸や物干場、ごみ捨場、板塀が囲う厠《かわや》、稲荷《いなり》の祠《ほこら》と鳥居があった。

三軒家と二軒家の板屋根の上に、晩春の高い空がうす青くかすんでいた。

店番に案内された店は、三軒家の北側奥の一軒だった。

店番が腰高障子《こしだかしょうじ》を引いた。

「こちらです」

「ごめんなさい。七右衛門さんはいますか。自身番です。七右衛門さん、町奉行所のお役人さまの御用ですよ。七右衛門さん……」

店番がうす暗い戸内に、軽々と声をかけた。

しばらく間があって、土間ごしに閉《た》てた寄付きの腰付障子が、ことりと音をたてて七、八寸（約二一～二四センチ）引かれた。胸板の厚い細縞《ほそじま》を着流した中年の男が、無精髭《ぶしょうひげ》を生やした探《さぐ》るような顔をのぞかせた。

「ああ、町奉行所のお役人さまの御用ですよ。七右衛門さんはいますか」

店番が男に言った。

「町奉行所の……」

と、男は店番の後ろの良一郎と谷助の様子をうかがった。

良一郎は男に会釈をした。

「七右衛門さんはお留守《るす》で？」

店番が再び質した。

「いるぜ。待ってな」

男がぞんざいに寄付きの障子戸を閉じ、またしばらく間があって、やがて障子に人影が差した。

障子戸が引かれ、松葉小紋《まつばこもん》の革《かわ》色を着流した、痩身の背中を丸めた七右衛門らしきこれも中年の男が、無精髭の男を従え出てきた。七右衛門は、表戸の良一郎と谷助へ、浅黒い顔色の眉間《みけん》に深い皺《しわ》を寄せた一瞥《いちべつ》を寄こした。

「お役人さま。どうぞお入りください。七右衛門でございます」

七右衛門は言いつつ、三畳間ほどの寄付きに着座し手をついた。

先の細縞を着流した無精髭も、七右衛門の後ろで主人を真似《まね》た。

案内の店番が、「ではあたしはこれで」と引きかえして行ったあと、良一郎が表戸をくぐり、谷助は表戸の外で待った。

「北町奉行所の渋井です。手をあげてください。早速ですが、七右衛門さんにお訊ねすることがあります。よろしいですか」

良一郎は前土間に立ったまま、畏《かしこ》まった口ぶりで言った。

「お待ちください。お若いお役人さまを立たせたまま、というわけには参りません。まずはおあがりください」

七右衛門は上体を起こし、良一郎を見あげた。

「いえ。役目上の簡単な調べですので、七右衛門さんがよろしければ、どうぞこのままで……」

「さようですか。それではお役人さまのよろしいように」

七右衛門の浅黒い顔の眉間に、深い皺がこびりついているかのように消えなかった。後ろの無精髭も身を起こし、上目遣《うわめづか》いに良一郎を見あげている。

「五日前、馬喰町四丁目の飛騨屋に宿をとっていた泰三郎というお客が、原宿町の七右衛門さんを訪ねる用事がある、と言って出かけたそうです」

と、良一郎は言った。

「泰三郎さんは、旅の荷を飛驒屋に預け、その日のうちには飛驒屋に戻る口ぶりだったようですが、それから今日の五日目まで戻っておりません。それで飛驒屋の主人は、泰三郎さんの安否のお調べ願いを北町奉行所に出され、わたくしが調べを申しつかりました」

「それはそれは、若いお役人さまには慣れないお役目で、まことにお疲れさまでございます」

「七右衛門さんの店を自身番で訪ね、こちらに案内していただきました。泰三郎さんが訪ねた原宿町の七右衛門さんに、間違いありませんか」

「はい。原宿町の七右衛門は、おそらくわたくしひとりでございますので」

「では五日前、泰三郎さんがこちらに訪ねてこられたのですね」

「確かに、五日前のまだ朝の五ツ半（午前九時）ごろでございました。泰三郎と仰《おつしや》る方がこの店に訪ねてこられました。それは間違いございません」

「そうでしたか。では、泰三郎さんはどのような用事で七右衛門さんを訪ねられたのですか。それから、訪ねられたそのあと泰三郎さんは……」

「お待ちください、お役人さま」

七右衛門は余裕を見せ、逸《はや》る良一郎を抑《おさ》えるように手で制した。

「いかなる勘違い、あるいは手違いでそうなったのか、子細は存じません。ではございますが、泰三郎と言われる方がお訪ねの七右衛門さんは、わたくしではございません。同じ名というだけで、人違いだったのでございます」

「人違い？」

はい、と七右衛門は眉間にこびりついた深い皺をぴくりともさせず、平然とした様子を見せていた。

「初めてお会いしたのですから、何年がたっていたとしても、人違いというのは大抵わかるものです。人違いとわかったあと、泰三郎という方と、どういう手違いでしょうかねと、少し話をいたしました。泰三郎さんがお捜しの七右衛門という方は、二十年ほど前、上方《かみがた》でつき合いのあったお仲間だったそうです」

「はい。泰三郎さんとお捜しの七右衛門さんは、二十年前、大坂堂島の米仲買商仲間だったと聞いています」

「わたくしも泰三郎さんから、米仲買商仲間だったとうかがいました。米仲買商は、咄嗟《とっさ》の勘定の早さとここ一番の勝負勘と度胸がないとできない、博奕打ちと同じですわ、と上方訛《なま》りで仰っていましたよ。わたくしのような勝負勘も度胸もない凡庸《ぼんよう》な者には、米仲買商の生業は到底無理でございますと申しました。少々そんな話をして、お引きとりになりましたね」

「そうでしたか。泰三郎さんはこちらの店を出て、そのあとどちらかへ寄るとか誰かに会うとか、そんな話をなさっていませんでしたか」

「何もうかがっておりません。偶然、訪ねてこられ、初めてお会いしただけでございますのでね。留造《とめぞう》は、泰三郎さんから何か聞かなかったかい」

七右衛門は、後ろに控えた無精髭の留造に確かめた。

「聞いておりやせん」

留造はむっつりと答えた。

そうなのか、と良一郎は長い首をひねり考える間をおいた。

当番方の同心には、泰三郎の消息がわからなくとも仕方がない、泰三郎の消息以外のことを、あれこれ詮索する必要はないと言われている。

まだ見習の身である。指図された通りにすればよいとはわかっている。

しかし、良一郎は指図されていないのに訊《き》いた。

「七右衛門さんは、原宿町で金融業を営《いとな》まれて長いのですか」

はい？　と七右衛門は聞かれたことが意外そうに、良一郎を見つめた。それから、余裕を見せて言った。

「長いと申せば長いのかも知れません。ですが、すぎてしまえば束《つか》の間《ま》の果敢《はか》ないときでございました。江戸に出て、今の生業を始めて二十年に相なります。初めは元赤坂町《もとあかさか》の裏店《うらだな》で、細々《ほそぼそ》と営んでおりました。原宿町のこちらの店に移って、十七年目でございます」

「町家の方々に、金銭を用だてておられるのですね」

「同じ金融業でも、大店の両替商とは雲泥《うんでい》の差でございます。町家のしがない金貸稼業でございます」

「町家の金融業を始められたきっかけは……」

「わたくしは、上方の小百姓の三男坊でございます。分けてもらえるほどの田畑もない貧乏暮らしで、百姓をやっていては嫁も貰《もら》えません。じつは何年か、大坂の東横堀川《ひがしよこぼりがわ》のお店に奉公したことがございましてね。と申しましても、泰三郎さんの米仲買商とは、まったく縁もゆかりもございません。泰三郎さんとわたくしが、上方の者というのはまったくの偶然でございます。わたくしは、小店のただの使用人でございますので、貧乏人として生まれ、貧乏人として生き、貧乏人としてこの世から消えていく、ただそれだけの者でございます。でございますから、貧乏人のまま嫁もなく、子や孫も残さず老いぼれていくのかと思うと、堪《たま》らなかったんでございます」

七右衛門は、白いものが混じった鬢《びん》を掌《て》でそっと撫《な》でつけた。

「お店のわずかな給金を溜《た》めた小金を懐に、当てもなく江戸へ下りましたのは、二十代の半《なか》ばすぎでございました。どうせ老いぼれて死ぬだけなら江戸で、とそんな気持ちでございました。たまたま暮らし始めた元赤坂町の裏店で、その小金を元手に細々と金貸を始めたんでございます。商いや日々の暮らしにどうしても必要になさっているお客さまに、わずかばかりの融通をして差しあげ、利息をいただいたんでございます。初めは貸したわたし自身が、食うや食わずの日々でございましたが、一年近く、苦しくともやり繰《く》り算段して、ありがたいことにどうにかお金が廻るようになりましてね。死なずに済んだと思いました。ときと運、そして人に恵まれたと申すほかございません。もっとも、金貸業は人でなしと言われておりますので、この歳《とし》になっても嫁のきてはございませんが」

あはは、と七右衛門は高らかに笑った。

「七右衛門さんは今、おいくつなのですか」

良一郎はさりげなく訊いた。

　すると七右衛門は、急に真顔になった。

「お役人さま、わたくしの素性に、何かご不審がございますのでしょうか。行方が知れなくなった泰三郎さんのことではなく、だいぶわたくしの事情をお気にかけておられるようでございますね。ご不審ならば率直に、云々《しかじか》が怪《あや》しいと仰っていただいてかまいません」

「い、いいえ。決して不審があってのことではありません。役目上お訊ねしているうちに、つい七右衛門さんのお人柄が気になって、余計なことを詮索いたしました。どうか、お許しください」

　良一郎はきまり悪そうに、青い月代を撫でた。

「さようでしたか。金貸は心配性が多く、お役人さまにあれこれ訊かれますと、勝手に気を廻してしまいましてね。お役人さまにご無礼を申しました」

　七右衛門は、言いすぎたことを詫《わ》びるように頭を垂れた。

　良一郎と谷助は、細道から表通りへ出て、百人町の大通りへ戻った。

　静かな百人町の大通りを、赤坂御門外の東方へとる良一郎と谷助の後方に、日が傾き、赤い血を塗りこめたような夕焼け空があった。

　良一郎は後方の空に傾いた夕日へふり向き、ああ綺麗《きれい》だ、と目を細めた。

木刀一本の拵えと連尺で御用箱をかついだ谷助が、菅笠の下に顔を伏《ふ》せ気味にして、黙々と従っていた。

「余計なことを聞いて、七右衛門さんを不快にさせてしまったな」

良一郎は谷助にひと声かけ、夕焼けの空から向きなおった。

すると、谷助が良一郎の背中に言った。

「渋井さま、余計なことじゃありませんよ。あれぐらい探っておいたほうが、きっとあとで役にたつことがあると思います」

「何かもっと聞きたかった。けど、何を訊けばいいのかよくわからなくて、あれぐらいしか聞けなかったんだ」

「どんなに経験を積んだ旦那でも、とっかかりは仕方がありません。ですが渋井さま、七右衛門にあれだけ喋《しゃべ》らせたのは上出来ですよ」

「そうかな。谷助は、泰三郎という人の消息についてはどう思った」

「あっしが言うのは僭越《せんえつ》ですが、人違いって言うのは腑《ふ》に落ちやせん。こいつはちょっと、と思いやした」

「ちょっととは？」

「泰三郎って人は、もしかしてもう……」

「もう？　もうなんだい」

谷助はすぐには答えなかった。しばしの間があった。

「渋井さまは、どう思われやしたか」

「うん」

良一郎はもの憂《う》げに頷いたが、それ以上は言わなかった。

四

その夜、渋井鬼三次の戻りは遅かった。

定町廻り方同心・渋井鬼三次の八丁堀《はっちょうぼり》組屋敷は、亀島川《かめじまがわ》の入堀に架かる地蔵《じぞう》橋《ばし》の袂《たもと》からひと筋入った北島町《きたじま》の小路にある。

板塀に囲われ、片開きの木戸から前庭の飛び石が戸口へ並んでいる。

渋井は、板戸を半ばまで閉じた表戸の腰高障子を引いて暗い土間に入り、板戸と腰高障子を静かに閉てた。

寄付きの土間から中仕切《なかじきり》の格子戸をくぐると、勝手の土間を鉤形《かぎがた》に囲う台所の板間と茶の間があって、茶の間に切った炉《ろ》に白くなった炭火が、勝手の土間をゆ

る く温めていた。

炉の五徳にかけた鉄瓶《てつびん》の注ぎ口から、湯気がかすかに上《のぼ》っている。

茶の間に灯《とも》した行灯《あんどん》の明かりが、茶の間と台所と勝手の土間を、淡い明るみで包んでいる。

「旦那さま、お戻りなさいませ」

使用人の長助《ちょうすけ》が寝間着に半纏《はんてん》を着けて寝間から出てきて、渋井を出迎えた。

「おう。戻った。起こしちまったかい」

「茶を淹《い》れましょう」

「いいよ。自分でやる。お三代《みよ》はもう休んだかい」

「はい。もう床《とこ》に入っております。良一郎さまはお部屋で、まだお勉強をなさっておられるようです」

「ほう、勉強をね。そうかい。わかった。こっちは茶を一杯吞んで、あとは寝るだけだから、長助も休んでくれ」

「では、お先に休ませていただきます」

「ああ、また明日な。お休み」

長助お三代夫婦は、もう三十年以上渋井家に奉公をしてきた使用人である。まだ渋井の両親も祖父母も健在で、渋井が先代の父親から町奉行所同心の番代わりする以前の、十代の見習のころからである。

渋井が父親の番代わりをして町方同心となり、祖父の見送り、妻を迎え倅が生まれ、祖母の見送り、また両親の見送り、妻と倅が離縁となって渋井家を出てから十年以上がすぎた去年、青竹のように成長した倅が戻ってきた渋井家の三十年余を、長助とお三代はこの組屋敷で暮らし、主人の渋井鬼三次に仕えてきた。

長助は六十三歳、お三代は六十一歳になっている。

渋井は黒羽織を脱いで、勝手口の外の井戸端《いどばた》で顔を洗い、さっぱりしてから茶の間で茶を淹れ一服した。

ふう、とひと息ついたとき、板廊下を踏む良一郎の足音がした。

「父上、お戻りなさい」

廊下側に閉てた舞良戸《まいらど》を引き、良一郎の青白い顔が茶の間をのぞいた。

「よう、まだ起きてたか。茶を吞むかい」

「はい。自分でやります」

「いいよ。ついでだ。一回しか淹れてない茶葉だ。勿体《もったい》ないからこれでいいな」

「充分です」

渋井は茶の間の茶簞笥《だんす》から良一郎の湯呑を出し、急須の茶葉はそのままで湯を注ぎ、茶を淹れた。

良一郎は炉の側に端座し、童子のように湯気をふうふう吹きながら、湯呑の茶を喫《きっ》した。渋井は良一郎のその仕種に、そうか、まだそんな歳か、とつい可笑《おか》しくなって笑った。

良一郎は湯呑を見ていて、父親の頰笑《ほほえ》みに気づかなかった。

「今日の午後、当番方の梨沢《なしざわ》さんのお指図があって、原宿町へ聞きこみに行ってきました」

と、事もなげな素ぶりで言った。

父親がなんと言うか、良一郎は少し胸が鳴った。

「へえ、そうなのかい。誰の助役だった」

「助役ではありません。中間の谷助とわたしの二人です」

「なんだい。見習の良一郎が谷助を従えて行ったのか」

「見習のわたしでは、まずいですか。見習でも、銀十枚の手当を頂戴《ちょうだい》している奉行所勤めですから」

「そりゃあそうだ。ただ、まずいってわけじゃないが、見習はまだ町方の経験が乏《とぼ》しいから見習なんだ。殊《こと》に廻り方の勤めは経験がものを言う。まあ、経験の乏しい見習でもできる簡単な聞きこみだったんだろう」

「は、はい。簡単に済みました」

「当番方の梨沢さんに、聞きこみの報告は済ませたかい」

「済ませました。ご苦労だったと言っていただきました」

「ほう、そうか。よかった。それに谷助は老練な中間だ。谷助がついていれば、まあ大丈夫なんだろうがな」

そうはっきり言われると、良一郎はなんだか不服だった。

「わたしが聞きこみをしました。谷助はわたしに従っていただけです」

「わかってる。谷助は助言もせずに従っていただけなら、良一郎が肝心な聞きこみをちゃんとできてたってことだ。で、それは原宿町の誰に、どういう聞きこみだったんだ」

「はい。今日の昼すぎ、馬喰町四丁目にある旅人宿の飛騨屋の主人が、宿の客のことで奉行所にお調べ願いを申し入れてきたんです。上方の泰三郎という客が、飛騨屋に旅の荷を五日前の朝、原宿町の七右衛門という者に会う用事があって、飛騨屋に旅の荷を預けたまま出かけ、今日になっても戻ってこないのだそうです。泰三郎は大坂堂島の米仲買商で、二十年前、大坂の暮らしに見切りをつけ江戸へ下った仲買商仲間にどうしても会う用事があって、その前々日の桃の節句の日に、飛騨屋に宿をとっていたのです」

渋井は湯呑を手にして、良一郎へ凝《じ》っと真顔を向けていた。

良一郎は父親に見つめられ、少し戸惑《とまど》いつつ、午後、原宿町で金貸を営む七右衛門を訪ねたいきさつを話して聞かせた。

良一郎が、泰三郎の消息を質したところ、確かに五日前、泰三郎は七右衛門の店に現れたが、七右衛門が人違いとわかって引きあげた。それだけだった。

「すると、原宿町の七右衛門を訪ねたあと、泰三郎の消息が途絶《とだ》えたってことだな。それが五日前か……」

渋井が、なぜか物思わしげに言った。

「金貸の七右衛門とは、どんな男だ」

「はい。七右衛門もやはり上方の者でした。小百姓の三男坊だったらしく、百姓を継ぐ田畑もないので、米仲買商とはまったく縁のない、東横堀川の小店の奉公を始めたと言っておりました。しかし、小店の奉公を続けていても貧しい暮らしは変わらず、嫁も貰えず老いていくだけだから、どうせ老いて死ぬならと、二十代の半ばすぎに小金を懐にして江戸へ下って、初めは赤坂御門外の元赤坂町で金貸を始めたそうです。三年ほどたって、原宿町の今の店に移ったそうです」

「二十代の半ばすぎに江戸へ下ってから二十年なら、四十代の半ばすぎってことだな。泰三郎はいくつかわかるかい」

「四十九歳と聞いています」

「泰三郎の風貌は聞いたかい。背が高いか低いか、痩せてるか太っているか、顔のどっかに目だつ黒子《ほくろ》があるとかないとか、それはどうだい」

「いえ。泰三郎という人については、上方の米仲買商で四十九歳と、梨沢さんから聞いただけです」

ふうむ、と渋井はうめいた。

隠田村の仏も、四十代から五十代ぐらいの同じ年ごろだなと思った。

炉の炭はもう白く燃えつき、五徳の鉄瓶は湯気をのぼらせてはいなかった。

「馬喰町四丁目の飛騨屋か。明日一番に行って……」

渋井は言いかけ、湯呑をおいた。

「いや、明日まで待てねえ」

「良一郎、出かける。すぐ支度《したく》しろ」

「え？　出かけるって、どちらへ」

「馬喰町四丁目の飛驒屋だ。亭主の福次に、泰三郎がどんな風貌の男か、鼻の疣《いぼ》とかを確かめる」

「鼻の疣って……」

「仏さんの鼻の疣だよ。おまえにもちっとはかかり合いがある。いいからこい。提灯を忘れんな。長助とお三代を起こさねえように、音をたてんな」

渋井は両刀に朱房の十手を帯び、黒羽織をばらりと羽織った。

良一郎は、くつろいだ気分が一気に吹き飛んでいた。足音を忍《しの》ばせながら、慌てて自分の部屋へ支度に戻った。

五

夜ふけの五ツ半（午後九時頃）を、すでに廻っていた。

東南の星空高く、だんだん丸くなる半月がのぼっている。

西八丁堀《にしはっちょうぼり》の新場橋《しんばばし》を本材木町《ほんざいもく》三丁目へ渡り、北の江戸橋《えどばし》方面へ急いだ。

四半刻《しはんとき》（約三〇分）後、馬喰町四丁目の大通りの先に、星空を背にした浅草御門の黒い屋根や、どの店にも閉てた板戸の前に備えた天水桶《てんすいおけ》が見えている。

飛騨屋は、馬喰町四丁目の表通りに面して、二階の出格子が屋根庇《びさし》の下にせり出した案外に間口の広い旅人宿だった。

四ツ（午後一〇時頃）に近い刻限、あたりは人影が途絶《とだ》え、どの店も板戸を閉て、わずかな月明かりがおぼろな町影を表通りに落としていた。

渋井は飛騨屋の板戸を、近所迷惑にならないよう用心しいしい繰りかえし叩《たた》き、声を落として戸内に呼びかけた。

「夜分済まねえ。北町奉行所の渋井だ。飛騨屋のご亭主の福次さんに、御用の筋で聞きてえことがある。どなたか、福次さんにとり次《つ》いでもらいてえ」

飛騨屋さん、ひだやさん、奉行所の御用だ……

渋井は呼びかけ、板戸がどんどんと鳴って震えた。

町内のどこかの飼い犬が、夜ふけの声と物音を聞きつけ吠《ほ》え始めた。やがて、

「はいはい、ただ今、ただ今開けますので、今一度、お客さまのお名前とお役目をお聞かせ願います」

と、板戸越しに男の声が聞こえた。

「北町奉行所定廻りの渋井鬼三次だ。ご主人の福次さんが、昼間、飛騨屋の泊り

客の安否を調べる願いを北町奉行所に申し入れた一件で、今夜中に確かめてえことがある。夜分申しわけねえが、ちょいと福次さんの話を聞かせてもらいてえんだ。長くはかからねえ。とり次いでくれ」

「は、はい。それでは渋井さま、主人にうかがって参ります。少々お待ちを」

男が一旦退《さが》って行った。

それから、渋井と良一郎は飛驒屋の内証に通された。

主人の福次は、帷子《かたびら》の上に屋号を印した茶色い看板を着けていた。

「渋井さま、もう宿の火を落としており、茶もお出しできません。冷酒がございますので、よろしければいかがでございますか。身体《からだ》が温《ぬく》もります」

福次は、町方の黒羽織を着けているものの、まだ少年の年ごろの幼さを残した良一郎へ頰笑みを向けた。

「気を遣わなくていい。今日の昼間、飛驒屋さんがお調べ願いを出したお客の泰三郎さんの一件で、確かめたいことがあってね」

「お客さまの一件に、何かわかったことがございましたか」

「そうじゃねえんだが、もしかしてわかることがあるかも知れねえ。そこで飛驒屋さんに聞きてえ。いいかい」

渋面を突き出し、渋井は言った。

「ど、どうぞ」

「泰三郎さんは、五日前の朝、飛騨屋さんに旅の荷を預けたまま、原宿町の七右衛門に用事があって会いに行ったんだな」

「さようでございます」

「その日は、どんな衣服を着けてた」

「紺紬の、品のいいお召物でございました。それに手甲脚絆の草鞋掛でお出かけになりました。旅もその装いで、上方より下って参られましてね。お大尽というほどではなくとも、裕福なご様子に見えました」

「泰三郎さんの背丈は」

「およそ、五尺五、六寸（約一六五～一六八センチ）ぐらいだったと思われます」

「ふむ。それからここに」

と、渋井は自分の尖った鷲鼻の小鼻のあたりに指先を当てた。

「目だつ疣がなかったかい」

「ご、ございました。どちらかと申しますと、目鼻だちは鋭いほうでも、鼻の疣が目だって少々剽軽《ひょうきん》な風貌かな、と思われます」

「桃の節句の三月三日にこちらに投宿し、翌日は米問屋が集まっている伊勢町とか本船《ほんふな》町の米河岸《がし》へ、江戸の米取引の事情を見に行った。で、その日の夕餉どきに、二十年前、大坂の暮らしに見切りをつけ江戸に下った米仲買商仲間に、会う用事があると聞かされた。仲間との用事は簡単に済むと思うが、日がかかる場合もあり得るので、もう三、四日、飛驒屋に世話になることにして、翌日分の前払いを含めた三日分の宿代を支払った。それに間違いねえな」

「はい。三日分のお支払いを済まされました。昔のお仲間は原宿町にお住まいで、一度だけ、七右衛門という名を口にされたのを覚えております。わたくしは、お仲間が七右衛門と仰る方なのだなと思っただけで、生業とか暮らしぶりとか、昔のお仲間をどんな用事でお訪ねになるのか、詳しい事情はうかがっておりません。翌朝の五ツ（午前八時）ごろ、お財布や通行手形など、大事な物を除いた荷物を飛驒屋がお預かりし、夕方にはこちらにお戻りになるご様子で、お出かけになりました。それから今日の五日目まで、お戻りにはならないのでございます」

渋井は膝を打った。

「わかった。飛驒屋さん、泰三郎さんはもう亡くなってるぜ。三日前、ひと晩中雨が降ったのを覚えているかい」

「えっ？」

と、福次は怪訝《けげん》そうな顔つきを渋井へ向けた。

「その雨の濁流が、隠田村の用水堀の土手をくずした。用水堀端の小藪《こやぶ》の一部もえぐって、そこに埋められていた仏さんが、翌早朝に見つかった。仏さんの素性を明かす荷物はなかった。けど、紺紬に手甲脚絆の旅姿で、鼻のここに目だつ疣があった。今福次さんに聞いてわかった。隠田村の仏さんは、大坂の米仲買商の泰三郎さんに間違いねえ。泰三郎さんは腹と背中を刺され、村の用水堀端の小藪に埋められていたんだ」

「さ、さようで。お気の毒に……」

「それでだ。泰三郎さんの荷物はそのまま預かっていてくれ。明日、改めて調べる。それから、泰三郎さんのことでこっちが聞いている以外に、何か思い出したり気づいたりしたら、使用人がこんなことを小耳にしたとか、どんなにささいな話でもかまわねえから教えてくれ。とにかく、これからの調べは明日だ。夜分遅くに騒がせて、済まなかったな」

「とんでもございません。お役目ご苦労さまでございました」

福次が手をついて、深々と頭を垂れた。

渋井と良一郎は、子《ね》の刻《こく》（深夜零《れい》時頃）に近い夜道を八丁堀へと戻った。人気《ひとけ》の途絶えた通りを行く父と倅を、夜空にかかる半月が見送った。少し肌寒い夜風が、吹き始めていた。

往きと同じ、本材木町三丁目から楓《もみじ》川《がわ》の新場橋を八丁堀へ渡って、北島町に差しかかった往来で、風鈴を鳴らしてくる風鈴そばの屋台と行き合った。《二八そば》と記した提灯看板のうす明かりが、暗い往来にゆれていた。

「良一郎、腹がへったろう。そばを食って行こう」

渋井が言い、

「うん、へった」

と、良一郎はつい気を許して童子のように言った。

「よう。二つ頼むぜ」

渋井はそば屋に声をかけた。

「へえい……」

と、そば屋はかついでいた屋台をおろし、すぐにそばを茹《ゆ》で始めた。

醤油と味りんに少々の酒を合わせたそば汁の、甘辛い匂いが嗅《か》げ、風鈴がかすかな夜風に、ちり、ちり、と気まぐれな音をたてる。

「お待ちどおさまで」

そば屋が丼《どんぶり》を差し出し、二人は月明かりと提灯看板のうす明かりに包まれ、湯気のゆれるそばをすすった。

良一郎はたちまち平らげ、二杯目を頼んだ。渋井はおれもそうだったぜと若いころを思い出し、良一郎の食いっぷりについ破顔した。

だが、すぐ真顔に戻り、そばをすすりながら言った。

「明日から、泰三郎殺しの探索を手伝え。目安方の栗塚《くりづか》さんと当番方の梨沢にはおれのほうから言っとく。ただの追剝《おいはぎ》強盗の類《たぐい》ではないと思ってはいたんだが、何やら妙にこみ入った因縁が絡《から》んでいそうな一件らしい。手がいる。いいな」

「わかりました」

良一郎は答えた。

目安方の栗塚康之《やすゆき》は、町奉行直属の定町廻り、臨時廻り、隠密《おんみつ》廻りの三廻りに町奉行直々のお指図を伝える内与力である。内与力は町奉行所の与力ではあっても、町奉行所居付きではなく、町奉行の家臣である。

この年、文政九年の北町奉行は榊原主計頭《さかきばらかずえのかみ》である。

「あの、今日は梨沢さんのお指図で、臨時に原宿町の聞きこみを申しつかりましたが、今月から、諸色《しょしき》調掛の会計監査の調べを手伝っています。諸色調掛の元川《もとかわ》さんにもひと言お願いします」

「そうか。元川のほうにも頼んでおく。大丈夫だ」

「それでわたくしは、明日から何をするのですか」

良一郎もそばをすすりながら訊いた。

「まずは、この一件のあらましを説明しておくとだ。二日前……」

と渋井は、隠田村の用水堀の土砂に埋もれていた亡骸の身元を探っているいきさつを、良一郎に聞かせた。

亡骸は四十代から五十代と思われる旅人風体で、金目の物ばかりか、身元を明かす証拠になりそうな物は何も見つかってはいない。

渋井は、御用聞の助弥と蓮蔵、そのまた下っ引らを使い、元赤坂町界隈から宮益町界隈まで、大山道筋の町家の自身番を残らず廻り、この半月か十日ほど前の間に、町内の住人を訪ねてきた旅人や旅に出た住人について聞いて廻っていた。

それから、赤坂御門外から四谷《よつや》御門外の町家から甲州道《こうしゅうどう》の新宿《しんじゅく》、また東海道《とうかいどう》の品川宿《しながわじゅく》の盛り場にも、それらしき旅人が見かけられたかどうか、顔利きや裏町に通じている地廻りらに声をかけた。だが、

「さあ、知らねえな……」

と、みな首をひねるばかりだった。

もともとこの広い江戸で、たったひとりの四十代から五十代の旅人らしい男というだけが手がかりの、姓名不明の旅人風体か、あるいは旅人風体にかかり合いのある人物を見つけること事態が、雲をつかむような話である。

渋井は、次に馬喰町の旅人宿、見こみはうすいが、板橋《いたばし》や千住《せんじゅ》の宿場にも聞きこみの手を広げようしていた矢先だった。

「隠田村の仏さんが、大坂堂島の米仲買商の泰三郎、歳は四十九で、大坂の住いもこれでわかった。奉行所から大坂の縁者に、泰三郎が亡くなった知らせを送って、泰三郎が原宿町の七右衛門とかいう昔の米仲買商仲間に、どういう用事があって江戸へ下ってきたのか、そいつを問い合わせるのがひとつ。それと、おめえが今日、聞きこみに行った原宿町の金貸の七右衛門におれも会って、話を訊いてみるつもりだ。おめえが聞きこみをしたと、知らなかったことにしてな」

「泰三郎が訪ねた原宿町の七右衛門が、泰三郎の用事のある七右衛門とは人違いだったのが、不審なんですか」

「不審というほどじゃねえ。あくまで念のためだ。で、おめえは明日から、泰三郎が原宿町へ出かけた前の日、伊勢町と本船町の米河岸へ行ったその足どりを確かめるんだ。飛騨屋には、江戸の米取引の事情を見るためと言ったようだが、もしかしたらそれだけじゃあなかったのかも知れねえ。もし米河岸で誰かに会っていたら、どういうわけでその誰かに会ったかを調べるんだ」

「承知しました」

「今日の聞きこみは、中間の谷助だな。谷助はおれより奉行所に長いおやじだ。腕がたつし頭もいい。明日も谷助をつれて行くといい」

「わかりました」

そう言って、良一郎は食い終えた丼の汁を最後まで呑み乾した。

六

「市兵衛、いるか」

表戸の腰高障子を、だん、と引いて、返弥陀ノ介《かえりみだのすけ》の大声が店を震わせた。

「弥陀ノ介。上がれ。今洗濯物を干してたところだ。すぐ終る」

市兵衛は板階段の上から、階下の弥陀ノ介に言った。

「お頭《かしら》のお呼びだ。出かけるぞ」

弥陀ノ介は表土間の階段下から見あげ、また声を張りあげた。

「兄上のお呼びか。何かあったのか」

「お呼びのわけは道々話す。ここで待っておるので、早くしろ」

弥陀ノ介は長刀を帯びたまま、寄付きの上がり端《はな》にどんと腰かけた。

「承知した」

市兵衛は、二階四畳半の物干台にあがって、残りの洗濯物を干した。

渋井と倅の良一郎が、夜ふけに馬喰町の旅人宿・飛驒屋の福次に聞きこみをした翌朝の、五ツ半（午前九時頃）に近い刻限だった。

今日も晩春の好天がつづいていた。

東向きの出格子窓から、彼方の低い空に帯を締めたような雲が眺《なが》められた。

しかし、高くのぼった天道《てんとう》の白い光の下に、火の見の梯子《はしご》が彼方此方《あちこち》の空に突き出た屋根々々が、東の果てへと内神田《うちかんだ》の家並がつらなっている。

その屋根々々の火の見の梯子よりずっと高く、数羽の鳥影が飛翔し、急旋回して消えていき、

「張板《はりいた》やあ、はりいたっ」

と、近所の往来を通る、張板売りの声が聞こえてきた。

そこは、土もの店《だな》の小路を東に折れた、永富《ながとみ》町三丁目の安左衛門《やすざえもん》店である。

小路の北側に、藍染川《あいぞめがわ》が行き止まりの路地へくぐる木戸があって、路地の東西は二階家の五軒長屋、家主の安左衛門の一戸と三軒長屋、明地《あきち》に井戸と稲荷の祠、路地奥の藍染川端には厠と掃溜《はきだ》めがある。

藍染川の細流が、椿《つばき》、猫柳、楢《なら》、楓《かえで》、桂《かつら》など川端の樹木を水面《みなも》に映し、東西に流れているのが、物干台から見おろせる。

物干を済ませた市兵衛は、階段をくだりながら、寄付きの上がり端に腰かけた弥陀ノ介に、「すぐ支度をする」と言った。

弥陀ノ介は市兵衛を見あげ、眼窩《がんか》の底に光る眼をぎょろりと剝《む》いた。

「おぬしも女房を貰わんといかんな」

「縁があればな」

市兵衛はさらりとかえし、三畳の寄付きに続く三畳の台所の間、その奥の四畳

半へ、間仕切の腰付障子と襖《ふすま》を開けたまま入って行った。

そして、寝間着代わりの帷子を肩からはらりと落とし、白い下帯をつけ、腹に白い晒《さらし》をぎゅっと巻いただけの裸体の背中を、寄付きの上がり端に腰かけた弥陀ノ介に見られているのもかまわず曝《さら》した。

肉の締まった臀部《でんぶ》の下に延びた長い足が、肩幅のある長身を支えている。無駄な肉のない研《と》ぎ澄《す》まされた痩軀だった。わずかな赤茶味を帯びた肌色が、戸外の明るみを受けて光沢を放っているかのようだった。

「いい身体をしておるのにのう」

弥陀ノ介が上がり端から眺め、からかった。市兵衛は、下着用の紺帷子を羽織りつつ寄付きの弥陀ノ介へ相貌を廻し、

「弥陀ノ介の身体には及ばないよ」

と、笑みを投げた。

「おれのはただ、地面に転がる岩のように頑健なだけだ。市兵衛の身体はよくしなる天を仰ぐ青竹だ。おぬしがその気になれば、嫁のきてはいくらでもいそうなのに、おぬしはもてぬな」

「だからそれは縁だ。簡単にはいかん。弥陀ノ介と青《せい》のような縁だ。縁があった

から、母親の青に似た可愛《かわい》い春菜《はるな》も授《さず》かったのではないか」

市兵衛は上着の明るい萌黄《もえぎ》の単衣《ひとえ》をまとい、焦《こ》げ茶《ちゃ》の小倉帯《こくらおび》を腹廻りに、しゅっ、しゅっと鳴らした。

「あのな、青に子ができたのだ」

弥陀ノ介が、ふと、独《ひと》り言《ごと》のように言った。

市兵衛は頰をゆるめ、弥陀ノ介に、そうなのか、とひと声投げて、鉄色の細袴を穿《は》き、白足袋をつけた。

「二人目か。めでたい話だ。それを先に言え。さては、言うのが照《て》れ臭《くさ》いので嫁とりの話をしたのだな」

「違うよ。相変わらず固まらんおぬしの身が気がかりなだけだ」

「それは痛み入る」

市兵衛は、財布、紙入れなどの身の廻りの物を検《あらた》め、黒鞘《くろざや》の両刀を帯びた。寄付きに出て、壁にかけた菅笠をとった。

弥陀ノ介は五尺（約一五〇センチ）少々の体軀を表土間に持ちあげ、髪を引っつめて小さく束《たば》ねた頭へ黒塗の菅笠をつけた。

真っ黒な太い眉の下のくぼんだ眼窩の底に、ぎょろりと見開いた目を光らせ、ひしゃげた獅子鼻《ししばな》が胡坐をかき、瓦《かわら》をも嚙《か》み砕《くだ》きそうな左右に大きく裂けた赤い唇と白い歯が、いかにも恐ろしげな相貌である。

肩の肉が盛りあがって、分厚い胸の上半身が岩塊のような体軀に、黒紺の上衣を着け、細縞の袴に二刀を佩《は》いている。

大刀の黒鞘の鐺《こじり》が、土間に届きそうなほどの長刀に見える。

返弥陀ノ介は、俗に黒羽織と呼ばれる幕府御目付配下御小人目付《おこびとめつけ》衆に就き、この年四十五歳になった。だが、その朝は黒羽織を羽織らず、黒紺の上衣だけの軽装だった。その弥陀ノ介に、

「行こう」

と、菅笠をかぶって並びかけた唐木市兵衛は、五尺七、八寸（約一七一～一七四センチ）ほどの痩身に、髪は総髪に髷を結い、頰のこけた相貌は血の気がうすく、ややさがり気味の眉尻が、切れ長で奥二重《おくぶたえ》の眼差しの鋭利さをなだめている。

文政九年のこの春、市兵衛は四十二歳。仕える主家のない浪人である。

神田三河町三丁目の請人宿・宰領屋の矢藤太の周旋により、武家屋敷に、一季や半季の用人勤めで雇われ台所勘定を預かる、いわゆる仕送用人とも言われる渡

りの用人勤めである。

そろばんのできる町人が請ける場合が多い。お屋敷勤めの間は、町人でも名字帯刀が許されている。

が、お屋敷の用人勤めが切れ目なく続くわけでもない。

暮らしのために廻ってくる仕事は請ける、実情は万請負《よろずうけおい》稼業でもある。

市兵衛さん、行ってらっしゃい、行ってらっしゃい……

市兵衛と弥陀ノ介は、井戸端にいる安左衛門店のおかみさんらに声をかけられ、路地の木戸を永富町三丁目の小路に出た。

「どこで暮らしても、人気者だな」

小路を西へとりつつ、弥陀ノ介が言った。

「みな肩を寄せ合って懸命に暮らしている。仲良くせねばな」

小路の先に、土もの店のまだ午前の賑《にぎ》わいが聞こえ、人通りが見える。

「市兵衛、ちょっと遠いぞ」

「諏訪坂《すわざか》ではないのか」

諏訪坂には、幕府十人目付筆頭格の片岡信正《かたおかのぶまさ》の拝領屋敷がある。片岡信正は、市兵衛の十五歳上の兄である。

「お頭は普段ならお城勤めの刻限だ。だが今日は遠出をなされておる」

「遠出は御用でか」

「むろん御用さ。遠出というても渋谷川だがな。釣竿《つりざお》を提《さ》げて、お出かけになった。釣りをしながらおぬしを待っておられる。伝えることがあるのでな」

「ほう。お城勤めの刻限に、渋谷川で釣りをする御用か。では、われらは渋谷川へ行くのだな」

「そうなる」

真っすぐ前を見つめる弥陀ノ介は、御小人目付の顔つきになっていた。

幕府十人目付は、旗本以下の武家を監察する公儀の高官である。

御目付は支配役の若年寄の耳目《じもく》となって、配下に御徒歩《おかち》目付と隠密目付とも呼ばれる御小人目付を従えている。

市兵衛の父親の片岡賢斎《けんさい》も、やはり目付十人衆の筆頭だった。

市兵衛は、賢斎の四十すぎに生まれた倅である。

片岡家には、長兄の信正のほかに他家の養子に入った次兄と嫁いだ姉がいるが、この兄や姉と市兵衛は母親が違っていた。

市兵衛の母親の市枝《いちえ》は、四十歳に近かった賢斎の後添えである。

母親は市兵衛を産んで亡くなり、市兵衛は母親を知らない。幼名を才蔵《さいぞう》と名づけられ、父親の賢斎が亡くなった十三歳の冬まで、片岡家の末子として、諏訪坂の屋敷で、何不自由なくのびのびと暮らし育った。

しかし、賢斎が亡くなったのち、才蔵は片岡家に仕える足軽であり祖父であった唐木忠左衛門《ちゆうざえもん》を烏帽子親《えぼしおや》として元服を果たし、唐木市兵衛と名を改め、片岡家を出たのだった。

唐木忠左衛門は、市兵衛の母親市枝の父であり、片岡賢斎の家臣であり友であり、そして南都奈良の代々続いた仏師の末裔《まつえい》であった。

ただし、その子細を知っている者は、市兵衛と兄の信正だけである。

市兵衛と弥陀ノ介は、江戸城外堀の土手道を、清水《しみず》御門外、田安《たやす》御門外、半蔵《はんぞう》御門外をへて赤坂御門、そして赤坂御門外より大山道をとった。

半刻余のちの四ツ半（午前一一時頃）前、継立場《つぎたてば》や茶屋で賑わう宮益坂《みやますざか》を渋谷川へ下った。

渋谷川の下流は古川《ふるかわ》と呼ばれ、芝《しば》と三田《みた》の境を海へそそいでいる。

大山道は、渋谷川を渡り、南平台《なんぺいだい》の高台へ道玄坂《どうげんざか》をのぼって行く。

「市兵衛、こっちだ」

弥陀ノ介は宮益坂下の渋谷川までくると、橋を渡らず、川の上流の上渋谷村の方角へ歩みをゆるめて土手道伝いに行き始めた。

土手の東方は、青山《あおやま》の高台下に上渋谷村から隠田村へと田畑が連なり、対岸は代々木村の田畑が広がっている。

高い空より晩春の日が、渋谷川両岸の村の集落やまだ田植前の田んぼに降り、土手端の木々で囀《さえず》る小鳥の声が、心地よく聞こえていた。

ゆるやかな流れに任せるように、川漁師の棹《さお》を差す船がゆっくりと渋谷川を下って行った。

土手の細道から、市兵衛には川縁のうつぎの陰になった釣り人の姿が見えていた。うつぎの葉陰の間に、蒲《かば》色の衣服と菅笠が認められ、長い釣竿が静かな川面へ凝っと差し出されている。

「お頭はあそこだ」

弥陀ノ介が川原へ下って、蘆荻《ろてき》を分けて進んだ。

市兵衛は弥陀ノ介に続いて、うつぎの陰の信正へ近づいた。

そのとき、川面へ差し出されていた釣竿が、いきなりびゅんと跳ねあがって、穏やかな川面を小さく乱し、おいかわらしき魚が釣り糸の先で跳ねた。

「お見事」

弥陀ノ介が声をかけた。

弥陀ノ介は信正の傍《かたわ》らより川縁へ踏み出し、釣り糸を手繰《たぐ》って糸の先で跳ねているおいかわを大きな手でつかんで、釣り針からはずした。

「ほどよく肥《こ》えたやまべですな」

弥陀ノ介が言うと、信正は愉快そうに笑った。

「弥陀ノ介と市兵衛がきたのが見えたので、そろそろ終るかと思った途端、いきなり食いついた。やまべもおぬしらに気をとられたようだ」

やまべはおいかわの別名である。

信正が、弥陀ノ介と魚籠《びく》をのぞきこんだ市兵衛に言った。

魚籠の中はやまべが数尾と、かわむつやうぐいも入っていた。

「兄上、まずまずではありませんか」

市兵衛は、信正に見かえった。

「そうだな。これぐらいは釣れそうな気がしていた。これでも小魚は放した。この春の陽気に、魚たちも浮かれて少し油断しておるようだ」

信正は蒲色の単衣と下着の帷子の裾を端折り、手甲脚絆に草鞋掛、菅笠をかぶり、両刀を帯びていなければ川漁師のような風体だった。

「よし。市兵衛がきたので釣りはこれまでだ。市兵衛、隠田村の名主の為右衛門とは以前からの知り合いでな。為右衛門の屋敷に寄って、この魚を菜にしてもらい昼をいただくことにしよう。市兵衛とは正月以来だ。じつは、おぬしに話しておきたいこともあるのだ。市兵衛と昼をいただくのに、なぜ隠田村に呼んだのか、ということも含めてな」

「お頭、それがしは為右衛門さんに、これからお邪魔すると知らせて参ります。それがしが飯の菜に、この魚を南蛮漬《なんばんづ》けにいたしますので、先に行って早速とりかかろうかと」

「そうか。では頼む」

「市兵衛、おれが料理する南蛮漬けだ。楽しみにしてろよ」

「うむ。楽しみだ」

魚籠をとってくるりと背中を向けた弥陀ノ介に、市兵衛は声を投げた。

七

名主の為右衛門の屋敷は、隠田村の往来がゆるやかにくねって渋谷川へいたる手前の、茅葺《かやぶき》屋根を寄せ合う集落の小高い一画にあった。

名主の屋敷だけは、主屋と長屋門が瓦葺《かわらぶき》の屋根で、屋敷は土塀が廻《めぐ》り、主屋《おもや》の裏手には高い椎《しい》の防風林が、明るい春の空に枝葉を繁らせていた。

屋敷どりは、主屋に主屋と同じぐらいの大きな納屋、隠居屋《いんきょや》、厩《うまや》、仕事屋を建て、長屋門の長屋は使用人部屋になっていた。

三人が通された座敷から、西方に開いた庭の椎の防風林ごしに、隠田村の田畑と渋谷川の土手、彼方の代々木村の田野の中に、村民の集落と、寺院の屋根や武家の下屋敷などが散在する景色が眺められた。

「済まんな。少々邪魔をする」

為右衛門は、信正が菅笠に尻端折りの両刀を帯びた着流しに手甲脚絆を着け、釣り竿をかついだ釣り道楽の暇《ひま》な侍のように拵えた風体が、内々の役目の装いと承知しているらしく、

「ご遠慮にはおよびません。何か足りない物や御用がございましたら、いつでも声をおかけください」

と、初めに挨拶にきただけで、すぐに退った。

三人の銘々膳《めいめいぜん》には、大根里芋の煮つけの鉢、芹《せり》のしたし、鴨肉《かもにく》、椎茸《しいたけ》、蒲鉾《かまぼこ》を醤油でつけ焼きにし、下茹でしたくわいの平皿、大根にんじんごまめの鱠の小鉢が並んで、そこに、信正が釣ったやまべなどの川魚を、弥陀ノ介が南蛮漬けにした鉢も添えられている。

「やまべ、かわむつうぐいなど、すべて頭をとってわたをとりのぞき、ごま油で揚げ、葱《ねぎ》と唐辛子《とうがらし》を加えた合わせ酢に漬けました。もっとじっくり合わせ酢に浸しておけば魚にしみて旨《うま》いのですが、今日は仕方がありません。合わせ酢にからめて味わうように。お頭、いただきましょう。さあ、市兵衛……」

襷《たすき》がけの弥陀ノ介が、折敷《おしき》に載せた南蛮漬けを運んできて配膳した。

「合わせ酢の香りがそそる。ひと口いただく」

信正が先に南蛮漬けに箸をつけた。

「美味《うま》い。美味いぞ、弥陀ノ介」

「本当に美味い。あっさりしたやまべの味が、合わせ酢で引きたっている。弥陀ノ介は案外料理が上手いのだな」

市兵衛が続いて箸をつけて言った。

「だろう。青もおれの料理を褒《ほ》めてくれた。おまえは役者は無理だが、唐《から》に行っても料理人で生きていける、と言うのだ」

そこで三人は、どっと笑った。

弥陀ノ介の妻の青は、唐から渡ってきた女である。二人の馴《な》れ初《そ》めにはいろいろと困難があった。だが、二人は夫婦になり、子が生まれ、また新しい子が生まれようとしている。

為右衛門の配慮で、提子《ひさげ》の酒が用意されていた。

信正が杯を傾けながら、市兵衛に言った。

「隠田村の隣の上渋谷村の一部に、片岡家の采地《さいち》がある。市兵衛、知っていたか」

「子供のころ父上に聞いた覚えがあります。荏原郡《えばらごおり》のほうにも采地があると」

「その通りだ。わたしを含めて、片岡家の主人が油断して台所が破綻したら、この上渋谷村の名主が中心になって、わが家の台所勘定を預かり、差配することになる。そうならぬよう、気をつけねばな。わが家と上渋谷村の名主とのつき合いは長いし、この隠田村の為右衛門とわたしも、家督を継いで以来ずっと続いている親しい仲だ。だから今日はここを借りた」

「では、兄上の御用はこの界隈とかかり合いがあるのですか」

「隠田村ということではない。だが、市兵衛に話しておきたいことが、この近所のある場所とかかり合いがある」

市兵衛は黙って信正を見つめた。

信正は手にした杯を、西の方に開いた庭へ向けた。

「この先の渋谷川の対岸の北方は千駄ヶ谷村、西方は代々木村だ。渋谷川の木橋を渡った、代々木村の田んぼ道の先に寺が見えるな」

庭の椎の防風林が邪魔になったが、市兵衛は体を少しかしげ、木々の間から信正の言う寺を認めた。

「隣が大名家の下屋敷と思われる寺ですね」

「代々木村から千駄ヶ谷村方面には、あのような大名家の下屋敷や神社仏閣が多く散らばっておる。だが、下屋敷を構えておるのは、万石を超える大名家ばかりではない。徳川家中には、わが片岡家の家禄千五百石よりもっと高禄の知行所《ちぎょうしょ》を、代々継いでおる旗本はいくらでもいる。幕府はそのような大家が、拝領屋敷のほかに別邸を持つことを許している。むろん、わが家にそんな余裕はないがな」

信正は愉快そうに笑って続けた。

「あの寺から渋谷川寄りへ道をわかれたところにも、武家屋敷が見えるだろう」

「見えます。邸内の竹藪がずい分繁っている屋敷ですね」

「それだ。あれは岩倉家の別邸だ。長屋門を構え、主屋は入母屋《いりもや》ふうの趣向を凝《こ》らした瀟洒《しょうしゃ》な造りになっておる。岩倉家は家禄三千石で、現当主の則常どのは職禄四千石の小姓組番頭に就く大家だ。嫡子の高和どのは、職禄三百俵の中奥番衆に就いており、いずれ則常どのの跡を継いで岩倉家の当主となり、小姓組番頭を拝命することが決まっておる。すなわち、岩倉家は徳川幕府の番方を代々襲《つ》ぐ名門だ。あの別邸は、岩倉家の先々代のころに構えたと聞いている。ただし、一年半ほど前から、あの別邸は番人もおかず明家《あきや》になっておる。一年半も明家になっていたら、だいぶ荒れておるだろう。市兵衛、岩倉家は知っておるな」

「知っています。この三月三日の上巳節に、嫡子の高和どのは、元川越藩の村山家の早菜どのを奥方に、つつがなく迎えられました」

「ふむ。川越城主松平矩典《とものり》さまの上意討ちに遭い落命した、村山永正の一女の早菜どのだったな。早菜どのは、新番頭の三村家の養女となって、三村家より岩倉家へ輿入れをした。ただし、早菜どのには新両替町《しんりようがえ》二丁目の大店両替商近江屋の強い後ろ楯があった。そうであったな」

「兄上、わたしに話すこととかかり合いのある場所とは、もしかして、あの岩倉家の別邸なのですか」

ふふん、と信正は笑った。

「話は変わるが、われらは今、ある御用があって代々木村の岩倉家の別邸を探っておる。おれのこの形《なり》と弥陀ノ介の浪人風体は、この辺をうろうろしても、あまり人目につかぬよう、なるべく目だたぬようにするためだ。むろん、為右衛門は承知の上だ。どうだ、似合うか」

「お似合いですよ」

市兵衛は信正から弥陀ノ介へ向いた。

「黒羽織がないと、なんだかぞくぞくするわい」

杯を手にした弥陀ノ介が苦笑した。

「ところで、高和どのと早菜どの婚姻の祝宴に、市兵衛も招かれたな」

「はい。近江屋の刀自の季枝さんと、近江屋のご主人の隆明さんは、もう二十六年前になりますが、川越藩の村山永正どのに受けた深い恩がありました。二十五年がたった去年、永正どのが川越藩を追われる身になった事情を知り、永正どのと早菜さん父娘《おやこ》を江戸の近江屋に無事お連れする依頼を、わたしと宰領屋の矢藤太が請けたのです。兄上が言われたように、永正どのは上意討ちに遭って亡くなられ、無事お連れできたのは早菜さんだけでしたが」

「季枝さんと倅の隆明さんは、永正どのに受けた恩がえしに、一女の早菜どのを大身の武家に嫁がせようと、様々に手をつくされた。それがこの上巳節の岩倉家お輿入れとなったのだな」

「早菜さまには、村山家の縁者はおりません。表向きは三村家からのお輿入れではあっても、それでは早菜さまがあまりにもお寂《さび》しいのでと、刀自の季枝さんのご意向で、村山家旧臣の富山小左衛門さんとわたしと宰領屋の矢藤太も、近江屋さんらとともに、村山家の縁者として婚礼の宴に招かれたのです」

「その話は弥陀ノ介から聞いている。市兵衛は、高和どのと早菜どののめでたい婚礼の宴に招かれ、何か思うことはあったか」

　信正は杯をゆっくり傾けた。

　市兵衛は椎の防風林の間から、彼方の岩倉家の別邸を見遣《みや》った。

ふと、あの日の婚礼の宴に、岩倉家側の下座の膳についた、町民らしき焦茶の裃の客が脳裡《のうり》をよぎった。

八、九年前、宰領屋の請人の中間が、借金の返済ができず金貸と厄介《やっかい》なもめ事になったことがあって、祝宴の下座にいたその客が、あのときの金貸だったと、矢藤太が気づいた。

四十代半ばごろの不機嫌そうな浅黒い顔色と、裃に拵えているにもかかわらず端座をくずして胡坐をかき、痩身の背中を丸めていた姿を思い出した。

「岩倉家が招いた武家やお出入りの商人などが宴席に並ぶ中に、町家の金貸がおりました。その金貸は、宰領屋の矢藤太が何年か前、宰領屋の請人のもめ事でかかり合いがあって、矢藤太に言わせれば、相当強引なとりたてをする、性質《たち》の悪い金貸だったようです。それで矢藤太は、名門の岩倉家がご嫡子のめでたい婚礼の宴に、その金貸を客として招いたことを不審に思っておりました」

市兵衛は言った。

「矢藤太の不審とは……」

「家禄三千石の名門の婚礼の祝宴に、その町家の金貸を招いたということは、金貸が岩倉家に普段からお出入りを許されており、まさか、岩倉家が町家の金貸に借金を抱えているはずはないだろうがと、そんなふうに」

「金貸の名を聞いたか」

「原宿町の七右衛門と聞きました」

そうか、と信正は弥陀ノ介へ向いた。

「弥陀ノ介、おぬしが話せ」

「御意」

弥陀ノ介は、呑みかけの杯を膳に戻した。

「じつはな、宰領屋の矢藤太が不審に思ったことはまことだ。どういうことかと言うと、岩倉家の借金の事情についてだ。お頭にご相談申しあげ、市兵衛と近江屋の刀自や主人、また早菜どののとのかかり合いを考慮すれば、これは市兵衛に話しておくべきだろうということになった。ただし、お頭とおれが御用の向きでこうしておる事情と絡む話ゆえ、他言は無用だぞ。よいな」

「言われるまでもない」

「じつはな、われら目付衆はお頭のお指図の下、五番丁の岩倉家を、高和どののと早菜どのの婚姻が決まる前から内偵していた。というのも、小姓組番頭を拝命する岩倉家が、台所預りになり兼ねないほどの台所勘定の不始末に陥《おちい》っている、という差口《さしぐち》があったのが始まりだった。御目付さまは、旗本以下の侍衆の監察がお役目だ。岩倉家の台所事情を、お頭のお指図によりわれら隠密が内々に調べることになったのは、岩倉家は家禄三千石の代々番方の頭を継ぐ名門ゆえ、名門の面《めん》目《ぼく》を配慮したからだ。われらが内偵を進めたところ、先だっての婚礼の祝宴にも列座していた、五番丁のお屋敷にお出入りの大店商人、また岩倉家の知行所がある下総《しもうさ》の名主らにも大きな借金を抱え、その利息の払いだけでも相当な額にのぼっている。にもかかわらず、岩倉家は暮らし向きを改める様子はまったく見えず、借金は減るどころか増える一方だとわかった。あの別邸の入母屋ふうの造りは、三年前、則常どののご趣向で新たに建て替えられたのだ。あれで岩倉家の借金は身動きがとれなくなるほどふくらんだ、とも言われている」

「どれほどの借金なのだ」

「詳しい額は言えぬ。ただ、おれがお頭に報告しただけでも、万両まではいかぬまでも、うん百両では済まぬ。大家とは言え、一万石の大名ではない。高々三千石の旗本だぞ。小役人のおれなどには開いた口がふさがらぬ、途方もない額だ。これほど切羽《せっぱ》つまっていたのか、このままの暮らしぶりを続けて、台所預りで済むのかとさえ危ぶまれる」

「台所預りで済まなければ、どうなるのだ」

「むろん、改易さ」

市兵衛は言葉につまった。不穏な胸の動悸《どうき》を覚えた。

弥陀ノ介が続けた。

「しかし、番方の名門の台所事情がそのような有様《ありさま》だと、ご当主の岩倉則常どのと、岩倉家に融通をしている商人や知行所の名主らをのぞき、気づいていた者は少ない。われらですら、差口があるまで、まさかそんな事情とは知らなかった。岩倉家の使用人にそれとなく探ったところでは、則常どのは番方ながら、厳しいご金勘定には細かく、使用人らには異様に吝《しわ》いお方らしい。表向きは台所勘定に厳しいご気性で、そんな野放図な当主には思われなかった。むろん、ご嫡子の高和どのがよほどのぼんくらでない限り、岩倉家の台所事情に気づかないはずはない。いやむしろ、気づいていながら、借金がふくらむのをとめなかったと思われる。なぜなら、高和どのも則常どのとは別に、遊興の借金がだいぶおありのようだ。殊にこちらのほうで拵えた借金がな」

弥陀ノ介は、壺《つぼ》をふる仕種をやって見せた。

「そのため、金貸にかなりの借金が溜まっている。則常どのとは較《くら》べものにはならないものの、これも相当な額だ。いずれ、岩倉家の家督を継げば、高和どののの借金は岩倉家の莫大《ばくだい》な借金にまぎれてしまうと、高《たか》を括っておられる」

「待ってくれ、弥陀ノ介。もしかしてそれは、高和どのが借金をした相手が、金貸の七右衛門ということか」

「だから、矢藤太の言う性質の悪い金貸の七右衛門が、先だっての高和どの早菜どのの婚礼の祝宴に招かれていたのだ。金貸の七右衛門は、高和どのと貸借のかかり合いのみならず、表向きには見えていない岩倉家の台所事情、あるいはもっと別の内情と相当深く絡んでいる。そう見て間違いあるまい」

市兵衛は信正に向きなおった。

「兄上、近江屋の季枝さんとご主人の隆明さんは、早菜さんのお輿入れ先の岩倉家がそのような台所勘定の不始末を、ご存じではなかったはずです。ご存じだったなら、早菜さんに岩倉家との婚礼を勧めることはありません」

「そうだろうな。目付は旗本御家人を監察するが、監察する武士の婚姻の邪魔をするためではない。岩倉家が借金まみれであっても、代々番方の組頭を継ぐ名門の旗本に変わりはないのだから、早菜どのと高和どのの婚姻を破談にする謂《いわ》れはないと思っていた。よって、われらもこれほどとは思わず、気づくのが遅れた。

だがな市兵衛、岩倉家ほどの名門が、主家の上意討ちに遭って落命し、藩を追われた村山家の残された一女を嫡子の妻に迎えた裏には、表沙汰《おもてざた》にはできない岩倉家のそれなりの思惑《おもわく》があったと、考えざるを得ないと思わぬか」

市兵衛は沈黙し、椎の防風林の狭間《はざま》より岩倉家の別邸を見つめた。炊事場で働く人の気配が、聞こえてくる。

「近江屋よりこれまでとは桁《けた》の異なる借金ができなければ、遠からず、岩倉家は台所預りになる」

と、信正が続けた。

「台所預りになった則常どのが、小姓組番頭に留《とど》まることは、まずできまい。間違いなく、岩倉家は三千石以上の寄合席に廻る。台所勘定の不始末不届きとなって減封となり、寄合ではなく、小普請組に廻る場合もあり得る。代々木村のあの別邸はとり壊しか他家に譲るしかない。岩倉家の一族が代々拠《よ》り所《どころ》としていた、五番丁の拝領屋敷はお召しあげとなって、本所か麻布《あざぶ》あたりへ屋敷替えになるだろう。早菜どのには酷《こく》なことを言うが、岩倉家はそうならぬよう、近江屋の財力を選んだのだ」

「兄上……」

市兵衛は言った。

「近江屋の刀自の季枝さんと、ご主人の隆明さんに、お伝えしてよいのですか」

「かまわん。そのためにおぬしを呼んだ」

「ただし市兵衛、お頭から聞いたと言うてはならんぞ」

弥陀ノ介が念を押した。

市兵衛は頷き、そして呟《つぶや》いた。

「近江屋さんは、わたしと兄上とのことは知っている。言わずとも、察するだろうが……」

「早菜どのには誰が、どのように伝える」

信正は提子を杯に傾ける。

「村山家の旧臣の、富山小左衛門と申される方がおります。まずは富山小左衛門さんに話してみます」

「ああ、富山小左衛門か。それがいい。あの男ならよかろう」

そこで信正は、ふと語調を変えた。

「ところでだ、市兵衛の手を借りたい調べがあるのだ」

市兵衛は意外に思わなかった。岩倉家の台所の不始末の内情を聞かされ、早菜のために自分は何ができるのかと考えていた。

「おうかがいいたします」

市兵衛が言うと、弥陀ノ介が引きとった。

「それはな。三月三日の婚礼の祝宴に、岩倉家の縁者が居並ぶ座に、高和どのの姉と妹らがいたのを覚えているか」

「弥陀ノ介、おぬしもあの日の祝宴に招かれていたのか。客が大勢いたので、おぬしには気づかなかったぞ」

「からかうな。おれにも手なずけた者がいるのだ。その者らの耳目を通せば、なんでもお見通しだ。市兵衛の日ごろの素行も全部だ」

「わかった。則常さまと奥方さま、岩倉家嫡子の高和どのと姉君と妹君のお二人がおられた」

「岩倉家には、あの方々のほかに今ひとり、お女中がおることを知っているか」

「岩倉家のお女中は、ひとりではなかろう。幾人《いくにん》かの中のひとりだな」

「そうではない。岩倉家のお女中はお女中なのだが、ただの奉公人ではない。むろん、婚礼の祝宴に姿は見せておらん。お女中の名はつた。元は赤坂新町《あかさかしん》三丁目の町芸者だ。この春四歳になった倅の寅吉《とらきち》どのの母だ。すなわち、寅吉どのは高和どのの第一子だ」

「高和どのの……」

市兵衛は訊きかえした。

「驚くことはあるまい。武家の正妻のほかに側妻《そばめ》が同じ屋敷に住むのは、跡継ぎを残すために普通に行われておる。ただ、仮令《たとえ》側妻を迎えるにしても、町芸者では岩倉家に釣り合わぬ。よって、奉公人のお女中を雇い入れたことにしておる。つまり、高和どのの付きのお女中というわけだ。正妻の早菜どのを迎えるのがあとになった。それだけだ。ただし、向後《こうご》、正妻の早菜どのが男子を生《な》さなければ、つたの倅の寅吉どのが岩倉家の跡を継ぐ」

「弥陀ノ介、近江屋の季枝さんや隆明さんは、岩倉家には高和どの付きのお女中がいて、すでに高和どのの第一子を生していることを承知していたのか」

「そこまでは知らん。高和どのは賭場《とば》の遊興費を七右衛門に負うており、それも相当な額にのぼっていると、さっき言ったな」

「それがなんだ」

「赤坂新町三丁目の町芸者のつたは、高和どのと懇《ねんご》ろになる前は、七右衛門が贔屓《ひい》きだったことは調べがついている。七右衛門は、高和どのが賭場ですった遊び金をすべて融通し、高和どのにとり入って、贔屓にしていた町芸者のつたを高和どのに引き合わせた。で、つたは高和どのの子を身籠《みごも》った。つたをお女中として雇い入れる体裁にしたのは、高和どのの強い意向が働いたらしい。翌年、つたは寅吉どのを出産した。つたが高和どの付きのお女中に入って以来、七右衛門は三日にあげず、高和どのやつたのご機嫌うかがいに五番丁の岩倉家へ出入りし、つたが寅吉どのを出産してからは、まるで寅吉どのの後見人のように、屋敷内でふる舞っておるそうだ。高和どのの姉と妹にも気前の良さが気に入られて、高和どのが岩倉家の家督を継いだのちは、七右衛門に名字帯刀を許して岩倉家の用人役に召し抱え、岩倉家の台所勘定を仕切らせる腹積もりらしいと、屋敷内ではもうずっと前から窃《ひそか》に噂されておる」

市兵衛は啞然《あぜん》とし、二の句が継げなかった。

「ご当主の則常どのは、五十二歳。小姓組番頭など、番方の頭は高齢になればそろそろ倅に、あるいは次の者にと思うものだ。則常どのが高和どのに家督を継ぐときは、そう遠くないかも知れん。当然、高和どのは岩倉家の抱える借金も継がねばならんが、お頭が言われた、岩倉家が台所預りにならぬよう、借金の手当に正妻に迎えた早菜どのの後ろ楯についている大店両替商近江屋の、莫大な支援がなくてはならんという次第だ」

「なんたることだ」

市兵衛は呆《あき》れた。

「噂通りならば、七右衛門は近江屋の支援を受けて借金の軛《くびき》が消えた岩倉家の台所勘定の采配を、侍にとりたてられて揮《ふる》うことになる。ただし、七右衛門は上方の男らしいが、あの男、どうも怪しい。素性が知れんし、上方から江戸に下ってきた事情もわからん」

「承知した。七右衛門の素性を探るのだな。やるとも」

市兵衛は早菜のために何ができるかと、なおも考えていた。

早菜さまをこのままにはしておけない。村山永正どのに約束した。早菜さまを守らねばと……

第二章　原宿町《はらじゆく》

一

富山小左衛門は、台所の間を数えてもわずか三間しかない裏店《うらだな》で、蘭医《らんい》の柳井《やない》宗秀《そうしゆう》が開いている、京橋北《きようばしきた》の診療所を訪ねた。

四、五日前から左の踵《かかと》に打撲したような、歩行にも困難するほどの強い痛みが出た。老いて骨が弱った所為《せい》だなと諦《あきら》め、我慢して休んでいたが、痛みが治まらず身動きが不自由なため、とうとう医者に診てもらうことにした。

「長崎で蘭学を修め、大坂の蘭医の下で医業の修業を積んだ優れた先生です」

蘭医の柳井宗秀の診療所は、唐木市兵衛に教えられた。

医師など、所詮《しよせん》は薬礼《やくれい》目当ての何かしらいかがわしい生業《なりわい》に思えてならず、身体《からだ》の不具合は日ごろの鍛錬の足りぬ所為だ、医師に頼らずとも二、三日ほど安静にしていれば治る、とこれまではそれでやってこられた。

ところが、このたびの踵の痛みはそれとは違う。

寄る年波の衰《おとろ》えとはこういうことか、と小左衛門は気づいて困惑した。

この春、小左衛門は六十三歳である。

五日目の今朝、《近江屋》の刀自の季枝が気遣《きづか》って、お医者さまに往診をお願いいたしましょう、と言った。新両替町二丁目の大店両替商の近江屋には、かかりつけの、町内で三代続く高名な漢方の医師がいる。

「いいえ、季枝さま。これ式の痛みで往診など、滅相《めっそう》もございません。この四日ほど、安静にしておれば収まるだろうと思い、身体を動かしておりませんでしたので、凝《じ》っと動かずにいるのが却《かえ》ってよくないのかも知れません。杖《つえ》があれば大丈夫ゆえ、散策がてら、唐木さんが仰《おつしや》っていた柳《やなぎ》町の柳井宗秀先生の診療所に行って診ていただくことにいたします。麗《うら》らかな春の陽気に当たれば気も晴れます。何とぞお気遣いなく」

「柳井宗秀先生の診療所へ。宗秀先生の診療所は少し遠いので、店《たな》の者も行かせましょう。おひとりでは、万が一途中で転んだりしては大変です」

なおも季枝が気遣うのを固辞して、小左衛門は杖を頼りに、まだ早い午前の銀座町の人通りの多い往来に出たのだった。

途中、三十間堀《さんじつけんぼり》町の往来へ折れて、中《なか》ノ橋《はし》を渡って炭《すみ》町の竹河岸《がし》をすぎ、柳町へ向かった。

踵の痛みがなければ、気の晴れる麗らかな春の日だった。

柳井宗秀の名は、川越城下から江戸へきてから幾《いく》たびも聞いていたし、《宰領屋》の矢藤太が《おらんだ》などと気安く呼んだりして、旧知のように感じていたけれど、診察は言うまでもなく、会うのも初めてだった。

表土間から上がった寄付きが、患者の待合所になっていて、間仕切《まじきり》した隣の部屋が診療所になっていた。

白髪が少し混じった総髪に一文字髷《いちもんじまげ》を結い、やや面長《おもなが》に鋭さと穏《おだ》やかさが深みを感じさせる医師だった。

なるほど、柳井宗秀の風貌《ふうぼう》を見ただけで、唐木市兵衛や宰領屋の矢藤太の友らしいと頷《うなず》けた。

「どうなされましたか」

訊《たず》ねる声も優しく、大人もそうだが、子供らは安心するだろうと思った。

「四日ほど前より急に左の踵が痛み出し、五日目の今日になっても一向に収まる気配がありません」

小左衛門は症状を訴《うった》えた。

「拝見いたしましょう。左足をこの台に載せ楽にしてください」

箱枕ほどの低い台があって、小左衛門は踵が少々赤く腫《は》れた左足を、投げ出すように載せた。

「ああ、ここですな」

宗秀の指先が、優しく踵を撫《な》でた。撫でるだけでも、痛みが感じられた。

「あっつ、そ、そこです」

「こうすると、痛いですか」

「痛たた」

「わかりました。痛風です」

「つ、痛風?」

小左衛門はつい繰《く》りかえした。

子供のころ、祖父《じい》さまが痛風の痛みをむずかしい顔をして堪《こら》えていたのを、小左衛門は覚えていた。

「薬を出します。薬をかかさず呑《の》んで安静にしていれば、五、六日、長くても十日以内には治まるでしょう。風に吹かれただけでも痛いので痛風です。見映《みば》えはよくありませんが、晒《さらし》を巻いておきましょう。足を楽にしていてください」

宗秀が小左衛門の足に晒をしっかりと巻きつけ、それだけで痛みが少し和《やわ》らいだ気がした。

宗秀は小左衛門の足を台からゆっくりおろし、傍《かたわ》らの文机《ふづくえ》の台帳を開いて、名前と歳《とし》、住まいを訊ねた。

富山小左衛門、六十三歳、ただ今の住まいは……

と、小左衛門が新両替町二丁目の近江屋を伝えると、宗秀は台帳から小左衛門へ意外そうな笑みを向けた。

「川越藩の村山家にお仕えだった、富山小左衛門さんですか」

「さようです」

「唐木市兵衛と宰領屋の矢藤太から、川越藩の村山家と近江屋さんの事情や、早菜さまのことも小左衛門さんのことも聞いております」

「はい。去年、わが主《あるじ》の村山永正さまが亡くなられ、まことに理不尽な事情があって川越領を出ることとなり、村山家一女の早菜さまに従い出府いたしました。

出府したのちは早菜さまとともに、亡くなられた旦那さまと、かつてご縁がございました銀座町の近江屋さんのお世話になってまいりました。また、出府いたす折りは、唐木市兵衛どのと宰領屋の矢藤太どのの、並々ならぬお力添えをいただきました。宗秀先生のご評判も、唐木どのと矢藤太どのより、この江戸で暮らし始めてからうかがっておりました。一度、宗秀先生に診ていただける機会があればと思っており、やっと本日、先生に診ていただけ、痛風に悩まされるのはつらいですが、これもある意味ご縁かな」

あはは、あはは、と宗秀と小左衛門はすぐに打ち解けて笑った。

「そうそう。この三月三日の上巳節《じょうしせつ》に、早菜さまは幕府番方の岩倉家にお輿入《こしい》れになられたと、うかがっております。まことにようございましたな。おめでとうございます」

「ありがとうございます。何もかも近江屋さんのご配慮により、早菜さまが名門岩倉家のご嫡子《ちゃくし》の奥方さまに迎えられ、安堵《あんど》いたしました。これで早菜さまの行末が定まり、わたくしの勤めもどうやら終えましたゆえ、このの ちは郷里の武州に戻って、武家奉公の刀も仕舞《しま》うつもりです」

「そうなのですか。小左衛門さんが郷里へ戻られると、早菜さまは寂《さび》しく感じられるでしょうね」

「早菜さまはこれから、岩倉家の奥方さまの勤めをつつがなく果たして行かねばなりません。岩倉家ほどの名門の奥方さまともなれば、大変なこともございましょうが、お美しいうえに、お心も強いお嬢さまでございます。前を向いてしっかりと生きて行かれますとも」

宗秀は、ふむふむ、と頷いた。

「市兵衛もそのようことを、言っておりました」

次の患者が寄付きで待っていた。

「ありがとうございました。宗秀先生に診ていただき、痛みも早《は》や少しやわらいだ感じがいたします」

「お大事に」

薬礼を済ませ、宗秀の診療所を出ると、小左衛門は往《い》きより気分が少し楽になり、ふと、戻りは京橋方面《かば》からと思いたった。

柳町の往来を痛い足を庇いつつ杖を突き、南伝馬町《みなみてんま》の大通りへとった。

日本橋より京橋への大通りは東海道に通じ、行き交《か》う人通りが多い。

お店者《たなもの》に両天秤《りょうてんびん》の行商、職人、大道芸人、引札《ひきふだ》を配る者、物売りの呼び声、托鉢僧、人足らが押す荷車ががらがらと通り、老若男女から子供らまで、江戸は本当に住人の多い賑《にぎ》やかな町だと、小左衛門はつくづく思った。

武州に生まれ、十代のころ村山家に仕えて川越城下で暮らし年老いた。そんな小左衛門に、江戸の町家の賑わいは、川越城下と較《くら》べようがなかった。

間もなく武州へ帰る。

あの玉のように愛らしかった早菜さまは、岩倉家に嫁がれ、見目麗《みめうるわ》しい奥方さまになられた。自分に為《な》すべきことはもう何もない。自分は江戸を去り、早菜さまとは間違いなく今生《こんじょう》の別れになる。

秋《とき》がすぎた。小左衛門は寂しさに胸が締めつけられた。

枝垂《しだ》れ柳が青い葉を繁《しげ》らせている京橋の袖《そで》まできた。

そのとき、小左衛門の肩を背後より触れる何かの気配があった。

うん？　柳の枝か。

小左衛門がふりかえると、背の高い唐木市兵衛が、菅笠《すげがさ》の日陰の下で頰笑《ほほえ》みかけていた。

「おう、唐木どのでしたか。かようなところで偶然ですな」

小左衛門は、胸の塞《ふさ》ぎがぱっと開かれ破顔した。

「大通りに出てこられた富山さんのお姿が見えました。ちょうどよかった。近江屋さんをお訪ねするところでした。じつは、富山さんにも用があって、お会いしたかったのです」

市兵衛は言いつつ、小左衛門の白髪《しらが》交じりの髷《まげ》から苔《こけ》色の上衣に細縞《ほそじま》の袴《はかま》の拵《こしら》えと、杖を突いて白い晒を巻きつけ草履《ぞうり》が履《は》きづらそうな素足までを見おろし、菅笠の下の相貌をわずかに曇らせた。

「お怪我《けが》を、なさったのですか」

「いやはや、面目《めんぼく》ない。怪我ではありません。不覚にもそれがし、痛風にかかりましてな。痛みで辛抱《しんぼう》がならず、お医者さまの治療を受けまして、そちらの診療所よりの戻りです」

「もしかしてお医者さまは、柳町の柳井宗秀先生では」

「さよう。唐木どのと矢藤太どのに、名医とうかがっておりました柳井宗秀先生に、痛風と診たてていただきました。まことによき先生でした。このように晒を巻いてくださっただけで、ここ何日も続いた痛みが、確かにやわらぎました。大したものです。先生には早菜さまのご婚礼のことなども気にかけていただき、嬉《うれ》しさ半分、寂しさ半分でした。もっとお話をしていたかったのですが、患者さんが待っておられたので。今、宗秀先生の診療所よりの戻りです」

「では今度、宗秀先生とわれらの酒盛りの折り、富山さんにお声をかけます。みなで一緒に賑やかにやりませんか」

「それは楽しそうだ。宗秀先生のみならず、お仲間の鬼しぶと申されるお役人ともお近づきになれれば、愉快そうですな。とは申しましても、いつまでも近江屋さんのご厚意に甘んじて、居候《いそうろう》を決めこむわけには参りません。早菜さまのご婚礼を見届け一段落しましたゆえ、そろそろお別れのご挨拶《あいさつ》を申しあげ、武州の郷里へ老いぼれは退散いたすころ合いでござるが」

小左衛門がしみじみと言った。

すると、不意に市兵衛は真顔になった。

「富山さん、こちらへよろしいか」

市兵衛は小左衛門を促《うなが》し、大通りの人通りを避け、京橋の袖に据《す》えた常夜灯の傍《そば》へ誘った。

午前の日射《ひざ》しに映《は》える白綿を堆《うずたか》く積んだ荷車が、がらがらと京橋の橋板を鳴らし上《のぼ》って行き、それと擦《す》れ違いに、団扇太鼓《うちわだいこ》を打ち鳴らしお題目《だいもく》を唱えつつ、法華宗《ほっけしゅう》の信徒の列が京橋を下ってくる。

京橋川両岸に連なる土手蔵の瓦《かわら》屋根や川面《かわも》をかすめ、燕《つばめ》が飛翔していた。

「どうしました、唐木どの……」

「早菜さまのこのたびのご婚姻に、いささかかかり合いのある事態をお伝えするため、近江屋のご主人の隆明さんと季枝さん、それから富山さんをお訪ねするところでした。ここで富山さんにお会いできたのは、よかったのかも知れません」

「早菜さまのご婚姻にかかり合いのある事情とは、ど、どのような……」

「少し長くなります。あそこの茶屋で」

京橋の袖から、南伝馬町三丁目の角を西側へ折れた畳《たたみ》町の通りに、軒暖簾《のきのれん》を吊《つ》るした艾屋《もぐさや》の店が見えていた。艾屋は隣に茶屋を兼業しているらしく、店先には《御休処《おやすみどころ》》、《御薬艾《おくすりもぐさ》》と読める看板行灯《あんどん》が立ててある。

茶屋の土間に、三台の縁台と竈《かまど》にかけた茶釜が湯気を上らせ、縁台のひとつに腰かけた羽織袴《はおりばかま》の侍二人連れが茶を喫《きっ》していた。

「あの茶屋ですな。わたしはもう近江屋さんへ戻るだけですから、唐木どのがよろしいのであれば構いませんぞ。参りましょう」

小左衛門は杖で足の運びをかばいながら、茶屋へ向かって行った。

二

茶屋に入ると、艾の香りがわずかに嗅《か》げた。

「おいでなさい」

紺絣《こんがすり》に襷《たすき》がけの茶屋の小女《こおんな》が、高い声で言った。

小左衛門は腰の刀をはずし、二人連れの侍から離れた縁台に、足の痛みが難儀そうに腰をおろした。

市兵衛は小左衛門の隣に腰かけ、竈の傍で茶釜の番をしている前垂れの男に茶を頼んだ。

小女が湯気の上る茶碗《ちゃわん》を、盆《ぼん》に載せてはこんできた。

小左衛門は香りのよい煎茶《せんちゃ》を一服すると、おもむろに莨入《たばこ》れの鉈豆煙管《なたまめギセル》をとり出し、刻《きざ》みを詰《つ》め、縁台に置かれた莨盆の火をつけた。

「富山さま、よろしいですか」

小左衛門の横顔に、市兵衛が言いかけた。

「お聞かせください。早菜さまのご婚姻にかかり合いのある事態と申しますと、いかような。気になります」

小左衛門は銙豆煙管を一服すると、莨盆の灰吹《はいふ》きに雁首《がんくび》を当て吸殻《すいがら》を落とし、少し困惑した面持《おもも》ちを市兵衛に向けた。

「早菜さまがお輿入れになった、岩倉家についてです。それを知ったのは昨日でした。すぐにお知らせすべきかと思いました。ですが、あまりに意外な事態でしたので、ためらったのです」

「ほう、あまりに意外な……」

小左衛門の笑《え》みが少し曇った。

「矢藤太にも、これは話してはおりません。真《ま》っ先《さき》に近江屋さんと富山さんに、お知らせすべきだろうと思いました。早菜さまにとってよい話ではありません」

市兵衛がそれを話す間、小左衛門は京橋の袖の枝垂れ柳や常夜灯、橋板を鳴らして行き交う京橋の賑やかな人通りを黙然と眺《なが》め、とき折り、銙豆煙管に刻みを詰め、莨盆の火をつけ静かに吹かした。

二人連れの侍の客が代金を払って茶屋を出て行き、入れ替わりに、お店者と職人風体が茶屋の軒暖簾をくぐり、二人連れの侍がいた縁台に腰かけた。

お店者と職人風体は、何かの仕入れ額のかけ合いを始めた。

「高和どのは岩倉家の家督とともに、岩倉家の抱える借金も継がねばなりません。すなわち高和どのは、岩倉家が台所預りにならぬよう借金の手当をいたし、これまで通りの家名を守るためには、近江屋さんよりの莫大《ばくだい》な支援が、なくてはならないのです。ご当主の則常どのが早菜さまを高和どのの正妻に迎えられたのは、後《うし》ろ楯《だて》の近江屋さんの財力が目当てと、そのように……」

「そんな、なんたることだ。それでは、岩倉家はお嬢さまを愚弄《ぐろう》しておるということではありませんか」

小左衛門の口惜《くや》しそうな呟《つぶや》きが聞こえた。

小左衛門が悲しみ、苦しむのはわかっていた。

話した事の後悔が市兵衛の胸を針のように刺した。しかし、今これを話さず放っておけば、悲しみや苦しみを何倍にもしてしまうのもわかっていた。

そのとき、小左衛門の問いかけが針の痛みを少しやわらげた。

「唐木どののお兄上さまは、幕府の御目付役と季枝さまよりうかがいました。その事情は、御目付役の兄上さまに聞かれたのですか」

「それはお答えできないのです。許してください。もし、要《い》らざることをお伝えしたのなら、以後、この話は一切《いっさい》いたしません」

「何を言われる。仮令《たとえ》、今となっては手遅れであろうとも、岩倉家の実情を知らされなかったら、のちのち唐木どのを怨《うら》みに思うことになったでしょう。よく話してくだされた。礼を申します」

「早晩、ご当主の則常どのより近江屋さんに、莫大な借金の申し入れがあると思われます。もしかすると、すでに申し入れは……ではあっても、季枝さんとご主人の隆明さんに、岩倉家の今の台所事情と狙《ねら》いを伝えなければなりません。それから、早菜さまにどのようにお伝えするか。あるいは、すでに高和どのの奥方になられた早菜さまには、お伝えしないままにするのか」

小左衛門は膝《ひざ》に手を置き、うな垂《だ》れていた。

やがて、小左衛門は頭をむっくりと持ちあげ、真顔で言った。

「唐木どの。わたしは村山家の家臣にて、今のわたしの主は早菜さまです。まずは早菜さまにお伝えし、早菜さまのお指図を仰《あお》がねばなりません。早菜さまのお指図に従い、いつどのように近江屋さんにお伝えするか、わたしが判断いたします。断じて、近江屋さんにご迷惑をかけるような真似《まね》はいたしません。ですがその前に、わたしに何ができるか、何を為すべきか、少々考えがあります。唐木どのは用人役の渡り奉公を、なさっておられるのでしたな」

「はい」

市兵衛は小左衛門を見つめた。

「本日ただ今より、唐木どのをわたしの用人役に雇《やと》いたいが、いかがですか。冗談ではありませんぞ。仕事は、ただ今はこの通り足が不自由なわたしの介助がひとつ。それと江戸の町に不案内ゆえ、案内役をお頼みしたい。それ以外は、その都度わたしが指図いたします。決して難しい仕事ではないはず。給金はご心配なく。金は充分にあります。如何《いか》ほどをお望みですか」

お店者と職人が、仕入れ額のかけ合いを続けている。

「仕事の内容と期間によります。それにわたしは、宰領屋の矢藤太を請人《うけにん》にして主に臨時の用人役の仕事についております。わたしが勝手に仕事を請けると、矢藤太がなんやかんやと文句を言うでしょう」

「わかりました。今日はこれから出かけるところがありますので、明日、宰領屋の矢藤太どのを訪ね、唐木どのの請人になっていただきたいと、給金その他も含めて話をつけます。それでは今日は、用人役に雇う仮の約定《やくじょう》を結びましょう。給金の前払いをいたします。幾らでも仰ってください」

懐《ふところ》から財布をとり出しかけた小左衛門を、市兵衛は手を差し出して止めた。

「わかりました。富山さんの介助と道案内などの用人役を、お請けいたします」

「さようですか。よかった。痛み入ります。では給金については……」

「給金はのちほど、富山さんのご主人の早菜さまと相談して、決めようではありませんか。それより、今日これからどちらへ出かけるのですか。先ほどは、近江屋さんへ戻るだけと仰ったのでは」

「今日これからのことについては、明日、お話しいたします。唐木どのの用人役は明日、明日からです」

小左衛門は刀をつかみ、気が急《せ》くように縁台から立った。

杖を突いて、よろける身体を支えた。

茶番の前垂れの男も赤い襷がけの小女も、縁台のお店者と職人風体も、急に立ち上がった小左衛門を、なんだい？　というふうに訝《いぶか》しそうに見つめた。

三

京橋で市兵衛と別れた小左衛門は、痛む足を杖で支えつつ気が急《せ》いた。

江戸はあまりにも広く、道筋はうろ覚えだったが、なんとか見当をつけ、山下《やました》御門を抜け、外桜田、霞ヶ関の坂をのぼった。

麴町三丁目の往来を横切り、早菜さまのお輿入れの行列を、岩倉家一行が出迎え嫁方の輿を作法通り引きとりをした御厩谷《おんまやだに》の大通りまできて、ようやく五番丁の岩倉家の屋敷への道筋の見当がついた。

家禄三千石の岩倉家の長い土塀《どべい》の先に長屋門を見つけ、小左衛門は懐紙《かいし》で額《ひたい》の汗を拭《ぬぐ》い、喘《あえ》ぐ息を整えた。

長屋門の庇下《ひさし》に入り、縦格子《たてごうし》に障子戸《しょうじど》を閉じた片門番所に声をかけた。

「お頼み申す。お頼み申す」

十日近く前の婚礼に列席した折りに見覚えのある番人が顔を出したが、番人は小左衛門を覚えてはいなかった。二本差しの侍姿であっても裃《かみしも》の正装ではなく、ましてや、片方の足に晒を巻いた不自由な恰好《かっこう》に杖を突いた老体である。

「どうれ」

と、眉《まゆ》をひそめ、ぞんざいに質《ただ》した。

「富山小左衛門と申します。岩倉家ご嫡子の高和さまにお輿入れなされた早菜さまのご実家・村山家に仕えておりました家臣にて、この三月三日上巳節の早菜さまお輿入れの祝宴にも、列席いたした者でございます」

小左衛門は、お輿入れになった早菜さまに先年亡くなられたお父上・村山永正さまのご遺言をお伝えいたす用があってまかりこしました、何とぞ早菜さまにお取次を、と申し入れた。

「ご遺言を？　岩倉家は小姓組番頭のお家柄にて、ご嫡子の高和さまは中奥番のお役目に就いておられます。高和さまのお内方《うちかた》さまに、お輿入れ前の里方に仕えておられたと申されるだけでは、取次はいたしかねますな。どなたかの添文《そえぶみ》などでもお持ちでしたら、拝見いたしますが」

番人は素気《すげ》なく言って追いかえそうとした。が、小左衛門は諦《あきら》めなかった。

「何分、急を要す事情が出来《しゆつたい》いたし、どなたさまからも添文をいただく暇《ひま》がございませんでした。ですが、わたくしは当お屋敷にお出入りをなさっておられる正田昌常どのと、早菜さまがお輿入れなさる以前、何度かお会いしております」

「正田昌常さまは存じております。ではあっても、ただ今は殿さまも若殿さまもご登城なさっておられ、そのお留守の折りに、添文も携《たずさ》えず身許《みもと》の定かではない方のお取次はできません。今日のところはお引きとりください」

「そこを曲げて、早菜さまに富山小左衛門が訪ねて参ったと、ひと言お伝え願いたい。わたくしはただ今、新両替町二丁目の両替商の近江屋さんに身を寄せており、年寄りのうえ、この通り身体の具合がよくありません。新両替町二丁目よりこちらのお屋敷まで参るのにひどく難儀いたし、また、出なおしていては一刻でも早く早菜さまにお伝えいたす用が果たせません。どうか老いぼれの言うことと免じて、お頼み申します」

「お気の毒ですが、われらもこれが仕事ですのでな」

すると、門番所にはもうひとり番人がいて、二人の番人が、どうした、いや、素性のよくわからん年寄りがお内方さまに……と、門番所の中で言い交わした。両替商の近江屋にかかり合いがあるらしい、近江屋なら大店《おおだな》だぞ、あんまり変な扱いをすると拙《まず》くないか、ならどうする、と遣りとりがぶつぶつと続いた。

「ああ、それでは富山小左衛門さんでしたな。お侍衆にうかがって参りますので少々お待ちを」

番人が小左衛門に見かえって言った。

「あ、ありがとうございます」

だが、それからまただいぶ待たされたあと、門わきの小門をくぐって門前の庇下に出てきたのは、目鼻だちの尖《とが》った色白の若い侍だった。

若侍は小左衛門へ、誰だこの年寄りは、と冷やかな眼差《まなざ》しを寄こした。

小左衛門は若侍に、深々と辞儀をした。

「ご老人が、富山小左衛門さんですか」

若侍は名乗りもせず、小左衛門が垂《た》れた頭《こうべ》の上からいきなり言った。

「富山小左衛門と申します。この三月三日の上巳節にお輿入れになられました早菜さまのご実家の村山家にて仕えており、ただ今は……」

「それはもう聞きましたので、繰りかえさずとも結構です。念のため申しておきますが、お内方さまのお輿入れは、村山家ではなく新番頭の三村家よりのお輿入れです。村山家がいかなるお家柄か存じませんが、わが岩倉家の家格にそぐわぬ婚姻はできないのです。誤解なさらぬように」

「は、はい。さようでした。ご無礼を申しました」

小左衛門は頭をあげられなかった。

「それから、富山さんはどなたの添状もなくその形《なり》で訪ねてこられたようだが、わが岩倉家は行商がいきなり表門から出入りし、物売りができるような屋敷ではありません。富山さんは勘違いをなさっておられる。よろしいか。ここは町家ではない。お内方さまの以前がいかようなご身分であれ、岩倉家にお輿入れなされた今は、もう以前のご身分とは違うし、身分相応の手順を踏んでいただかなければば取次はいたしかねます。仮令、近江屋の用であっても同じですよ」

「えっ、両替商の近江屋さんもですか」

小左衛門は思わず顔をあげた。

「あ、いや。そ、それは物事のたとえで、近江屋の名を申したのです。わかりやすく言ったまでです。ですから、まずは手順を踏みなされ。手順に落ち度がなければお取次いたします。今日のところはお引きとりください」

「あいや、先ほども番人の方に申しました。急を要す事情が出来いたし、どなたさまからも添文をいただく暇がなかったのです。どうしても早菜さま、いや、お内方さまにお伝えせねばならぬことがござる」

「なんですかそれは。それほど急を要する事なら、わたしがうかがい、お内方さまにお伝えしておきます」

「それはいたしかねます。こ、これはお内方さまの内々のご身辺にかかり合いのある事柄ゆえ、何とぞ」

「できないと、言うておるではありませんか。年寄りが聞き分けのないのは、みっともないですぞ。足も悪そうによろよろして、見苦しい」

「お待ちください」

行きかける若侍に小左衛門はなおも言った。

「さっさとお引きとりなされ」

若侍は目鼻だちをいっそう尖らせた。

そのとき、表門わきの小門が開き、小門をくぐり出てきたひとりの女人《にょにん》が、門前の庇下に佇《たたず》み、小左衛門へ愁《うれ》いのある眼差しを寄こした。

紫根染《しこんぞめ》に黄色い麒麟草《きりんそう》の裾模様《すそもよう》の小袖《こそで》と、黒繻子《くろじゅす》に牡丹《ぼたん》の中幅帯を締めた、まるでその周りにだけ光が差したような立ち姿だった。

「小左衛門、あなただったのですか」

早菜が若やいだ声を小左衛門にかけた。

「ああ、お嬢さま」

小左衛門は目を潤《うる》ませ、村山家に仕えていたときのように、杖にすがって片膝づきになった。

「どうしたのですか」

早菜は、小左衛門と若侍が向き合い、門番所の番人が少し離れて成り行きを見守っているよそよそしい気配を訝しんだ。

「はい。こちらの富山小左衛門どのがお内方さまを訪ねて見えられたので、用向きをうかがっておりました」

若侍が早菜に言った。

「小左衛門はわが実家に、わたくしが生まれる前から仕え、わたくしの縁者も同然の者です。懸念には及びません。小左衛門、よくきてくれました。でも小左衛門、その足は怪我をしたのですか」

「怪我ではございません。ただの痛風でございます。早菜さまとお会いできただけで胸が晴れ、すぐにも治りそうな気がいたします」

「まあ、痛風ですか。痛いのでしょう？　晒が汚れていますね。取り換えてあげます。さあ、お立ちなさい。こちらへおいで」

早菜は片膝づきの小左衛門の腕をとって立たせた。

「お内方さま、旦那さまのお許しもなくそれは……」

若侍が咎《とが》める口調で言った。

「なぜですか。わたくしの縁者が訪ねてくれたのですよ。当たり前のことではありませんか。お義父《とう》さまが下城なされたら、そのようにご報告なさい。さあ小左衛門、こちらへ」

若侍は眉をひそめて、口をつぐんだ。

番人が愛想《あいそ》のよい笑みに変え、小左衛門の袴の汚れを払った。

岩倉家三千石の拝領屋敷は、総坪数二千坪を超える邸内に、主屋と離れの二棟が内塀に囲われて並んでいた。主屋は武家らしい質実な切妻《きりづま》造りで、離れの棟は部屋数は少ないが、瀟洒《しょうしゃ》な数寄屋《すきや》造りに贅《ぜい》を凝らしていた。

主屋とは塗り板の渡り廊下が通じていて、玄関式台も設《しつら》えてある。

嫡子の高和と早菜夫婦は、高和が岩倉家の家督を継ぐまで、その離れで暮らすことになっていた。

小左衛門は、床の間と違い棚のある書院に通されて、「よいから足を伸ばしなさい」と早菜手ずから小左衛門の足の晒を換えた。

痛風の痛みはあったが、小左衛門には心地よい痛みであった。

書院は腰付障子が開け放たれ、縁側ごしに内塀に囲われた庭の一隅に、沈丁《じんちょう》花《げ》の灌木《かんぼく》が赤紫と白紫の花を咲かせていた。沈丁花の向こうに、内塀の妻戸が見え、四十雀《しじゅうから》か何かの小鳥がさえずっていた。

違い棚の花活《はない》けに、沈丁花の花が活けてあった。

ふと、小左衛門は床の間に狩野探船《かのうたんせん》の絵が掛かっているのに気づいた。

「お嬢さま、もしかしてあの絵は、川越のお屋敷に掛けてあった、狩野探船ではございませんか」

晒を巻き終えた早菜は、床の間へ長い首を傾《かし》げ、頬笑んだ。

「わかりましたか。お祖父さまの代から飾ってあった掛軸です。家宝だとお祖父さまが仰って、父も大事にしていました。川越からは何も持ってこられませんでしたが、父の佩刀《はいとう》のほかに、あの掛軸だけは持ってきたのです」

「ああ、懐かしい。そうでしたな。旦那さまが大事にしておられましたな」

小左衛門はまた、目を潤ませた。

早菜付きのまだ若い女中が、小左衛門に茶菓を運んできた。

「静《しず》、小左衛門と話がありますので、呼ぶまで退《さが》っていなさい」

早菜は女中に言った。

「はい」

女中が退ると、早菜は少し愁いを帯びた眼差しを小左衛門へ向けた。

「あの子は静と言うのです。静が教えてくれたのです。門前にわたくしを訪ねて見えた方がいらっしゃって、室川《むろかわ》さまがその方を怪《あや》しんで追いかえすおつもりのようで、門前が少し騒がしくなっていますって。まさか小左衛門とは思いませんでした。門前まで出てみてよかった」

早菜は頰笑んで言った。それから顔つきを改めた。

「何か、あったのですか」

小左衛門は、足の痛みを我慢して、そろりそろりと居住まいを正した。

「こちらにくる前、京橋で唐木市兵衛どのと偶然お会いいたしました。わたくしはこの足を柳町の医師に診てもらい、近江屋さんへの戻りでした。唐木どのは季枝さまと隆明どの、そしてわたくしにも急いで知らせる事柄があって、近江屋さんを訪ねる途中だったのです。唐木どのは、まずはわたくしにと、京橋近くの茶屋でその事柄を知らされたのでございます」

「わたくしに、かかり合いのある事柄なのですか」

早菜は目に不審を浮かべた。

小左衛門は、こくりと首肯した。

「お嬢さまもご存じでございましょう。唐木どのは主家に仕えず、渡りの用人稼業をなさっておられますが、生まれは徳川家に仕える旗本のお血筋にて、兄上は御目付役に就いておられます。唐木どのはそうだと仰いませんが、そうではないとも仰らなかった。おそらくそれは、御目付役の兄上より聞かれた実情に間違いございますまい。すなわち、岩倉家には幕府御目付役の内偵が隠密《おんみつ》裏に入っております。それも、お嬢さまとご嫡子高和どののとのご婚姻の約定が調《ととの》う以前からだったようで、内偵はただ今も続いておるようでございます」

早菜は目をぱっちりと瞠《みは》り、小左衛門を見つめていた。

「唐木どのの兄上は、お嬢さまが川越城下を出て近江屋に身を寄せられた事情をご存じなのです。ただ、お嬢さまが岩倉家に嫁がれるとわかったときは婚礼が間近に迫っており、それを前以《まえもっ》て知らせる間がなかったようでございます」

「どのような内偵なのですか」

小左衛門は、艾屋の茶屋で市兵衛に聞いた名門岩倉家三千石の、このままでは台所預りになり兼ねないほど傾いた台所事情と、嫡子・高和と早菜の婚姻は、早菜を大家に嫁がせることを望んだ大店両替商近江屋より、多額の金融支援を目論《もくろ》んだ狙いを、声をひそめつつ語った。

庭へ眼差しを流し、凝っと沈黙していた早菜が訊ねた。

「岩倉家は近江屋さんより、どれほどの支援を当てにしているのですか」

「万両には足りませんが、数百両でもなく数千両とか、と聞きました」

「えっ？　数千両……」

早菜が言葉につまった。

「お嬢さま、まことに僭越《せんえつ》なことをお訊ねいたしますが、お許しください。お嬢さまと高和さまとは、仲睦《なかむつ》まじくお暮らしでございますか」

　すると、早菜の長いまつ毛がふるえ、潤んだ目からひと筋の涙が頰を伝った。

　あっ、と小左衛門は呆《あき》れ、まさかと思い、こみあげる怒りにしばし言葉を失った。だが、震える声を静めて小左衛門は言った。

「唐木どのによれば、どうやら高和さまは町家の賭場で大きく負けがこみ、そのたびに、原宿町の七右衛門とか申す金貸に借金をいたし、高和さまおひとりの借金が相当ふくらんでおるようでございます。ただ、賭博の借金がどれほどふくらもうと、いずれ岩倉家の家督を継げば、岩倉家の莫大な借金にまぎれてしまい、どうということはないと、高和さまはお考えのようです」

「まあ、呆れた」

「お嬢さま、原宿町の金貸の七右衛門はご存じですか」

「婚礼の祝宴に、岩倉家にお出入りをなさっている商家の方々と、膳を並べていた方ですね。よく覚えていませんが、町家の金融業を生業になさっていると、あとで静から聞きました。でも、しばしば主屋のつたと言う方を訪ねてきていると、これも静が言うておりました。高和どのも、七右衛門さんととても親しくなさっているとか」

「どうやら金貸の七右衛門は、高和さまにとり入って、三日にあげず、当屋敷に出入りしておるようですが、お嬢さま、それはお気づきでしたか」

早菜は首を左右にした。

高和との婚礼の祝宴から、まだ十日足らずである。何も知らないこの屋敷の中で、たったひとりの早菜に事情がわからないのは無理もなかった。

「それから、つたという方は表向きは岩倉家に奉公いたすお女中ですが、じつは高和さまのお側妻《そばめ》同様の立場にて、すでに高和さまとの間に四歳の子がおることはご存じでしたか。子の名は寅吉どのです。つたは赤坂新町三丁目の町芸者でした。高和さまが馴染《なじ》みになって、高和さまの子を孕《はら》んだのち、岩倉家に入り寅吉どのを産んでおります。どうやら、高和さまと町芸者のつたの仲をとり持ったのは、七右衛門らしゅうございますぞ」

「それは、静も教えてくれません。けれど、聞かずともなんとなくわかってきました。武家には血筋を絶やさぬため、このようなことがあるとは、聞いておりましたから。子供のむずかる声が、ときどき聞こえてきますし」

なんたることだ。これが名門岩倉家の仕打ちか。何ゆえお嬢さまをこんな目に遭《あ》わせるのか。これほど美しく気だてのよいお嬢さまを愚弄《ぐろう》しおって。高和と言う男も岩倉家も、どうかしておる。

「お嬢さま、このようなことがこのまま続くとは思えません。わたくしにもできることが、あるはずでございます。少々考えがございますので、それを探ってみようと思っております。新たに何かわかり次第、またお知らせに参ります」

「探るって、小左衛門、痛風では動くこともままならないでしょう」

「なあに痛風など、お嬢さまに手当をしていただき、早や治ったも同然でございます。それに唐木どのの、手を借りる手筈《てはず》になっております」

「ああ、唐木さんに。そうでしたか」

市兵衛さんがついてくれるなら、いいかも……

と、愁いに曇った早菜の表情が、ふっとやわらいだ。

四

翌日の朝、高曇りの空が広がって、晩春三月にしては肌寒い日になった。

雲行きが怪しかったので、市兵衛は洗濯をしなかった。

小左衛門は永富町三丁目の安左衛門店を、朝の五ツ（午前八時頃）前に訪ねてきた。

そういうこともあろうかと予期し、市兵衛は六ツ半（午前七時頃）には身支度《みじたく》を済ませ、小左衛門にふる舞う茶の支度を整え待っていると、やがて、安左衛門店のどぶ板を小左衛門の杖がこつこつと鳴らす音が聞こえた。

小左衛門は、菅の一文字笠をかぶり、苔色の上衣と細縞の袴、黒の手甲脚絆《てっこうきゃはん》、黒足袋草鞋掛《くろたびわらじがけ》に拵えて、左足を杖でかばいつつも、昨日の足に晒を巻いた痛々しい姿ではなかった。

「これ式の痛みに負けてはおられません。それに、昨日、宗秀先生にいただいた薬に効き目《きめ》があって、今朝目覚めると、痛みはずっとやわらいでおりました。杖無しでも歩けぬことはありません」

と、杖無しで数歩進み、強がって見せた。

市兵衛は萌黄の単衣《ひとえ》と鉄色の細袴に、菅笠をかぶった。

二人が向かうのは、百人町から北へ折れた原宿町である。

その道々、小左衛門は市兵衛と京橋で別れて岩倉家の拝領屋敷に早菜を訪ねた昨日の子細を、ぼそぼそと市兵衛に語って聞かせた。

「やはりそうでしたか。慌《あわ》ててどこかへ行かれたので、もしかしてそうではないかと思っておりました。早菜さまには、富山さんから話していただくのが、一番よいと思っておりました。早菜さまは、どのようなご様子でしたか」

「岩倉家お輿入れの約定が調う以前から、幕府御目付役の内偵が岩倉家に入っていた事情には、早菜さまは心底驚かれ、また、岩倉家が当てにしている近江屋さんの支援金が数千両と申しますと、言葉を失っておられました。それから、高和さまとのご夫婦仲のことをお訊ねしても何も仰らず、ただ涙ぐんでおられました。わたしには、ご夫婦の事情がわかりません。きっとおつらいのだろう、ということぐらいしか」

「近江屋さんには、岩倉家の実情を話されましたか」

「いえ、まだ何も。季枝どのも隆明どのも、岩倉家の実情をご存じではなかったと思うのです。ご存じならば、よもや早菜さまのお輿入れなど、推《お》し進めはなさらなかったはずです。岩倉家と近江屋さんの中立《なかだち》をした正田昌常どのを、信用しておられたでしょう。と申して、正田どのもどれほど岩倉家の台所事情を把握していたか、それはなんとも申せません。ともかく、このままでは早菜さまがお可《か》哀想《わいそう》です。不測の事態がおこったときは、手遅れになり兼ねない。妙な胸騒《むなさわ》ぎがしてなりません。何か手を打たねば」

市兵衛と小左衛門は、赤坂御門外より大山道をとった。

大山道を百人町へとりながら、市兵衛は小左衛門に言った。

「岩倉家には別邸があります。ご存じですか」

「なんですと。別邸とは大名家の下屋敷のことでござるか」

「はい。岩倉家の先々代が、渋谷川の西側の、代々木村に設けた下屋敷です。三年前、今のご当主の則常どのが、趣向を凝らした入母屋《いりもや》ふうに建て替え、そのため岩倉家の借金は、身動きがとれないほどにふくらんだと聞きました」

「なるほど、三年前に。つまりは、岩倉家は早菜さまのお輿入れを、大店両替商の近江屋さんよりの融通を目論んだ手蔓《てづる》に使われた、というわけですな。身分違いの輿入れを受け入れてやった。その代わりに金を寄こせとは、まるで無頼漢《ぶらいかん》の集《たか》りまがいだ。名門も金次第とは、なんと浅ましい」

小左衛門は、坂道に杖を突きたてた。

百人町から北へ半町（約五四・五メートル）ほど折れた片側町《かたがわまち》の原宿町は、武家地に囲まれ、ひっそりとしていた。

金次郎店の木戸をくぐり、路地をとりながら小左衛門が言った。

「早菜さま付きの、静と申す女中に聞きました。原宿町の金次郎店と。二階家の三軒家と二軒家があって、三軒家の奥の店だそうです。あれですな」

路地の先に金次郎店の二階家が見え、小左衛門は一文字笠を持ちあげ、突いていた杖で差した。


市兵衛と小左衛門は、三畳ほどの寄付きに間仕切した奥の四畳半に通されていた。市兵衛と小左衛門に応対した、胸板の厚い中年の無精髭《ぶしょうひげ》を生やした男が茶《ちゃ》托《たく》の碗を運んできて、

「ご主人はすぐ見えやすんで、少々お待ちを」

と、不愛想に言った。

その男と入れ替わりに、痩身《そうしん》ながら上背のある七右衛門が、莨盆と長煙管を提《さ》げ四畳半に姿を見せた。

七右衛門は、茶染めに白の子持縞《こもちじま》を着流し、紺の角帯をゆったりと下腹に締めた装《よそお》いが、いかにも人馴れた金貸の風情《ふぜい》を思わせた。

しゅっ、と衣擦《きぬず》れの音をたて、小左衛門と市兵衛に対座すると、おもむろに頭を垂れて言った。

「富山小左衛門さま、唐木市兵衛さま、このような田舎《いなか》までわざわざのお運び、畏《おそ》れ入ります。もう十日も前になりますねえ。岩倉家ご嫡子の高和さまと三村家の早菜さまご婚礼の祝宴にお招きいただいた折り、早菜さまの縁者の方々が居並ぶ膳についておられた、富山さま、唐木さまをお見かけいたしました。ご挨拶をと思いましたが、あたしのような金貸がお侍さまに、めでたい席とは申せ気安くお声をかけるのを憚《はばか》り、つい、失礼をいたしました」

「いやいや、こちらこそ。老いぼれの田舎侍ですので、名門岩倉家の晴れやかな婚礼の祝宴にお招きいただいて、慣れぬものですからぼうっとしてしまい、ご列席のどなたさまにもろくなご挨拶もできず、祝宴が終ったあとになっておのれの無作法に思い至り、汗顔《かんがん》の至りでござる」

「とんでもございません。富山さまのどっしりとお構えになったご様子は、さすが質実剛健の武州のお侍さまは違うと、つくづく思いましたよ」

七右衛門はうす笑いを浮かべ、煙管に刻みを詰め火をつけた。一服、二服して灰吹に雁首を鳴らし、吸殻を落とした。それから、浅黒い顔色の眉間《みけん》に深い皺《しわ》を寄せた険《けわ》しい顔つきを市兵衛に向けた。

「唐木市兵衛さまは、身分の高いお武家のお生まれながら、わけがあってご浪人をなさり、そろばんがおできになるので、お武家の勘定役と申しますか用人役を、臨時に請けておられると、以前、正田昌常と申されるお武家さまとお近づきになった折りにうかがっておりました。しかも、こちらのほうも滅法《めっぽう》お強いお武家さまで、そうそう、お内方さまを川越城下より江戸の近江屋さんへお連れした折りに、ずいぶんお働きになって、唐木さまのお働きがあったから、このたびの高和さまとのご婚礼があると、正田さまに聞いた覚えがございます」

七右衛門は、煙管で刀をにぎる真似をして見せた。

「祝宴の膳を正田さまと並べておられたので、あのお姿のよいお武家さまが唐木市兵衛さまなのだなと思っておりました。やはりそうでございましたね」

ひっ、ひっ、と七右衛門が笑った。

「それは正田さんが、だいぶ大袈裟《おおげさ》に言われたのです。仕える主家のない一介の浪人者です。改めまして、唐木市兵衛と申します」

「正田さまが仰った通り、ひと目見たご様子が違っておられますよ。氏《うじ》より育ちと申しますが、やはり氏は氏でございますねえ」

すると、小左衛門がわずかに身を乗り出した。

「わたくしは武州の田舎侍ゆえ、この広い江戸の町は不案内なもので、唐木どのに道案内をお願いいたしたのでござる。ところで、本日、お訪ねいたしましたのはほかでもありません。昨日、五番丁のお屋敷へ早菜さまのご機嫌をうかがいに参ったのですが、早菜さまより少々異《い》なことをお聞きしたのです」

七右衛門はにやにや笑いを、小左衛門にかえした。

「昨日、富山さまがお屋敷を訪ねてこられたと、高和さまにうかがいました。富山さまが昼ごろ、五番丁のお屋敷を訪問なされたところ、則常さまも高和さまもまだご出仕中のため、ご家来衆には富山さまがどなたかわからず、門前で少々もめたそうでございますね」

「高和さま、早菜さまのご婚礼の祝宴に招かれていたゆえかまわぬだろうと、添状も持たず訪問いたし、早菜さまにお伝えすることがあるなどと、いろいろ理由をつけたものの、どこの老いぼれかとご家来の方に怪しまれ、危うく門前払いになるところでございました。幸い、騒ぎを聞きつけた早菜さまが、門前に出てきてくだされ、追いかえされることはございませんでした」

「さようで。お内方さまのご機嫌はいかがでございましたか」

「お訪ねしたのはそのことなのですがな。早菜さまが少々、憂《うれ》えておられたのでござる。と申しますのは、どうやら高和さまは七右衛門さんに、かなりの借金をなさっておられるそうですな」

七右衛門はまた刻みを詰めて煙管を吹かし、うすい煙がゆらゆらとゆれた。

客が訪ねてきたらしく、客と使用人の男の小声の遣《や》りとりが交わされた。

七右衛門はその遣りとりに少し耳を傾け、すぐに言った。

「高和さまのご身分相応に、お貸ししておりますよ。そのお陰で、お武家さまの足下《あしもと》にも寄れない町家の金貸風情が、天下のお旗本の、しかも名門中の名門の岩倉家に、裏門からではございますがお出入りを許され、高和さまのお近づきにさせていただいております。はい」

「お近づきとは、高和さまの借金のとりたてのことなのですか」

「いやいや、そういうことでお出入りが許されているのではございません。ご存じの通り、高和さまは公方《くぼう》さまお側近くに仕え、お守りする中奥番衆に就いておられます。束《つか》の間《ま》も気を許すことのできない、重いお務めでございます。さぞかし、日々、心身ともにお疲れでございましょう。でございますので、あたしみたいな者が下々の他愛もない事情などをお聞かせし、厳しいお務めの疲れが少しでも和らぎご気分が改まるように、ほんの少しお手伝いさせていただいております。高和さまも下々の事情を面白がられて、いつでもこいと仰いましてね。近ごろは遠慮なくお出入りをさせていただいております。むろん、旦那さまの則常さまも奥方さまもご承知でございまして、まだお若い高和さまを支えてやってくれと、勿体《もったい》ないお言葉をいただいております」

「さようでしたか。早菜さまがいかなるおつき合いなのだろうと、気にかけておられましたもので。なるほど、それでわかりました」

「お内方さまはお輿入れになって、まだわずかな日数《ひかず》しかたっておりません。大家の慣《なら》わし、暮らし方、人の情など、同じお武家育ちでも、武州の軽輩の武家の女房ではなく、いずれは幕府番頭《ばんがしら》の奥方さまになられるのとは違いますので、ご心配なさるのは無理もございません」

「もっともですな。そうしますと、高和さまがお忍びで下々の町家へと申しますか、こちらに気分なおしに見えることもあるのでしょうな」

「たまにございますよ。狭いなあ、と笑っておられます」

「高和さまがこちらにわざわざこられるのは、やはり借金の申し入れなのですか？　じつは早菜さまは、高和さまが賭博《とばく》の丁半博奕《ちょうはんばくち》にかなりのめりこみ、遊び金を七右衛門さんに借金し、その額が相当ふくらんでいるらしいとお耳に留められて、ご心配なさっておられるのです」

とそのとき、無精髭の男のだみ声が間仕切ごしに言った。

「親ぶ……いけねえ。旦那、鋳掛屋《いかけや》の田助《でんすけ》さんが、また用だててほしいそうですが、どうしやすか」

「鋳掛屋の田助さんかい。前のがまだ済んでいないんだけど、田助さんのおかみさんが寝こんでるんじゃあ、仕方がないね。気の毒だから、証文を書き換えて用だててあげなさい」

へえい、と低く長いだみ声が聞こえた。

「ふん、お内方さま付きのお静さんが余計な告げ口をしたんでしょう。確かに、ごく稀《まれ》にではございますが、高和さまがご禁制の丁半博奕で気を発散なさっていると、ご本人から聞いております。あたしがご用だてした幾ばくかで、遊んでいらっしゃるのも、存じております。さっきも申しました。高和さまは中奥番衆の気の抜けないむずかしいお務めで、ずっと気を張りつめておられます。少しぐらいはお立場を忘れ、気を抜くところがないと心身ともに擦り減ってしまいます。それがわかっておりますので、少しぐらいは目を瞑《つぶ》ってもいいんじゃないかなと思いますよ。旦那さまの則常さまと奥方さまが、まだお若い高和さまを支えてやってくれと仰いますのは、それがおわかりだからじゃございませんかね」

七右衛門は煙管を吹かし、気持ちよさそうに煙を吹いた。

「富山さま、高和さまが賭場で借金を拵え、あたしがご用だていたしましても、自《おの》ずと限度がございます。ですから、町家ではあたしがお傍《そば》について、高和さまのご身分お立場に障《さわ》りがないようお見守りいたしております。お内方さまには、決してご心配にはおよびませんと、お伝えください」

「なるほど。早菜さまの杞憂《きゆう》だとわかりました。そのようにお伝えいたします。早菜さまもご安心なされますでしょう」

七右衛門は灰吹に煙管の雁首を、こん、と鳴らし、

「よろしくそのように。唐木さまもおわかりですよね」

と、市兵衛にうす笑いを寄こした。

「はい、高和さまが七右衛門さんを信頼なさっているのが、よくわかりました」

市兵衛は頷いた。

「ところで、わたくしもひとつ、お訊ねいたします」

「おや、唐木さまも何か気がかりが？」

「先だってのご婚礼の祝宴の折りはお見かけいたしませんでしたが、あとで岩倉家の縁者の方とお話しする機会があって、岩倉家にはつたというお女中が奉公し

ておられるそうですね。ただし、表向きは岩倉家の奉公人でも、つたというお女中はどうやら高和さまのお側妻同様のお立場にて、高和さまとの間にすでに四歳の寅吉さまを生《な》しておられるともうかがい、意外でした。早菜さまも高和さまとお女中のことはまったくご存じなかったようです」

「岩倉家は、ご縁談が進んでいるのですから、お内方さまは当然のごとくご存じだろうと、思っておられたのではございませんか。ただ、お内方さまがそれをご存じなかったとしても、岩倉家ほどの大家にお輿入れなされたのです。そうだったのですかと、お考えになれば済むことでございましょう。お武家さまがお世継ぎを残すために、お側妻さま、あるいはお手付きの侍女やお女中をお屋敷内におかれるのは、ごく人並みのしきたりでございますよ」

「つたと申されるお女中は、前は赤坂新町三丁目の町芸者だったとうかがっております。七右衛門さんが贔屓《ひいき》にしておられたそうですね。ということは、高和さまに町芸者だったおつたさんを引き合わせたのは、七右衛門さんなのですか」

「確かに贔屓にしておりましたが、だとしたら、何か」

「高和さまが岩倉家を継がれますと、つたどののお子さまは岩倉家の御曹司《おんぞうし》です。もしも、お内方さまに男子がお生まれでなければ、つたどののお子さまがご嫡子になられます。そうなれば、七右衛門さんは岩倉家にとっては、手柄をたてられたことになります。七右衛門さんのお手柄に報《むく》いるため、高和さまは七右衛門さんを岩倉家にとりたて、例えば、岩倉家の台所勘定をお任せになるとか、お側近くの相談役に就かせるとか……」

うん？　ふむ、と七右衛門は首を傾げた。それから、指先で煙管をくるくると廻《まわ》して弄《もてあそ》びながら言った。

「それも縁者のどなたかに、お聞きになったのですか。ふん、あたしのような下《げ》賤《せん》な金貸をお侍にとりたて、岩倉家の台所勘定役とか相談役などと、滅相《めっそう》もございませんよ。唐木さま、お人の悪い冗談を……」

ひっ、ひっ、と七右衛門はまた喉《のど》を絞《しぼ》るような笑い声をもらした。

五

いつしか高曇りの空が次第に暗くなり、午《うま》の刻《こく》（正午頃）の半刻《はんとき》（約一時間）すぎには、原宿町の上空にどす黒い雲が低く垂れこめ始めた。

冷たい雨がきそうな天気だった。

市兵衛と小左衛門は原宿町から百人町の通りを、赤坂御門外へとった。

その間、小左衛門はずっと黙りこくっていた。足の運びは杖を頼りながらも、痛みを忘れて物思いに沈んでいるかのようだった。

百人町の武家地から久保《くぼ》町の町家まできたとき、小左衛門が呟いた。

「あの七右衛門のような男が、高和さまにとり入り、岩倉家に入りこんでおるのですな。家禄三千石の名門岩倉家は、一体どうなっておるのだ」

「七右衛門を、どのような男と思われたのですか」

「たった一度会って言葉を交わしただけで、軽々しく申せませんが、あの男の言葉には実《じつ》が感じられません。年寄りの戯言《ざれごと》ですかな。ああいう男は信用ならん。唐木さん、これから近江屋に戻り、季枝さまと隆明どのに、岩倉家がこのままだと台所預りになり兼ねない実情と、早菜さまが五番丁のお屋敷で、今どのようなお立場におかれておられるのか、お伝えしようと思うのです。唐木どのもご一緒していただけませんか」

「ご一緒しますとも。富山さんは昨日、早菜さまには岩倉家の実情を話されました。今日、七右衛門に会って、七右衛門がどういう男かを知った。それだけでも無駄ではなかったと思います。町芸者のつたが岩倉家に入ったのは、高和どのの子を身籠ったからです。つたと七右衛門がどういうかかり合いだったのかも気になりますし、岩倉家が近江屋さんにどれほどの融資を求めてくるか、それも心配です。季枝さんと隆明さんにこれらのいきさつをお伝えいたせば、近江屋さんには近江屋さんのお考えがあるはずです」

「まことにそうですな。まずは自分で調べたうえで、などと意気ごんだものの、所詮は年寄りの冷や水でした。さっさとそうしておくべきだった」

銀座町の近江屋へは、赤坂御門外の溜池《ためいけ》をへて汐見坂《しおみざか》を芝口《しばぐち》へ下り、汐留川《しおどめがわ》に架かる新橋《しんばし》を渡って行く。

二人は青山通りを急いだ。

ところが、牛鳴坂《うしなきざか》を下る前から雨が降り出し、通りの両側につらなる武家屋敷地の木々をさわさわと鳴らし始めた。すぐに雨は通りに雨煙を巻いて水飛沫《みずしぶき》を散らし、通りがかりが喚声《かんせい》や悲鳴をあげて駆《か》け出した。

「富山さん、この雨では仕方がありません。雨宿《あまやど》りをしましょう」

「承知しました。唐木さん、どちらへ」

足の痛みはやわらいでも、杖を突いた小左衛門は駆けることができない。

「表伝馬町《おもててんま》まで行けばそば屋があります。混み合っているでしょうが、雨宿りはできます。そこで」

牛鳴坂を下り、赤坂表伝馬町の往来に表戸を閉《た》てたそば屋の軒をくぐった。

昼どきはだいぶすぎているが、雨宿りの客で混み合い、小あがりの板敷にも土間に六台並ぶ長腰掛も腰かける場所は、殆《ほとん》どなかった。

土間の奥側に、そばを蒸す釜と蒸籠《せいろ》をかけた竈と調理場があって、白い湯気が上り、半裸の男らが次々とそばを蒸し、襷がけの給仕の女らが盆に蒸籠を積みあげて客席へ運んで行く。

市兵衛は、小左衛門だけでも腰かける隙間《すきま》はないか、と店中を見廻した。

そのとき、小あがりの奥の座に、渋井鬼三次と岡っ引の助弥、下っ引の蓮蔵がいて、店中を見廻している市兵衛に手をふっていた。

「市兵衛さん、おおい、市兵衛さん、こっちこっち……」

蓮蔵が土間におり、小太りの両腕を差しあげて市兵衛と小左衛門を手招き、助弥は箸《はし》を持った長い手を躍《おど》らせ、そばをすする途中の渋井は、市兵衛へにやにや笑いを寄こしていた。

「よかった。知り合いの町方です。富山さん、あちらへ」

市兵衛は混み合う土間を縫《ぬ》って、小あがりの奥の座に小左衛門を導いた。

「市兵衛さん、お侍さまもこちらにおあがりなすって」

助弥が市兵衛と小左衛門に座を譲ろうとするのを、

「畏れ入ります。ですが雨で足下が汚れておりますので、わたしはここに腰かけさせていただくだけで充分です……」

と、小左衛門は助弥の隣の上がり端《はな》に、ちょこんと腰をおろした。

「足をお怪我なすったんで」

「いやいや。日ごろの不摂生《ふせっせい》が祟《たた》りましてな。痛風です。聞いておりましたが、痛風がこんなに痛いとは思いませんでした」

「痛風？　じつはあっしも去年痛風にかかっちまって、痛くて痛くて、寝たきりも同然だったんすよ。こんなに若い歳では珍しいと、医者に言われやした」

蓮蔵が言って、はは、と笑った。

「おっと、市兵衛さんは旦那の隣に。あっしは立ったままで。柄の悪い育ちでやすから、立ち食いは慣れておりやすんで。盛《もり》が二枚で、いいんですね」

「市兵衛、坐《すわ》れ」

渋井が言うので、蓮蔵に任せて渋井の隣に坐った。

渋井ら三人は、蒸籠の盛と一緒に二合徳利《とっくり》の酒を嘗《な》めていた。

「今日は朝っぱらから歩き廻って、喉が渇いてな。市兵衛も一杯やるかい」

「いただきますと言いたいところですが、今日は遠慮します。これから行くところが、もう一軒ありますので」

市兵衛は笑みを向けて答えた。

「ところで渋井さん、こちらは川越藩の村山家に先々代のころよりお仕えでした富山小左衛門さんです。先代が亡くなられ、村山家のお嬢さまとともに、去年、両替商の近江屋さんへ身を寄せられました」

「これはこれは。するってえとこちらが、とびっきりお美しいと評判の早菜さまに従って江戸にこられた、村山家の重臣の富山さんでございやしたか。とにかく早菜さまがお美しいと、市兵衛からうかがっておりやした」

渋井が居住まいを正そうとし、助弥と蓮蔵もそばをすする手を止めた。

「何とぞ、何とぞそのままで、お気遣いは無用に願います。早菜さまのお美しいのはその通りですが、わたしはただの老いぼれの田舎侍でござる」

小左衛門は恐縮して、白髪頭を叩《たた》いた。

「富山さん、この方はわが友の渋井鬼三次さんです。北御番所定町廻《じょうまちまわ》りの、鬼しぶと呼ばれている町方です。隣のひょろりとしたのが、渋井さんの御用聞を務める助弥に、こっちの肉づきのいいのが助弥の弟分の蓮蔵です」

「やはりそうでしたか。そうではないかと思いました。鬼しぶどのの評判は、唐木どのよりしばしば聞かされておりました。一見して普通のお役人に見えて、じつは抜群の腕利きの町方と何度も」

「そんな、何度も言われるほどじゃありませんので。そこら辺は話半分に聞いておいてくだせえ」

「いやいや、唐木どのは細かく、あの件はこう、この件はこうと、鬼しぶどのの手柄話をなされ、それから、助弥さんや蓮蔵さんのお名前もうかがっておりました。武州へ戻る前に一度、みなさんとお会いしたかった。そうそう。じつは昨日、柳町の柳井宗秀先生に、この痛風の診たてをしていただいたのです。唐木どのに名医と聞いておりましたので、宗秀先生にもお会いできました。まことに、唐木どののご友人らしい、素晴らしいお医者さまでございました」

「ほう、痛風はおらんだの診たてですか」

「はい。みなさんが宗秀先生をおらんだと呼んでおられると、それもうかがっておりました。おらんだという呼び名も、宗秀先生には似合いますな」

そこへ、市兵衛と小左衛門の盛の蒸籠が盆に載せて運ばれてきた。

「ところで市兵衛、赤坂界隈《かいわい》にどういう用なんだい」

渋井が杯をひと嘗めして言った。

「赤坂ではありません。原宿町へ行った戻りです。これから銀座町へ行く途中、この雨に降られました」

降り続く雨は、そば屋の板屋根になおも激しい雨音をたて、雨宿りの客が混み合う店は、わいわいがやがやと賑やかである。

「ほう、原宿町へ行った戻りか。原宿町の誰だい」

渋井がにやにや笑いを浮かべ、関心を寄せた。

「七右衛門という金貸に、確かめることがありました」

そう言ってそばをすすったとき、渋井のにやにや笑いが固まり、助弥と蓮蔵も顔つきを引き締めたのがわかった。

すると、助弥が言った。

「市兵衛さん、旦那とあっしらも昨日、御用の筋で七右衛門の聞きこみに原宿町へ行ってたんです」

土間にしゃがんだ蓮蔵は、盆を運ぶ女らの邪魔にならないよう小あがりに両肘《りょうひじ》を乗せてへばりつき、呑みかけの杯を手にして市兵衛を見あげている。

「市兵衛、金貸の七右衛門に何を確かめに行ったんだ。聞かせてくれねえか」

渋井が言った。

「富山さん、七右衛門のことがもう少しわかるかも知れません。今日のいきさつを話してかまいませんか」

「鬼しぶどの御用の筋なら、やむを得ぬでしょう。唐木どのにお任せします」

小左衛門は渋井に頷きかけた。

「渋井さん、あるお旗本の跡とりが賭場の遊び金を金貸に借りて、どうやら借金が相当な額にのぼっているのがわかったのです。その跡とりには、この三月三日の上巳節の日にお輿入れしたばかりの若いお内方さまがおります。しかし、お内方さまは元より、お輿入れを推し進めた後ろ楯になっていた大店の商家の主人らにも、跡とりが賭場に出入りし、金貸に借金がある行状はわかっていなかった。つまり、その金貸が原宿町の七右衛門なのです」

「なるほど、それで富山さんなのかい。前に市兵衛から聞いてたな。今月のひな祭りのめでたい日に、村山家の早菜さまが大家のお旗本にお輿入れなさるって。跡とりの名前は知らねえが、お旗本は家禄三千石の岩倉家だった。岩倉家の跡とりが博奕にうつつをぬかし、七右衛門に結構な借金を拵え、お内方さまはお輿入れするまでそれを知らなかったってえわけか。なるほど。それで？」

「跡とりは、岩倉高和どのです。七右衛門に借金もあるのですが、高和どのには屋敷内にお側妻がおり、お側妻が産んだ四歳になる男子までおりました」

「おいおい、お側妻ってえのはお妾《めかけ》さまだな。お妾さまが男子まで産んでいたのに、お輿入れ前にそれもご存じじゃあなかったのかい。そいつは迂闊《うかつ》だな。とは言え、家禄三千石の大家なら、跡とりを絶やさないためにお妾さまを置くぐれえは、珍しい話じゃねえぜ」

渋井は、左右ちぐはぐなひと重《え》の目を小左衛門に向けた。

「岩倉家ほどの大家にお輿入れしちまったんですから、早菜さまも我慢するしかねえんでしょうね」

小左衛門は、はあ、と溜息《ためいき》のような弱々しい返事をした。

しかし、市兵衛は続けた。

「ただ、高和どののお側妻についても、金貸の七右衛門とかかり合いのある気になる話が聞けましてね。高和どのの借金事情のほかに、そのことも七右衛門に確かめるつもりでした。あまり要領を得ず、はぐらかされた感じでしたが」

「お妾さまと七右衛門に、どんなかかり合いがあるんだい」

「お側妻はおつたと言う、元は赤坂新町三丁目の自分稼ぎの町芸者だったようです。おつたが町芸者の、たぶんまだ十七、八だったころ、七右衛門が贔屓にしていたと、それは本人が言っておりました。町芸者のおつたを高和どのに引き合わせたのは、七右衛門なのです。おつたが高和どのの子を身籠ったとわかり、表向きは奉公人のお女中として、おつたが岩倉家に入ったのは四年ほど前です。おつたは男子を岩倉家で出産し、今二十二歳と聞いています」

「つまり、岩倉家にお輿入れしたばかりのお内方さまは、そんなこととは露《つゆ》いささかも思っちゃいなかった。それじゃあ面白くねえというわけで、富山さんと市兵衛が、柄の悪い金貸の七右衛門に、なんてことをしてくれたんだと、苦情でも言いに行ったのかい」

渋井は徳利を杯に傾けつつ、にやにやしてからかった。

すると、小左衛門が早菜をかばうつもりでか、真顔になって言った。

「鬼しぶどの、早菜さまは、いささかもそのようなことを思われる、心の狭いお嬢さまではござらん。お輿入れなさってまだ間もない早菜さまは、頼るべき夫の高和どのが、容姿はむろんのこと、ご気性も普段のふる舞いもご存じではなかったのです。それが、七右衛門に多額の借金をしてまで博奕に耽《ふけ》り、まだご当主でもないのにお手付きのお女中を側におかれ、子供まで生まれておりました。七右衛門は、おつたがお側妻として岩倉家に入って以来、三日にあげず岩倉家に出入りし、まるでおつたの縁者のようにふる舞い、岩倉家のご一族の方々と親しげにしておるのを、早菜さまはその事情を何もご存じではなく、ただ不審に思われておられるのです。それればかりか、岩倉家にもいろいろと不審なことがございました。今それをわたくしが申しあげることはできませんが、とにもかくにも早菜さまは、夫の高和どのが信頼に足る夫なのかをお知りになりたいだけなのです。よって、わたくしが唐木どのの手を借り、高和どのが一体どのような方か調べることにいたし、本日、原宿町の七右衛門を訪ねた次第です」

「でしょうね。わたしも早菜さまは、お目にかかったことはございませんが、そんな心の狭い方じゃねえと思っておりやすとも。七右衛門に面白くねえので苦情を言いに行ったってえのは、まあ言葉の綾《あや》とでもいいましょうか」

渋井がにやにやしながら言い繕《つくろ》ったので、助弥が噴《ふ》き出し、蓮蔵はげらげらと声をあげて笑った。

しかし、渋井はすぐに市兵衛へ向きなおった。

「けど、市兵衛、そいつは妙だな。当の岩倉家のご当主が、跡とりの博奕癖やら借金やら、柄の悪い金貸との妙な縁やら、お妾さまやらの乱脈ぶりをご存じじゃねえわけがねえだろう。岩倉家は一体どうなってんだ。岩倉家にも不審があるってえのも、気になるじゃねえか。確か、岩倉家は番方の名門じゃねえのか。大体だ、岩倉家の内情を、お輿入れした早菜さまもよく知らなかったてえのに、なんで市兵衛が知ってるんだ」

「渋井さん、今お話ししたことは臆測ではありません。ですが誰に聞いたか、それを教えてくれた相手に障りがあって、今はまだ申しあげられないのです」

「だろうと思ったぜ。こいつは跡とりにあるまじき乱脈ぶりや不届きなふる舞いを正すどころじゃ済まねえ、名門岩倉家の内情に絡んだ、相当こみ入ったいわくがありそうだ。町方じゃあ手の出せねえ、もっと上の御目付さまあたりじゃなきゃあ探れねえいわく因縁がさ」

「渋井さん、原宿町の七右衛門にどのような御用の筋があって、聞きこみに行かれたのですか。聞かせてください」

「いいよ。ただし、御用の筋だから、今はまだ申しあげられねえこともあるぜ」

「やむを得ません」

「助弥、おめえが話してやれ」

「承知しやした」

　助弥が杯をおいた。

「五日前なんですがね。前日から夜通し降った雨で、隠田村の用水堀の堤《つつみ》がくずれ、堤端の小藪《こやぶ》に埋められていた仏さんが一体見つかりやした。町奉行所に検屍《けんし》願いの届けがあって、旦那とあっしらが、雨あがりのどんよりとした明け方、隠田村に向かいやした。仏さんはたぶん、冷てえ湿《しめ》った土の中に埋《う》められていた所為《せ》で、思ったほどは傷《いた》んでおらず、四十代から五十代ぐらいの旅人風体の男に見えやした。首を締められた上に、腹を一ヵ所、背中を二ヵ所、匕首《あいくち》かその類《たぐい》の得《え》物《もの》で刺されており、仏さんの持ち物は一切見つかっておりやせん。旅人風体が追《おい》剝《はぎ》強盗に襲われた、みてえに思われやしたが、隠田村の名主さんの話じゃ、何代も前から隠田村に追剝強盗なんぞ出たためしはねえということでやした」

　雨の勢いが少し弱まって、紙合羽《かみがっぱ》に菅笠をかぶった雨宿りの客が、表の腰高障子を引き開け、降り止まぬ雨空をのぞいて、出発するかもう少し待つか、思案していた。そば屋はまだ混んでいた。

　それから助弥は、旅人風体の仏の身元を探って丸二日がすぎた三日前、馬喰町の旅人宿《飛騨屋》の亭主が、旅の荷物を飛騨屋に残したまま、人に会う用があると言って出かけた上方の旅人が、五日目になるその日まで戻ってこないと、御番所に訴え出たと話した。

「その上方の旅人が出かけた、会う用がある相手が、原宿町の七右衛門だったんです。ただし、旅人が目当ての七右衛門は、金貸の七右衛門とは違っておりやした。飛騨屋の訴えがあって町方が聞きこみをしたところ、金貸の七右衛門は、確かにその日の昼前に上方の旅人が訪ねてきたが、同じ七右衛門という名の人違いだったことが分かり帰って行ったと、町方に答えておりやす。つまり、飛騨屋が訴え出た上方の旅人は、金貸の七右衛門を訪ねたあと行方《ゆくえ》が知れなくなったってえわけです。で、その日の夜、偶然、隠田村の用水堀端に埋められていた旅人風体の亡骸が、飛騨屋に宿をとっていた上方の旅人だったと知れたんで。名は泰三郎。歳は四十九。大坂堂島の米仲買商でやす」

市兵衛は、金貸の七右衛門の物言いを思い出していた。

「あたしのような下賤な金貸をお侍にとりたて、岩倉家の台所勘定役とか相談役などと、滅相もございませんよ。唐木さま、お人の悪い冗談を……」

七右衛門の物言いには、上方訛《なま》りが少し残っている。

京生まれ京育ちの、宰領屋の矢藤太も京訛りが残っている。

そうか、金貸の七右衛門が元は上方の米仲買商だったとしたら、その上方の米仲買商がなぜ江戸の金貸に、と市兵衛の腹の中で疑念が渦巻《うずま》いた。

六

小降りの雨が、さわさわと裏伝馬《うらてんま》町の往来に鳴っていた。

晩春の空はまだ暮れなずんで、紺青《こんじょう》の空を映した雨が霧のように降っていた。葛籠《つづら》を堆く積んだ荷馬が、編笠《あみがさ》をつけた馬子《まご》に牽《ひ》かれ紀伊國坂《きのくにざか》を下り、元赤坂町から裏伝馬町三丁目へいたるぬかるんだ往来を、泥を撥《は》ねつつ通った。

その裏伝馬町三丁目の往来を二丁目へ折れた町家に、馬子らが宿をとる《佐賀《さが》屋《や》》という馬宿があって、宿の下男の又次《またじ》が、繫《つな》がれた伝馬がとき折り鼻息を鳴らす馬屋の馬屋肥《うまやごえ》を、がさがさ、がりがり、と鍬《くわ》でかき集めていた。

渋井と御用聞の助弥、下っ引の蓮蔵、そして市兵衛と小左衛門を、伝馬のいきれと糞《くそ》と尿が藁《わら》に混じった臭気が籠る馬屋へ、佐賀屋の使用人が案内した。

「又次さん、ちょいといいかい。お役人さまがお訊ねだよ」

又次は、がさがさと馬屋の土間をかきながら、渋井ら五人へねじり鉢巻の下の目蓋《まぶた》のたるんだ眼差しを寄こし、「そうかい」としゃがれ声をかえした。

馬屋肥をかき集める手を止めた又次は、ねじり鉢巻をとり、尻端折りの下の太短いがに股についた藁屑《わらくず》や土くれを、鉢巻の手拭《てぬぐい》で払いつつ小腰をかがめた。使用人が宿の表へ戻って行くと、

「お役人さま、ここは臭えですから、どうぞ、使用人部屋がありやすんで……」

と、又次が馬屋の裏手を差した。馬屋の戸を開け放った先の、小降りの雨に烟《けむ》る裏庭には、使用人らが寝起きする部屋があった。

「いや、ちょいと訊きてえだけだ。足下もずぶ濡《ぬ》れでこの通り汚れてる。ここでいい。人した手間はとらせねえ」

「さようで。なら、御用をおうかがいいたしやす」

又次は手拭を肩にかけ、鍬を手にしたまま言った。

五人がかぶった笠や着けている紙合羽から、雨の雫《しずく》が垂れ、馬屋の軒の雨垂れが地面に水飛沫を散らしていた。

渋井は馬屋を一度見廻し、さりげなく言った。

「又次は赤坂の伝馬町が長いんだってな。どれぐらいだ」

「生まれは相模《さがみ》でやすが、十歳にもならねえがきのころ、馬喰《ばくろう》の親方に奉公を始

めてこの伝馬町にきたんですがね。馬喰の親方が急に亡くなって、なんやかんやとあって、相模に帰っても水呑百姓《みずのみびゃくしょう》になるだけでやすから、結局、伝馬町に残って馬子を始めて五十年以上がすぎやした。この通り干涸《ひから》びやして、長えと言やあ長えんでしょうが、すぎちまえば、あっという間でやした」

「ずっと赤坂伝馬町かい」

「これでも女房と所帯を持ったことがありやした。赤坂田町《たまち》の裏店で一年半ばかり暮らしやしたが」

「女房は健在かい」

「馬子の仕事で厚木まで行って戻ってきたら、女房は消えておりやした。男と消えたらしいと人伝《ひとづて》に聞きやして、あれから三十数年でやす。生きているのか死んじまったか、なんにも知りやせん。がきもおりやせんので、あとはここら辺の界隈を二度ばかし移っただけでやす。三度目のここが行きどまりですかね」

「馬子はもう、やってねえんだな」

「へえ。三年前に足の筋を痛めちまって、もう馬子はできやせん。医者の話じゃあ、神経痛とかいう年寄りがよく罹《かか》る病《やまい》だそうで。昔から顔見知りのここのご主人に、馬の世話ならできるだろうと、住みこみで拾ってもらいやした。お天道さまからはとっくに見離された老いぼれでやすが、人の情けにはまだどうにかすがっておりやす」

「そうかい。で、訊きてえのは、ここら辺でよく見かける男のことなんだ。赤坂界隈の事情は、又次に聞けばなんでもわかると教えられてね」

「長く暮らしたってえだけで、なんでもってえわけじゃありやせん。あっしより物知りのご隠居は、彼方此方《あちこち》にいますよ。あっしが詳しいのは、せいぜい赤坂界隈の盛り場か、賭場ぐらいですから」

「博奕はやるのかい」

「お戯《たわむ》れを。馬子に博奕をやるのかと訊く野暮《やぼ》なお役人は初めてだ」

あはは、と又次は無精髭の生えた口元を皺だらけにして笑った。

「野暮を言いにきたんじゃねえ。原宿町の金貸の七右衛門は知ってるな。七右衛門とは親しい間柄だったと聞いたぜ」

「七右衛門でやすか。野郎はあっしより十四、五歳も下の男ですから、親しいわけじゃありやせん。生国は確か上方で、二十年ばかし前に江戸に下ってきて、数年は赤坂界隈にいて、それから原宿町へ移ったと聞きやした。性質《たち》の悪い金貸と、ここら辺じゃあ評判の悪い男でね。とき折り顔の知られていねえ赤坂界隈まで足をのばして、茶屋の茶汲女《ちゃくみ》らと戯れたり、芸者をあげて遊んでいたようで。あっしとは、ここら辺の町内の道端で会ったとき、一杯やるぐれえの間柄でやした。どういうわけか、野郎が誘ってきやしてね。ただし、てめえが誘っても絶対奢《おご》ったりはしねえ。呑み代は必ず割り前勘定でやした」

「七右衛門と呑み仲間になったわけが、なんかあったのかい」

「だから、呑み仲間じゃありやせんて。野郎が誘ってきただけでやす。あっしが四十代の半《なか》ばをすぎた、まだ五十前のころでやした。溝《みぞ》ノ口《くち》の問屋場まで荷送があって、急ぎじゃなかったもんで、ちょいと魔が差しやしてね。百人町の海蔵寺《かいぞうじ》の賭場でひと遊びのつもりが、明け方まで遊んじまって、有り金どころか請けた荷物までとられちまった。あっしが、貸元に人様の荷物だけはと泣きついたら、金貸の七右衛門に今すぐ借りてこいと、貸元の手下に原宿町の店まで連れて行かれたんです。七右衛門は、年は若えのに妙に老けた険しい顔つきをしやがって、口の利き方が偉そうな野郎だなと思いやしたが、こっちは荷物だけはと必死で頭をさげやした。それが七右衛門に会った最初でやす」

「利息はどれだけだ。厳しいとりたてに合ったんじゃねえのかい」

渋井が話を促した。

「利息は、年利一割五分の三月縛《みつきしば》りでやした。あっしは、借りた金をかえさなきゃならねえのは覚えていても、博奕でやらかしたへまはすっかり忘れて、のうてんきに日を送っているうち、たちまち三月がたって、七右衛門が表伝馬町の問屋場にとりたてに現われやした。しまったと気づいても、あとの祭りだ。女房に逃げられがきもいねえ。稼ぎは後先考えずに使っちまい、蓄《たくわ》えなんかあるはずもねえ。野郎に馬を貰《もら》っていくと言われて、馬子が馬をとられちゃあ首をとられたも同然だ。頓馬《とんま》な馬子の笑い話にもならねえ。仕方なく、問屋場の差配役に洗《あら》い浚《ざら》いわけを話して、頭をさげやした。これきりだぞと差配役に釘《くぎ》を刺され、問屋場の借金は伝馬の手間賃から天引きでかえす約束で、馬をとられるのだけはまぬがれたんで。それから何日かがたって、たまたまここら辺の道端で七右衛門に出会って、先だっては、とにやにや笑いで野郎のほうが話しかけてきやがった。それで一杯ぐらいやる間柄になっただけです」

「七右衛門と一杯やって、どんな話をしたんだ」

「大した話じゃねえから、覚えちゃおりやせん。大抵は、野郎の茶屋遊びや芸者をあげて遊んだ、面白くもねえ虚仮《こけ》話を聞かされるだけでやした」

「七右衛門に、赤坂界隈の水茶屋とか町芸者に馴染みがいたとか、そういう話は訊いていなかったかい。当人でなくても、噂《うわさ》にでも聞いた七右衛門と懇《ねんご》ろだった女の話でもかまわねえんだが」

「でやすから、野郎はどこそこの女はああだったこうだったと、あんな女に金を使って損をしたとか、ぐずぐず言うのを、あっしがそうかいそうかいと、いい加減に相槌《あいづち》を打っていただけで、なんにも覚えちゃおりやせん。野郎はあっしが面白がっていると、勘違いしたんですかね。普段、よっぽど話し相手がいねえみてえで、馬鹿話をする話し相手が欲しかったのに違いねえ。まあ金貸は、馬子よりも嫌われておりやすから」

暮れなずんで紺青色にくすんだ裏庭に、軒の雨垂れの音が続いて、馬屋の柱に灯《とも》した一灯の燭台《しょくだい》の火が、男らの鈍《にぶ》い影を土間に落としていた。

馬宿の二階で馬子らの吞み騒ぐ声が聞こえ、又次は無精髭を擦《さす》りつつ、梁《はり》と柱の角に蜘蛛《くも》の巣が張ったくすんだ天井を見あげて言った。

「けどひとりだけ、七右衛門の馴染みだった女を、覚えておりやす」

「誰だい」

「あれは、あっしが神経痛にかかる前の、五十代の半ばをすぎて、荷物のあげおろしもつらくなり、こんなに老いぼれちゃあ先は知れてる、馬子の稼業もそろそろかなと思い始めたころでやした。一度だけ、七右衛門と赤坂新町の芸者をあげて、遊んだことがありやしてね。あっしが、芸者遊びなんか縁がねえと言ったら、野郎が芸者遊びも知らねえのかい、そいつはまずいぜ、おれの馴染みに頼めば安く遊べるが、どうだい行くかい、と言っても安酒場で一杯やるのとは違うがな、と小馬鹿にした口ぶりで誘いやがった。十四、五も年下のこの野郎がと思いつつ、たまたまそのとき、伝馬の手間賃が入ったばかりで懐があったかかったんで、なんとかなると、また馬鹿の癖であと先考えず、七右衛門の尻にくっついて赤坂新町の小料理屋にあがって、呼んだのがおつたとお三江《みえ》という町芸者でやした。あっしは芸者のお三江とそれなりに乙《おつ》な気分になって、有り金を叩《はた》いたんですがね。おつたのほうは、七右衛門の馴染みっていうか、色っていうか、七右衛門にべたべたと媚《こ》びた様子でやした」

「おつたはどんな女だった」

「年ごろは、小娘がやっと子供離れした十六、七に見えやした。けど、小股が切れあがって、ちょっと目鼻だちのきつい芸者でやした。見方によっちゃあいい女だが、気が強そうで、七右衛門はこういう女が好みなのかと思いやした」

「あんたが五十代の半ばをすぎたころなら、七右衛門は四十一か、せいぜい二ってところだな。そのころおつたが十六、七ぐらいだったとすりゃあ、七右衛門とは二十四、五歳の差ってわけだ」

「あっしはこの春、六十一の還暦でやす」

又次は、ぐすぐす、とくぐもった笑い声をもらした。

「七右衛門の馴染みのおつたを覚えているのは、初めてあげた芸者のひとりだったからかい」

「まあ、それもありやす。お三江だって、器量は鄙《ひな》びて今ひとつだったが、気だてはよかった。おいぼれの普通なら芸者遊びなんぞできるわけがねえ馬子でも、ちゃんと客として扱ってくれやしたから。ただ、おつたを覚えているのは、そればかりだからじゃねえんです。じつは、七右衛門とあっしは、今年で五年目でやすが、芸者をあげて戯れたあの夜以降は会っておりやせん。あのあとも、赤坂界隈で七右衛門を見かけたことは、三度ばかしありやした。芸者遊びをしたのが文政五年（一八二二）の春の初めで、あのあとぐらいから、七右衛門の様子が妙によそよそしくなりやしてね。往来で見かけて、あっしが会釈《えしやく》を送ってもそっぽを向きやがるし、一度は赤坂御門のほうへそそくさと行くのを見かけたことがあって、野郎、赤坂から麴町あたりに河岸《かし》を変えたのかと思っておりやした。そういうわけで、しばらく野郎を見かけねえうちに、あっしはこの通り馬子ができなくなっちまい、佐賀屋のご主人のお情けにすがって生き長らえている有様《ありさま》でございやす。それからは七右衛門と会うどころか、見かけたこともありやせん」

そこで、市兵衛が口を挟んだ。

「渋井さん、わたしもよろしいですか」

「いいとも。なんでも訊きな」

「又次さん、唐木市兵衛と申します。事情があって、われらも今宵《こよい》、渋井さんに同道を許していただいたのです。七右衛門のことで少々お訊ねします」

と、市兵衛は小柄な又次をのぞきこんだ。

又次は市兵衛と高齢の小左衛門を見較べ、少々怪訝《けげん》そうに頷いた。

「赤坂新町の町芸者のおつたは、七右衛門の色と言われましたね」

「七右衛門と芸者遊びをしたときこの目で見たんで、間違いありやせんよ」

「同じ年の夏の終りごろ、五番丁の三千石の岩倉家に、町芸者のおつたが女中奉公にあがったのは、ご存じでしたか」

「そりゃあもう、噂に聞いておりやした。あのときの町芸者のおつたが、五番丁の偉いお武家のお女中にとりたてられたのかいと、まあ、驚いたのなんの。だから、おつたのことは今でも覚えておりやすんで。けどありゃあ……」

と、又次は蜘蛛の巣の張った馬屋のうす暗い天井を見あげて続けた。

「女中奉公の体裁《ていさい》でやすが、じつはおつたが五番丁の身分の高えお武家の子を孕んで、お妾奉公に迎えられたんだと、お陰で玉の輿に乗ったんだと、赤坂の芸者はなかなかやるもんだと、あのころ、ちょいと評判になりやしたんで」

「おつたは翌年の文政六年（一八二三）の春、岩倉家嫡子高和の男子を産んでおります」

「当然、それも聞こえてきやした。だから、初めは七右衛門が、身分の高えお武家に馴染みのおつたを寝盗《ねと》られやがったなと思いやした。けどね、すぐにそうじゃねえんだと気づきやした。なるほど、金貸の七右衛門らしいやとね。つまり儲《もう》かるか儲からねえか、利に聡《さと》い七右衛門のことだから、あんなにべたべたしてやがったてめえの色を、なんか魂胆《こんたん》があってお武家にとり持ち、お武家と誼《よしみ》を結んでお出入りが許されりゃあ損はねえと、そろばんをはじきやがったんだ。芸者遊びのあのあとぐれえから、七右衛門が妙によそよそしくなって、赤坂界隈で見かけても素知らぬふりで行ってしまいやがるんで、なんでいあの野郎、と思っていたのが、そうか、金貸の七右衛門らしいやと、腑《ふ》に落ちやした。そうそう、三度見かけたうちの一度は七右衛門には連れがおりやした。若えお侍で、あっしには偉そうな七右衛門が、馬鹿に腰を低くして、家来みてえに機嫌をとって若えお侍の尻にくっついていやがった。おつたが身分の高えお武家のお妾さまにとりたてられて、玉の輿に乗ったと知ってからは、あのときの若えお侍が相手だったのかいと、合点がいきやした」

だがそこで、又次は鍬を杖にしてすがり、市兵衛にうす笑いを寄こした。

「それとこれは、今まで誰にも話したことのねえ、とっておきの噂話なんですがね。こんな雨の中をわざわざお見えになったんで、そいつをお聞かせしやす」

市兵衛は頷いた。渋井は紙合羽の下で腕組みをし、小左衛門と助弥と蓮蔵は、凝《じ》っと又次を見つめている。

「おつたが、五番丁の偉いお武家のお妾さまにとりたてられたと、ちょいと評判になったころでやす。品川の問屋場まで継立の荷を運ぶ仕事を請けて、赤羽橋《あかばねばし》から東海道へ抜ける道筋の、六本木《ろっぽんぎ》通りをとっておりやした。ちょうどそこへ、赤坂新町の芸者のお三江が、氷川《ひかわ》神社のほうから六本木通りにたまたま差しかかりやしてね。おや姐《ねえ》さん、あらあんたはあのときの、てな具合で、お三江は飯倉《いいぐら》町の親類を訪ねる途中で、同じ方角なもんで、じゃあそこまでと道連れになりやした。六本木通りのその道々、お三江からその話を聞かされやしたんで。お三江ってえのは、七右衛門に誘われて、おつたと一緒にあげた芸者の、器量は鄙びて今ひとつでも、気だてはよかったもうひとりですぜ」

「わかってるさ。続けろ……」

渋井が左右の目をちぐはぐにしてせっついた。

「話ってえのは、おつたのことでやしてね。あっしが、おつたが五番丁のお武家のお妾さまにとりたてられて評判になってるぜと話を向けやすと、お三江があんただけに教えてあげるけど、誰にも言っちゃあいけないよと釘を刺して、こう言ったんですよ。おつたちゃんがお女中奉公の体裁だけど、岩倉家の若殿さまのお妾さまに迎えられたのは、若殿さまの子を孕んだからだってあんた知ってる、とね。それも噂で聞いたと、あっしは答えやした。でもそれはちょっと違うのよ、とお三江はせせら笑いやしてね。おつたちゃんのお腹の子は、ほんとはあんたと一緒にきた金貸の七右衛門さんの胤《たね》なの。じつはあのころ、まさか若さまのお妾さまに迎えられるなんて考えもしないから、おつたちゃんがぽろりと言ったのを、あたし覚えているのよ。なんだかできちゃったみたい、どうしようって。すぐに子供ができたとわかったわ。誰の、とは言わなかったしあたしも聞かなかったけど、聞かずともわかっていたからさ。あのころおつたちゃんは、金貸の七右衛門さんひと筋だったんだから。七右衛門さんが岩倉家の若さまにおつたちゃんをとり持ったのは、その半月ぐらいあとのことよ。一体、七右衛門さんとおつたちゃんは、何をたくらんでいるのかしらね。いいこと。このことをあたしから聞いたって、誰にも言っちゃあだめよと、念を押されやして」

いつしか宵の帳《とばり》が降りて、雨の裏庭はもう真っ暗《まくら》だった。馬屋の軒の雨垂れが水飛沫を撥ねていた。馬屋のうす暗い天井ごしに、酒を呑んで騒いでいる馬子らの声も聞こえている。

「ふうん、そうなのかい」

腕組みをした渋井が、うなった。

「なんたることだ」

小左衛門が呆れたように吐き捨てた。

市兵衛は、金貸七右衛門の眉間に深い皺を刻んだ不機嫌そうな顔つきを思い浮かべていた。

第三章　銀座町《ぎんざ》

一

春三月の満月の夜から三日がたち、満天に星をちりばめた宵《よい》だった。宵の静寂《せいじゃく》にくるまれた離れの庭から、ほのかな冷気が流れてきて、日がすっかり暮れた邸内の寂《さび》しさをやわらげていた。

早菜は、縁側の腰付障子《こしつきしょうじ》一枚だけを開け書院に端座《たんざ》して、闇《やみ》にくるまれた庭のほうから流れてくるほのかな冷気を、胸いっぱいに吸った。

行灯《あんどん》に火も入れず、早菜は去年亡くなった父親のことを考えていた。

父なら、こういうときどう言うだろう。村山家の名に恥《は》じぬよう、正しいと信じる道を行くのだ。父ならそう言うと、早菜にはわかっていた。

けれど、村山家の名に恥じぬ正しいと信じる道が、よき人々の心根を疵《きず》つけ、苦しめ、悲しませるなら、それでもわたくしは行くべきなのですか。

娘よ、沈黙の苦しみに耐えて歩め。歩めば自《おの》ずと道になる。

そう父の声が聞こえる。

早菜は考え続け、暗い書院に凝《じ》っとしていた。

一刻（約二時間）ほど前、舅《しゅうと》の岩倉則常が下城し、表玄関の家臣らの声がしばらく続いた。

中奥番衆に就く高和の、下城の気配はわからない。輿入《こしい》れをしてすでに半月がすぎるのに、早菜は夫となった高和が一体何者なのか、この屋敷で何が起こり、何が行われているのか、まだ知らないことばかりだった。

ただ、何かがおかしい。高和ひとりだけではなく、この屋敷の何かが……

早菜にはそれが、ひりひりと感じられた。

そのとき、早菜付きの女中の静が、塗り板の渡り廊下を主屋《おもや》のほうから戻ってくる気配がした。

「まあ、お内方《うちかた》さま、このような処《ところ》で明かりもつけずおひとりで。ただ今明かりをお持ちいたします」

静が縁側を書院までできて、腰付障子一枚を開けたまま、書院の暗がりの中に早菜の端座する影を認めて言った。

「よいのです。考え事には暗いほうがいいので、こうしていたのです」

「ですけれどこれでは。夜風はお身体《からだ》によろしくありません」

静は書院の腰付障子を閉《た》て、行灯に明かりを灯《とも》した。

「手炙《てあぶ》りをお持ちいたしましょうか」

「このままで大丈夫ですよ。主屋の用は済みましたか」

「はい。琴代《ことよ》さまと千乃《ちの》さまのほかに、おつたさんまでおられて、今月末の立川《たちかわ》家ご祝儀のお招きに、どのご衣装をお召しになるのか、わたくしの考えを聞かせておくれと、呼ばれただけでございました。拍子《ひょうし》抜《ぬ》けいたしました。けれど、これはどうあれはどうと訊《き》かれ、その都度お答えしてもお二方ともぐずぐずと迷われて決まらず、いつの間にか暗くなってしまいました」

琴代は夫高和の姉であり、千乃は妹である。姉妹とも未《いま》だ嫁《とつ》がず、五番丁の屋敷に居住している。

「そうでしたか」

「それに、そこにおられたおつたさんが、大きな声では言えませんけれど、あの方は元々が赤坂の町芸者をなさっておられましたので、まるで町家のお座敷にあがる芸者を指図するみたいに、ああなされば、こうなされば、と知ったふうに仰《おつしや》るのが聞きづらくて、苛々《いらいら》いたしました。それに、おつたさんのたいている香がわたくしはどうも苦手で……」

「ああ、おつたさんがね」

早菜が言うと、静ははっとして様子を改め、

「ご無礼を申しました。お許しください」

と、畳に手をついた。

岩倉家に輿入れする際、早菜は夫となる高和が、早菜を正妻に迎える前から、元は町芸者のつたを、表向きは女中奉公ながら側妻《そばめ》同然において、すでに四歳になる倅《せがれ》の寅吉が生まれていることを知らなかった。

それを承知のうえで早菜は輿入れしたと、静は思っているのに違いない。跡継ぎを絶やさないため、武家にはありがちな慣《なら》わしとわかっている。この半月の間にそれに気づいた早菜は、むしろ自分の迂闊《うかつ》さに呆《あき》れた。

「いいのです。手をあげなさい。それより、今日はおつたさんのご機嫌うかがいに、原宿町の七右衛門という金融業者はきておりましたか」

「わたくしは見てはおりませんが、きていたと思います。高和さまがまだご下城ではございませんので、ご下城なされたお殿さまに、お庭のほうからご挨拶《あいさつ》なさって戻られたようでございます。御用聞の商人でもないのに、どうしてあんな人のお出入りが、許されているのでございましょうか。あの人の顔つきはいつも怒っているみたいで、声が聞こえただけでもちょっとぞっといたします」

「岩倉家のお家の事情が、あるのでしょうね」

早菜はぽつりと言った。

お家の事情？　と訊《たず》ねるかのように静は小首をかしげた。

静は岩倉家の台所事情の逼迫《ひっぱく》や、高和自身が抱えているらしい七右衛門の借金のことまでは知らないようだった。

早菜も、先日、小左衛門に聞くまでは知らなかった。

そのとき、渡り廊下のほうより書院の縁側をくる人の気配があった。

提《さ》げた手燭《てしょく》の明かりが、縁側の腰付障子に映った。縁側に跪《ひざまず》き、

「室川平三郎《へいざぶろう》でございます。失礼いたします」

と、腰付障子が引かれ、庭のほのかな冷気と一緒に、昨日、小左衛門を門前払いにしかけた若侍の提げた手燭のほの明かりが射《さ》し、書院の畳を照らした。

「殿さまが、お呼びでございます。居室にてお待ちでございます」

室川が言った。

岩倉家当主・岩倉則常の書院に、この春五十二歳の幕府小姓組番頭に就く則常が、焦茶格子《こげちゃごうし》の紬《つむぎ》の羽織《はおり》を羽織った寛《くつろ》いだ装《よそお》いで、次の間から通った早菜が手をついて辞儀をする様を、少し唇《くちびる》をゆるめて見つめていた。

「お義父《とう》さま、お呼びにより参りました」

手をついたまま、早菜は言った。

「ふむ。よいから手をあげて、もう少し側へ」

喉《のど》を絞《しぼ》るような高い声で、則常が言った。

はい、と早菜は手をあげたが、目は伏《ふ》せて膝《ひざ》をわずかに進めた。

一灯の行灯だけのほの暗い視界の片隅《かたすみ》に、着座した則常の面長《おもなが》な相貌《そうぼう》と背景の床《とこ》の間《ま》と違い棚の濁《にご》った壁を、早菜は捉《とら》えていた。

あらためて見ると、長身の則常の背中は丸くなり髷《まげ》には白髪《しらが》が目だって、まだ五十二歳のはずだが、うす暗さの所為《せい》か、思っていたより萎《しぼ》んで見えた。

則常の左手、中庭の縁側に閉てた黒塗組子《くみこ》の腰付障子を背に、黒羽織を着けた鎌谷晋ノ助《かまたにしんのすけ》が控え、早菜の様子をむっつりと見つめている。

　この鎌谷晋ノ助のことも、水戸《みと》の経世家《けいせいか》として名が知られていた学者らしく、五年前、三十三歳の若さで則常にとりたてられた岩倉家を宰領する用人《ようにん》と、早菜は輿入れした当日に知った。

　肩幅が広く上背があり、ひと重瞼《えまぶた》のやや頬骨《ほおぼね》の張ったつるりとした顔だちに、気位の高そうな鼻翼《びよく》の張った大きな鷲鼻《わしばな》が目だった。

　黒々とした総髪を束《たば》ね、大きな一文字髷《いちもんじまげ》を結っている。

　輿入れの当日、岩倉家用人として奉公人一同とともに、紺の裃《かみしも》を着けた鎌谷の恭《うやうや》しい挨拶は受けた。

　だが、それ以後、昼間は登城している則常の代理で、接客や所要の外出など鎌谷は忙しくたち廻《まわ》っており、離れを出て主屋に渡る機会が殆《ほとん》どなかった早菜が、この用人と顔を合わせたのは今宵《こよい》で、ようやく二度目であった。

「相変わらず美しい。気の休まることのない番方の勤めも、こうして早菜に向き合うと癒《いや》される。なあ、鎌谷も思うであろう」

「まことに。お内方さまにおかれましては、質実剛健の岩倉家に相応《ふさわ》しい気高いお美しさでございます」

鎌谷が張りのある声で答え、則常は満足そうに笑った。

「婚礼の日より早《は》や半月になる。わが岩倉家には慣れたか」

早菜は膝に白い手をおき、則常との間の空虚《くうきょ》に目を落としていた。

「早菜は高和のお内方として、またいずれは岩倉家の奥方として、わが家をいっそう盛りたてて行かねばならん。わたしも二十五年以上お城勤めを果たし、そろそろ高和に家督を譲って、小姓組番頭を継がせねばならんと思っている。わが家の行く末をよりよいものにするため、この鎌谷とともに様々に手だてを講じておるゆえ、それが一段落すれば、今年は無理としても、遅くとも来年中には高和に家督を譲ることになると思う。来年、わたしは五十三歳だ。隠居をすれば、鎌谷が岩倉家用人として高和の表向きを支え、早菜が高和の正妻として、岩倉家の奥向きを守っていかねばならん。頼むぞ、早菜。そうそう、高和に家督を譲るころには、わが家の跡継ぎの顔が見られれば喜ばしい。高和とは睦《むつ》まじくしておるか」

則常は、どうだ、と淫靡《いんび》な笑《え》みを浮かべ早菜の返答を待った。

早菜は顔をあげ、則常の淫靡な笑みに少し顔を赤らめて答えた。

「婚礼の日より今日まで、高和どのはお渡りになっておりません」

うん？　と首をかしげた則常の淫靡な顔つきが固まった。

「高和が渡っていないとは、どこへだ」

則常は訝《いぶか》しげに質《ただ》した。

鎌谷の眼差《まなざ》しがねばりついているのを、早菜は感じた。

しかし早菜は、それを伝え却《かえ》って鬱屈《うっくつ》が解けていた。自分の言った言葉が、自分の気持ちがすでに定まっていることを、早菜にようやく気づかせた。

「わたくしの寝起きしております、離れでございます。渡り廊下がございます」

早菜は心を静めて言った。

「なんだと。どういうことだ。は、離れは高和が家督を継ぐまで、若い夫婦の新居にと、わざわざ建前までして建てたのだぞ。高和は新居にて、早菜と寝食をともにしておらんのか」

則常は鎌谷を問いつめるように言ったが、早菜がそれに答えた。

「高和どのは、これまで通り暮らし慣れたつたさんの部屋にて、専《もっぱ》らすごされております。第一子の寅吉どのもおられますし、そちらのほうが寛がれるのでございましょう。それに、つたさんのお知り合いの七右衛門という金融業を営《いとな》んでいる方が、つたさんへご挨拶に見え、高和どのは七右衛門という方ともご昵懇《じっこん》らしく、しばしばお二人でお出かけのようでもございますから」

「お、愚《おろ》か者がっ」

則常は、いっそう喉を絞るような高い声で吐き捨てた。

「鎌谷、おぬし存じていたのか」

「いえ。高和さまがつたどのと親しんでおられるのは存じておりましたが、離れのほうにお渡りになることについては、ご夫婦の間の事柄にて、家臣の身で傍《はた》から詮索《せんさく》いたすのは控えておりました。まさかそのような……」

しかし、鎌谷は咄嗟《とっさ》に何事かを思い廻《めぐ》らしたかのように、早菜へねばりつく眼差しを寄こした。

「あ、合点《がてん》が参りました。お内方さま、何とぞご案じなさいますな。高和さまはお内方さまが岩倉家にお輿入れになるまでの、様々なおつらい目に遭《あ》われたいきさつをよくご存じでございます。武門一途《いちず》の番方の家柄とは申せ、高和さまは元来、気だてのお優しい穏《おだ》やかなお育ちゆえ、川越藩に仕えておられた村山家とは家格もしきたりも違う岩倉家の家風に、お内方さまが慣れ親しまれるまで、おひとりで気苦労なくすごされるようにと、配慮なさってておられるのです。ときを見計らい離れにお渡りになって、お内方さまとの新たな暮らしを、焦《あせ》らず穏やかにお始めになるおつもりでございましょう。お輿入れより半月がたち、岩倉家の家風にも馴染《なじ》まれたお内方さまのご様子を、賢明な高和さまは、そろそろよいかなと察しておられるのに違いございません。さよう、お若いお二人には、ころ合いもよい季節になりますので」

早菜は、則常の左手に控えた鎌谷を冷やかに見つめた。

「鎌谷どの、貴方《あなた》はそのような物言いをなさる方なのですね。今初めて知りました。言っておきますが、岩倉家の家臣の貴方に、高和どのとわたくしの暮らしのあれこれを、勝手に推量して言われたくはありません。わたくしはお義父さまに申しあげたのです。何か言いたければ、わたくしのいないところで言ってください。わたくしの知らないところで何を言われたとしても、わたくしにはとめようがありませんから」

「はっ。つい余計なことを申しました。お許しください」

鎌谷は、かすかな苦笑いを口元ににじませた。

「早菜の申す通りだ。鎌谷、慎《つつし》め。とは申せ、鎌谷も悪気があって言うたのではない。わたしのあとを継ぐ岩倉家の当主のことゆえ、心配しておるのだ。高和は今宵、中奥番衆の寄合《よりあい》があって遅くなるらしい。間もなく戻ると思うが、それは知っていたか」

「いえ……」

「そうか。それも知らんのか。仕方がないな。高和と早菜の仲を、わたしも口出しする気はない。だが、高和の存念ぐらいは確かめておこう。父親として、このままでは気になる」

苛だちを抑《おさ》えつつとり繕《つくろ》う則常の言葉を、早菜は空《むな》しく聞いた。だが、早菜はそれ以上言わなかったし、もう言いたくはなかった。

そこで、則常が続けた。

「それはそれとしてだ。今宵、早菜を呼んだのはほかでもない。銀座町の《近江屋》にかかわりのある事情があって、岩倉家の嫁としての、早菜の力を借りたい。むろん、むずかしいことではないし、早菜の力を借りたいのは、あくまで、岩倉家の体裁《ていさい》を保つそれだけのことだ。明日、銀座町の近江屋を訪ねるのだ。駕《か》籠《ご》で行くがいい。鎌谷が供をする」

「お供いたします」

鎌谷が頭《こうべ》を垂《た》れて言った。

「ふむ。それでな、刀自《とじ》の季枝どのと主人の隆明どのに直《じか》に面談いたし、先だっての岩倉家の申し入れの返事をもらってきてくれ。返事だけでよい。書状やそのほかの物は不要だ。本来ならば、わたしや高和が行けばよいのだが、われらには重要なお城勤めがある。と言うて、家臣の鎌谷では務まる用ではない」

「近江屋さんに申し入れとは、どのような」

「季枝どのと隆明どのに、会えばわかる。早菜の使いなら、近江屋はよき返事をくれるはずだ。そうであろう」

「岩倉家の体裁を保つなら、輿入れいたしたばかりのわたくしより、お義母《かあ》さまや琴代さま、千乃のさまのほうが岩倉家には相応しいのではございませんか」

「表向きは岩倉家の体裁を保つが、ただし、これは内々のことゆえ、ほかの者にかかわらすことはできぬと言うか、わが岩倉家のお内方の早菜にしかできぬ使いなのだ。表向きは、三村家より輿入れはしても、実情は、早菜は近江屋の身内も同然。わたしの申しておることが、わかるな」

則常は丸い背中をいっそう丸め、のぞきこむように早菜を凝《じ》っと見つめた。

早菜は、則常のその眼差しに異様な威圧《いあつ》を覚え、身がすくんだ。

鎌谷のうす笑いをにじませた眼差しが、早菜にねばりついていた。

二

高和と供の中間《ちゅうげん》が五番丁の屋敷に戻ったのは、戌《いぬ》の刻《こく》（午後七～九時）をすぎたころだった。

高和が玄関式台から取次の間にあがり、出迎えた若侍の室川平三郎に佩刀《はいとう》を預けたとき、室川が言った。

「ただ今、殿さまが高和さまのお戻りをお待ちでございます。お召し替えの前に居室へお顔を出されますようにと、仰《おお》せでございます。鎌谷さまもおられます」

「父上と鎌谷が？　なんだ、唐突に。何かあったか」

高和は室川に佩刀を預け、夕刻より中奥番衆の傍輩《ほうばい》と一献《いっこん》酌《く》み交《か》わしてほろ酔いの酔眼《すいがん》を、面倒そうにしかめた。

この刻限に呼びつけるのだから、いい話であるわけがなかった。

中奥番衆は名門の子弟らが就く、江戸城中奥、すなわち黒書院勤めである。勤めの黒裃のまま、高和は父親の居室にしぶしぶ向かった。

父親が居室に使っている書院の、次の間の間仕切ごしに父親の則常と鎌谷の言い交わす低い声が聞こえた。

「高和です。ただ今戻りました」

「入れ」

則常の咽《のど》を絞ったような高い声が、即座にかえってきた。

高和は、床の間と違い棚を背にした則常と、その左手の腰付障子を背に控えている鎌谷に対座すると、鎌谷が恭しく辞儀を寄こした。

「ご用は、なんでしょうか」

高和は則常に、わざと素《そ》っ気《け》なく言った。

「中奥番衆の寄合だったそうだな」

則常の高い声は、やはり機嫌が悪そうに冷やかだった。

「中奥小姓衆のお指図がいろいろとありますので、その分担の話し合いがだいぶ長引きました」

「ならばそれでよい。くれぐれも、御奉公に粗相《そそう》のないようにな」

「心得ております」

「今日も七右衛門がきて、つたの機嫌をうかがっておったようだ。庭へ廻って挨拶をして帰って行った。あの男もまめに顔を出す。もう何年になる」

「そろそろ、丸四年です。つたには身寄りがおりませんので、町家とは違う武家暮らしで気鬱《きうつ》にならぬよう、いつでも訪ねて、話し相手になってやってくれと言うておりますつたが寅吉を産んでからは、寅吉の子守なども。しておりました。あれで案外気が利いており、姉上や千乃の町家の用なども引き受けて、姉上や千乃は重宝して使っておるようで」

「そうか。確かに七右衛門は頭のよい男だ。町家の金貸にしては、面白いところがある。だとしても、われらとは身分が違う。身分立場をわきまえて、町家でのつき合いもほどほどにせねばならんぞ」

「心得ております。それは七右衛門も充分承知しており、あの男は決して出すぎた真似《まね》はいたしません。何とぞご懸念なく。で、話は七右衛門のことで？」

「馬鹿を申せ。七右衛門ごときの話をするために、鎌谷とこの刻限までおまえの戻りを待っておるものか。まことにつまらぬことだが、そのつまらぬことをおまえに質さねばならぬのだ。しかも、今夜中にな」

則常の言葉つきが急に厳しくなり、はあ？　と高和は途惑《とまど》った。

「鎌谷、そのほうが話せ。わたしはそういう話はしづらい」

「承知いたしました」

鎌谷が高和へ膝を向け、機嫌をとるような笑みを見せた。

「高和さま、僭越《せんえつ》ながらお訊ねいたします。お内方さまとの御仲《おんなか》についてでございます。御仲がおよろしいか、それともあまりおよろしくないのか、それをお訊ねいたしたいのです」

「おんなか？　なんだ、おんなかとは」

「でございますから、この上巳節にお内方さまがお輿入れになられ、早や半月がたっております。この間、お内方さまと御仲は睦まやかでございますか」

「御仲は睦まやかだと。家臣の分際で無礼な」

「平《ひら》に、平にご容赦《ようしゃ》を願います」

「よいから答えよ、高和」

則常が声を忍《しの》ばせたしなめた。

「今宵、近江屋との例の一件について、殿さまがお内方さまを呼ばれ、明日、近江屋を訪ね返答を確かめてくるように、お命じになられました。その折り……」

と、鎌谷が一刻余前のことを話した。

「殿さまもわたくしも、高和さまが昨夜まで、何ゆえ離れにお渡りにならなかったのか合点が参らず、お訊ねいたしております」

ふん、と高和は鼻息を鳴らし、不快そうにせせら笑った。

「そんなことか」

「そんなこととは、どういうことだ」

則常が、苛だちを隠さず質した。

「ですから、あの女はわたくしの性《しょう》に合わんと申しますか、人を馬鹿にしたような目つきが、苛だたしく、また腹だたしいのです」

「何か、そのようなことがございましたのか」

それは鎌谷が訊いた。

「男には、女のそういう傲慢《ごうまん》な気だてがわかるのだ。これということがなくともな。婚礼の当日、一度、あの女はにこりともせずおれを見て、人を馬鹿にしたような目つきを寄こしたことがあった。あの折り、はっきりと感じるものがあったのだ。この女は器量がよいのを鼻にかけて、男がいつも自分の言いなりになるものと見下しておる。田舎《いなか》侍の、身分の低い家柄の出にもかかわらずだ。こういう女は、少々痛い目に遭わせて、男がどういうものか、仕付《しつ》けてやらねばならんと思うた。そのうちに、ゆっくり教えてやるつもりだ。今はまだその気にならん。それだけだ」

「そのうちにだと？　何を申しておる。今の大事は、そんなことではなかろう。おまえと早菜の婚礼は、わが岩倉家にとってはぎりぎりの決断だったのだぞ。わが岩倉家が、川越藩ごときの身分の低い、しかも改易《かいえき》にまでなった武家の一女をわざわざ輿入れさせた事情を、おまえは承知しておらぬのか。よいか。その血の巡《めぐ》りの悪い頭でようく考えてみよ。早菜の後ろには、大店《おおだな》両替商の近江屋がついておる。近江屋の財力が後《うし》ろ楯《だて》なのだぞ」

そこで則常は声をひそめて続けた。

「早菜の後ろ楯の、近江屋の財力に頼らねば、岩倉家は早晩、知行所《ちぎょうしょ》の名主らの台所預りに陥《おちい》ることになる。台所預りになるような岩倉家が、小姓組番頭の勤めを、これまで通り続けられると思っておるのか。わたしは小姓組番頭を解かれ、岩倉家三千石は間違いなく、無役の寄合に廻ることになる。おまえに小姓組番頭を継がすどころの話ではない。おまえの中奥番衆さえ、御奉公に及ばずとなるだろう。岩倉家が代々受け継ぎ守ってきた三千石の知行所の多くを失えば、当然、わが家は寄合でもなく、小普請《こぶしん》組へと廻ることになるのだぞ。のみならずだ。わが一族が代々暮らしてきたこの五番丁の拝領屋敷も召しあげとなって、本所かあるいは深川あたりに屋敷替えとなるだろう。われら岩倉一門の者が生まれ育ち、代々暮らしてきたこの屋敷を失うのだ。むろん、わが祖父《じい》さまに許された代々木村の別邸もとり壊され、大根畑か葱《ねぎ》畑にでもなるだろう。おまえはそうなってもよいと、あるいは、そんなことになるわけがないと、高《たか》を括《くく》っておるのか」

「そんな、よいわけありませんよ。ですが、すべてご当主の父上が、わが家のこの事態を招かれたのではありませんか。すべて、父上が差配してこられた結果ではありませんか。わたくしは父上のお指図に、従ってきただけです。わたくしに言われても、困ります」

「ならばおまえは、わたしの指図に従って、毎日毎日、何不自由なく贅沢三昧《ぜいたくざんまい》に暮らし、表向きのお城勤めの裏では、いかがわしき者らと遊蕩《ゆうとう》の限りをつくし、町家の金貸の七右衛門に首が廻らぬほどの借金を抱え、町芸者のつたを孕《はら》ませた挙句《あげく》、正妻も迎えておらぬのに、つたを先にこの屋敷に囲って戯《たわむ》れておるのか。それもわたしの指図に従ってきたと申すのか」

則常は声を抑えつつも、怒りをあらわにした。

高和は白々とした顔を背け、黙《しん》っていた。

書院に沈黙が流れ、屋敷中が寂と静まりかえっていた。

やがて、鎌谷が夜ふけの沈黙を破った。

「殿さま、その辺でよろしいのでは。あとはわたくしにお任せください」

「うむ、つい向きになってしまった。年甲斐《としがい》もない。おぬしに任せる」

高和に向いた鎌谷が、あらためて言った。

「とは申されましても、高和さま、ご不審にはおよびませんぞ。時宜《じぎ》を得た手をおつくしにさえなれば、岩倉家はゆるぎもいたしません。徳川家旗本の名門のお家柄でございます。岩倉家はこののちも安泰でございます。それゆえ、お家安泰のため殿さまと高和さまがせっかくご判断なされた、早菜さまとのご婚礼の本来の目論見《もくろみ》が、このままでは水泡に帰しかねません。幸い、家格は不相応でも、早菜さまは、どなたがご覧になっても岩倉家のお内方さまに相応しいご容姿ゆえ、お血筋の正しい高和さまとは、まことにお似合いでございます。お叱《しか》りを受けるのを覚悟で、あえて申しあげますが、つたさまよりははるかにお似合いでございますぞ。お美しいお内方さまと睦まじくお暮らしなされば、お内方さまの後ろ楯の大店両替商の近江屋が、わが岩倉家の後ろ楯についたも同然でございます。仮令《たとえ》、お気持ちが添わずとも、上辺さえ装えば、妻は夫に従いつくすものでございます。それが今の高和さまに求められる、時宜を得た手をおつくしになることでございます」

「高和、早菜の輿入れは、おまえも納得して決めたことではないか。明日、早菜はわたしの用で近江屋へ行く。よって今夜だ。離れへ渡って、夫らしく新妻を可愛《かわい》がってやれ。それ式のことを面倒がるな。よいな」

則常が気を静めて言った。

高和は顔を背けたまま、せせら笑った。

三

気がつくと、縁側の板戸を半枚だけ開けたままにした隙間《すきま》から、十八日の居待《いま》ち月が夜空にのぼっているのが見えた。まだ丸みを残しつつも、白く果敢《はか》なげな月に、早菜は胸をつまされ、

「あら……」

と、つい独《ひと》り呟《つぶや》いた。

書院の黒塗組子の腰付障子も、一枚を半ば開けておいた。

夜空にかかった居待ち月は、腰付障子と縁側の板戸が空いたひと筋の隙間に、

見あげることができたのだった。

早菜は眠れなかった。

かすかに青白い月光とともに、夜ぶけの冷やかさが縁側ごしに流れてきて、溜《ため》息《いき》をひとつ吐《つ》いた。

夜風はお身体に毒です、と静は言うけれど、今の早菜には、肌寒いほどの夜ふけの気配はむしろ心地よかった。

書院の障子戸の傍《そば》に文机《ふづくえ》をおき、日記の白い紙面に、ひと文字ひと文字筆をすべらせていた。

去年、川越城下を発《た》ち、銀座町の近江屋に身を寄せてから、つれづれに日記を認《したた》めてきた。思いもよらず変転して、定めなくおき処のないわが身を、せめて日記に残しておくことにした。

今、眠れぬ夜ふけにこれを記すことが、早菜の不安をわずかに救った。

こうなったからには、明日近江屋へ行き、この半月の事情をつぶさに伝え、こののちの行く末を、自分で決めなければならないと、不安に慄《おのの》きながらも決意を固めていたのだった。

そのとき、主屋と離れの拭《ぬぐ》い縁《えん》の渡りを、ひたひたと足音が踏んだ。

やはりきた、と思った。

半刻《はんとき》（約一時間）余前、高和が帰邸したらしい人の声が玄関のほうで聞こえていた。

なんと見え透《す》いた、なんと姑息《こそく》な、と早菜は思った。

書院の縁側がかすかに軋《きし》み、半ば開けた障子の隙間から射す淡い月明かりを、人影が妨《さまた》げた。

乱れた呼気《こき》が聞こえたが、早菜は筆を止めなかった。

「早菜、何をしておる」

乱れた呼気の間から、高和が言った。

早菜は縁側に立った高和を、冷然と見あげた。

高和は白い寝間着に脇差《わきざし》を帯び、大刀《だいとう》を提《さ》げていた。

「日記を認めています。今の思いを、書き残しておくのです」

と、日記に目を戻した。

「寝るぞ」

高和が言った。

「どうぞ」

筆をすべらせながら答えた。

「おまえもこい。寝る」

「おひとりでどうぞ」

ちっ、と高和が舌を鳴らした。

面倒な女だ、と投げやりな声が聞こえてきそうだった。

「なんだと。夫に従わぬつもりか。手を焼かすな。こいと言うたらこい」

高和は腰付障子を両引きにして書院に踏み入り、筆を持つ早菜の手首をつかんで、無理矢理立たせようとした。

背の高い高和の力は強く、酒臭《さけくさ》い息を早菜へ吐きかけた。

文机に足が当たり音をたて、行灯の明かりがもつれる人影を畳に落とした。

「手を放しなさい。無礼な」

早菜は、つかまれた手首をねじるようにして、高和の手をふり解《ほど》いた。

小女《しょうじょ》のころより、父親の永正に防具を着け竹刀《しない》で打ち合う剣術の稽古《けいこ》や、組手の手ほどきを受けていた。

侍の娘ならば、武芸の心得があって当然である。

一方高和は、所詮《しょせん》は女子《おなご》ごときと高を括り、少しばかり痛い目に遭わせねばわからぬらしい、と思いこんだ。

「夫に逆らうか」

怒気《どき》を露《あら》わに、早菜の細い首筋へ無造作《むぞうさ》に手をのばした。

しかし、早菜は高和のその手をぴしゃりと払いのけ、喉輪《のどわ》攻めで高和の顎《あご》を、顔が天井へ向くほど突きあげた。

右手に大刀を提げていた高和は、左手だけで早菜を引き据《す》え、寝間に引き摺《ず》って行くつもりだったが、酔いが廻っていたところに、意想外の抵抗に油断してよろけ、腰付障子に背中をぶつけた。

障子戸が敷居《しきい》からはずれ、高和を嘲笑《あざわら》うかのようにふるえた。

「おのれ、身のほどを知れ」

高和は声を荒《あら》らげ、大刀を左に持ち替え柄《つか》に手をかけた。

と、いつの間にか早菜も大刀を抜き払い、正眼《せいがん》に構えていたのだった。

早菜は、村山家の家宝である狩野探船の掛軸《かけじく》と、父親永正の両刀を形見に持っていた。

岩倉家に輿入れしてから、掛軸を書院の床の間に掛け、両刀は違い棚の下の刀《とう》架《か》に掛けた。

父親永正は、川越城中で上意討《じょういう》ちの討手《うつて》と刃《やいば》を交わし、上意討ちに反撃を加え得て、討手を斃《たお》した。上意討ちの討手を斃した武士は差しかまいなし、とするのが武士の習いである。

しかし、永正は討手との乱戦で深手を負い、その傷が元で落命し、村山家は改易となったのである。

その父親の一刀を、高和がよろけ目をそらした一瞬の隙に、鞘《さや》を払い眼前へ突きつけていたのだった。

「これ以上の無体《むたい》なふる舞いは、許しません」

早菜が怒りを籠《こ》め、低く静かに言った。

「戯《たわ》け。手打ちにいたす」

高和はいっそう激昂《げっこう》し、柄に手をかけ鯉口《こいぐち》を切って抜刀しかけた。

途端、早菜の正眼の切先が、つん、と柄に手をかけた高和の右上腕へ、一寸（約三センチ）ほど突き刺さったのだった。

ああ？　と高和は寝間着の白い布地ごと右手上腕に突き入れられた一点を見つめ、呆気《あっけ》にとられた。

「無理に刀を抜くと、右腕がこちらの刀の串刺しになりますよ。このまま主屋に戻るなら、刀を引きます」

早菜が冷やかに言った。

白い寝間着に突きたった刃を縁《ふち》どるように、赤い血が滲《にじ》み出てきた。

「いたた……おのれ、や、やめろ」

高和は狼狽《うろた》え、喚《わめ》いた。

切先が突きたった右手が使えず、左でつかんだ刀を鞘ごとふり廻した。

と、そのはずみで切先がさらに深く喰《く》いこんだ。

嗚呼《ああ》、と高和の絶叫が邸内の静寂をふるわせた。

身をよじって、喰いこんだ切先から逃れるように後退《あとじさ》った。

そして、腰付障子を突き破り縁側の板戸にぶつかって、板戸ごと月明かりの下の庭へ転がり落ちたのだった。

それでも侍か……

早菜は思った。

主屋でも長屋でも、まだ眠りについていなかった下働きの使用人や侍衆は、離れから聞こえていた諍《いさか》いが夫婦喧嘩《げんか》にすぎず、野暮《やぼ》な口出しは無用、そのうち大人しくなるさと、布団《ふとん》をかぶっていた。

ところが、高和の絶叫が邸内に響きわたり、すわ、とみな跳《は》ね起きた。

侍らはおっとり刀で離れへ走り、提灯《ちょうちん》や得物を手にした下男足軽、また下女や女中らも離れへ走った。

内塀《うちべい》の妻戸より離れの庭へ飛びこんだ侍衆や中間《ちゅうげん》らは、縁側の下に腕を抱えて坐《すわ》りこんでうめいている高和を見つけ、慌《あわ》てて駆け寄った。

「高和さま、いかがなされましたか」

侍衆は高和を囲み、助け起こそうとした。

だが、抱えた右腕の寝間着が、青白い月明かりに照らされ真っ黒な血に染まっているのを見て驚いた。

主屋の渡り廊下のほうに集まった女中らは、高和の腕の黒い血の模様を見て悲鳴や泣き声をもらした。

早菜は、板戸が落ちた縁側の上がり端《はな》に静かに佇《たたず》み、身悶《みもだ》えうめく高和を黙然と見おろしていた。その右手には、父親の形見の抜き身を提げていた。

「お内方さま、何があったのでございますか」

「賊《ぞく》が侵入したのでございますか」

お内方さま、一体何が……

高和の周りの侍衆が縁側の早菜を見あげ、口々に喚いた。

「大事ない。高和どのが疵《きず》を負われました。手当をして差しあげなさい」

早菜が落ち着いた口調で指図した。

「くそ、許さん。早菜、許さんぞ」

痛みにうめきながらも高和は、ぎりぎりと声を絞り出していた。

侍衆は高和と早菜を交互に見て、戸惑《とまど》っていた。

「そ、その、お刀は……」

侍のひとりが訝しんで、早菜を質した。

「高和どのは、気が動転しておられるのです。大事ないと申しました。疵は浅くとも出血がひどい。まずは手当を急ぎなされ」

侍衆は早菜の指図に気圧《けお》され、

「は、はい。よし、この板戸にお乗せして運ぼう」

「静かに、そっとお乗せするのだ」

「御厩谷《おんまやだに》の良庵《りようあん》先生をお呼びしろ」

などと口々に言い、板戸に寝かせた高和を主屋の寝間へ運んで行った。

早菜はそれを冷やかな目で追い、凝っと佇んでいた。

「お内方さま、ご無事でございましたか」

静がいつの間にか傍《かたわ》らに跪き、申しわけなさそうに目を潤《うる》ませて、早菜を見あげていた。

「高和さまのご様子が恐ろしく、お声をおかけしようか、どうしようか迷っているうちに、こんなことになってしまいました。申しわけございません」

静は縁側についた手に額《ひたい》を擦《こす》りつけ、うずくまった。

「あなたはそれでいいのです。この通りわたしは、なんでもありません。それより静、わたしはこれから銀座町の近江屋さんへ行かなければなりません。夜道を女ひとりでは怪《あや》しまれます。近江屋さんまで、供をしてくれますか」

「お供いたします。ご支度《したく》のお手伝いをいたします」

顔をあげた静は、しっかりと頷いた。

そのとき、早菜は庭に佇む人の気配に、ふと気づいた。

庭へ目を遣《や》ると、月明かりがほのかに射す沈丁花《じんちょうげ》の灌木《かんぼく》を背に、用人の鎌谷晋ノ助と、手燭を提げた若侍の室川平三郎が、縁側の早菜を見つめていた。

ふたりは早菜へ、しばし猜疑心《さいぎしん》のこもった目つきを寄こし、それから慇懃《いんぎん》な黙礼をした。

四半刻（約三〇分）後、則常の寝間《ねま》に呼ばれた鎌谷は、布団の中で上体を起こした則常の側近くまで膝を進め、事の子細を伝えた。

「良庵先生の診たてでは、高和さまの疵はかなり深いようで、癒えるまでに無理をさせてはならんということでございました。中奥番衆の勤めは、しばらくむずかしゅうございます。ただし、疵さえ癒えれば、腕が不自由になって刀が持てなくなることはあるまいと申されましたので、ほっといたしました。ご出血がだいぶあって、ただ今は静かに休んでおられます」

「早菜が刺したのは、間違いないのか」

則常は不機嫌を露わに、しかし声を抑えて言った。

「間違いございません。高和さまが腕を抱えて庭に蹲《うずくま》っておられ、鞘に納まったままの刀が傍らに捨てられておりました。早菜さまは縁側から高和さまを見おろし、抜き身を手にしておられました。どうやら、父親の形見の佩刀を書院の棚の刀架にかけて、飾ってあったようでございます。それを抜かれて、いきなり。切先が少し、血で汚れておりました」

「なんだと。高和は刀を携《たずさ》えていたのだろう。刀架にかけた刀をとった早菜に腕を刺され、おのれは刀を抜く間もなかったのか。早菜が刀を抜いたとき、高和は何をしておったのだ。ただ、指を咥《くわ》えて見ておったのか」

「いえ。そういうことではございません。高が女ひとりと、油断はしておられたかも知れませんが、酒も入っており、初めて離れに行かれたご夫婦の事情がございますので、まさか、早菜さまがそれほど頑《かたく》なに拒《こば》まれるとは、高和さまがお考えにならなかったのは無理からぬことでございます」

「それにしても不甲斐《ふがい》ない。わが倅《せがれ》ながら、考えのなさに呆れて言葉もみつからん。早菜も不審に思っておったのだろうな。こんなことがあっては、明日の近江屋行きは、延ばしたほうがよいかもな」

「室川が申しておりました。先だって、川越藩に仕えていた村山家の旧臣にて、高齢の確か富山とか申す者が、供も連れずひとり、早菜さまを訪ねてきたそうでございます。何か亡き父親のことで伝える用があるとか、室川に申したようでございます。相手は年寄りですので、かかわりがあるとは思われないものの、今夜の早菜さまの頑《かたく》ななおふる舞いが、もしかして、富山に何かを吹きこまれた所為《せい》ではと、いささか気にはなります」

鎌谷が言うと、則常はしばしの間をおいて言った。

「わたしも気になる。早菜を居室に呼べ。示しがつかぬので、ひと言、今夜のふる舞いについて言うておく。いたらぬ夫であっても、岩倉家に輿入れしたのだから、岩倉家の者になってもらわねば困るとな。それと、明日の近江屋行きは、日を改めるようにと」

「承知いたしました。すぐに……」

と、鎌谷は退《さが》った。

だが、則常が寝間着を着替える間もなく、鎌谷が若侍の室川を伴い、足早に再び寝間に戻ってきて伝えた。

「殿さま、早菜さまが離れにおられません。すでに、銀座町の近江屋へ向かわれたようでございます」

「なんだと」

「室川、申せ」

「はい。離れに参りましたところ、離れには誰もおりません。女中の静も、早菜さまの供をいたし、裏門より屋敷を出たと思われます」

室川が早口で言った。

「すぐに追え。早菜を連れ戻すのだ」

則常は舌打ちをした。

四

早菜が五番丁の岩倉家を出てから日がたち、早や初夏の四月になった。人々の着衣も、単衣《ひとえ》の身軽な装いが心地よいころ合いの季節である。

四月上旬のその日、宮益坂に差しかかった宮益町の酒亭の二階に、金貸の七右衛門と鎌谷晋ノ助が、膳を挟《はさ》んで向かい合っていた。

二人は小鉢《こばち》や碗《わん》に盛った鱠《なます》、煮つけを肴《さかな》に、ぬるい燗酒《かんざけ》を嘗《な》めていた。

部屋の出格子窓からは、家並が宮益坂を下って坂下を流れる渋谷川にかかる板橋を越え、道玄坂を上る大山道が、昼さがりの晴れた空の下に眺められた。宮益町の継立場の賑わいが、茶屋の二階までかすかに聞こえてくる。

「鎌谷さん、どうぞ。注《つ》ぎやしょう」

七右衛門は徳利《とつくり》を鎌谷に向け、うむ、と鎌谷は杯《さかずき》をあげた。

「それで鎌谷さん、高和さまの疵の具合はいかがで。もう半月以上がすぎやしたんで、そろそろ五番丁のお屋敷へ、みなさまのご機嫌うかがいにあがっても、よいころ合いじゃあございやせんかね」

七右衛門は自分の杯に徳利を傾け、

「琴代さま千乃さま、またおつたさまにご挨拶ができず、なんと申しやしても、寅吉さまの可愛らしいご尊顔を拝することができねえってえのは、寂しくってどうもいけやせん」

と言いつつ、ずず、と自分の杯を鳴らした。

鎌谷は端座して膳に向かい、七右衛門をやや見おろす恰好《かっこう》で杯を嘗め、うす笑いを浮かべながら言った。

「高和さまは、疵の痛みはほとんど消え、四、五日前まで腕を吊《つ》っていた晒《さらし》もとれて、呑《の》み食《く》いぐらいなら不自由なくできるまでに回復なされた。まだ二十七歳の、壮健なお年ごろだからな。ただし、おぬしがお屋敷にご機嫌うかがいにくるのはまだ自重《じちょう》せよと、殿さまの仰せだ。高和さまは病の養生という名目で中奥番衆の勤めも休み、実情は謹慎も同然の身だ。五番丁界隈《かいわい》では、高和さまとお内方さまの先月の一件が、面白半分にあれこれと言い囃《はや》されている。埒《らち》もないそんな戯言《ざれごと》が収まり、近江屋とのごたごたが方さえつけば、なんの気遣いもなく顔を出すことができる。それぐらいの辛抱《しんぼう》は、仕方があるまい」

「なんてこった。鎌谷さん、あたしは膝をくずさしてもらいやすぜ」

七右衛門は、膝をくずして胡坐《あぐら》をかいた。

鎌谷は、日ごろ隠している正体を現すかのように七右衛門が胡坐をかく様を、うす笑いのまま凝っと見つめつつ続けた。

「近江屋は、お内方さまの強力な後ろ楯だ。そもそも、川越の田舎から出てきた身分違いの家柄のお内方さまのお輿入れは、後ろ楯の近江屋がいろいろと手を廻して、岩倉家とは家格の違うお輿入れが調《ととの》ったのだ。それがどうだ。このたびのお内方さまの粗野なふる舞いには、殿さまも内心は呆れておられる。やはり血筋の違いは争えん。とんだ食わせ者だったと、思わざるを得ん。このような状態が続くようなら、名門岩倉家一門の名折れだ。さっさと離縁状を突きつけてやれと殿さまは申しておられる。それをわたしが、お内方さまがお輿入れになってまだひと月余。世間体もござるゆえ、離縁状を突きつけるのは、近江屋のほうが頭をさげてきてからにしてもよいのではございませんかと、なだめておる。近江屋は言うまでもなくお内方さまも、岩倉家が静観しておるので、今ごろはさぞかし、焦《じ》れておるだろう」

「けど、鎌谷さん、この状態がいつまで続くんですかね。長引くと、かえって近江屋のほうが図に乗るってえ恐れはありやせんか」

「それはない。金儲《もう》けは上手いかも知れんが、所詮は商人。御公儀の番方を勤める岩倉家を怒らせたら、どんな恐ろしい目に遭わされるかと、内心はびくびくしているはずだ。今しばらく焦らせて、それからおもむろに、どう決着を図《はか》るおつもりで、と話を向ければ、向こうは震えあがるに決まっている。おぬしの辛抱というても、それまでだ。長くはかからん」

七右衛門は杯を弄《もてあそ》んで言った。

「ですがね、相手は本両替の大店だ。御用両替じゃなくとも、何軒もの大名家の信用貸で、実情は江戸廻漕《かいそう》の藩米も物産もがんじがらめにして、どの大名家のお留守居役も近江屋の顔色をうかがい、ご機嫌とりに汲々《きゅうきゅう》としてるって、あたしら貧乏人相手の小口の金貸にも聞こえてきやすぜ。徳川さまのお旗本や御家人らの中にも、貸付だけじゃねえ、預金の当座勘定やらで近江屋とつながりの深えお屋敷は多いらしいし、そんな近江屋が簡単に折れますかね」

「簡単に折れるとは思っておらんよ。だがな、権力がどういうものか、下々の金貸にはわからんだろうが、出る杭《くい》は打たれるのだ。両替商が武家に対し、ことに岩倉家ほどの御公儀の名門に無礼な応対をしたら、幕閣より鉄槌《てっつい》が下される。身分をわきまえよ、さもなくば両替仲間からはずすことになりかねんぞとな。近江屋との話し合いは、遠からず始まることになる。近江屋は結局のところ、岩倉家に頭をさげてこざるを得ない。わたしが思うに、殿さまはお内方さまをお許しにはならないだろう。このたびのお内方さまのふる舞いを、近江屋がよほど詫《わ》びる誠意を見せれば別だがな」

「下々の金貸でやすか。仰いやすね。けど、鎌谷さんだって、経世家と気どったところで、水戸の食いつめ浪人じゃありやせんか」

「そういうことだ。わたしは則常さま、おぬしは高和さま。お互い、事情があって岩倉家と縁を切るわけにはいかぬ者同士、手を結んだほうが、何かと都合がよかろう。だからおぬしは、わたしにならと、魂胆《こんたん》があって、原宿町ではなくこんなところへわざわざ呼びつけた。どうだ七右衛門、気にかかることがあるのか。まさか、高和さまに用だてた金がかえってくるかどうか、心配しておるのか。それとも、おつたどのが言うていたぞ。高和さまが岩倉家のご当主につかれた暁《あかつき》には、鎌谷に代わって七右衛門を、岩倉家三千石の台所勘定の相談役にとりたてる約束をとりつけたとな。なのに、このままお出入りができなくなっては、約束を帳消しにされるのではないかと、心配しておるとかな」

鎌谷が戯れて言うと、七右衛門は嘲笑《ちょうしょう》を低く絡《から》ませた。

「ちぇ。口の軽いお妾さまだぜ。そんなんじゃあ、ありやせんよ」

「では、何が気になる。わたしになんの用がある」

七右衛門は、浅黒い顔色の眉間にこびりついた不機嫌皺《じわ》をいっそう深くし、また、ずず、と杯を鳴らした。

「先月、富山小左衛門と唐木市兵衛という浪人者が、うちへきやしてね。富山小左衛門は、お内方さまの父親に仕えていた老いぼれの田舎侍でやす。肥溜臭《こえだめくさ》い田舎から江戸に出て、お内方さまの家臣のつもりで近江屋の世話になり、お内方さまの輿入れのあとも、厚かましくも近江屋に居候《いそうろう》を続けておりやす。老いぼれは高和さまが賭場《とば》で借金を拵《こしら》え、その遊び代を金貸の七右衛門が融通していると、どこから聞きつけたらしく、てめえじゃあどうにもならねえのに、そんな亭主じゃあ、お内方さまの身が心配でならねえ、お内方さまの無事を確かめるまでは江戸を離れられねえと、だから確かめにきたらしいんで。老いぼれは適当にあしらいやしたからいいんですがね。気になるのは、おいぼれにくっついてきた唐木市兵衛という浪人者なんですよ」

「唐木市兵衛？　ああ、去年、お内方さまとの話を持ってきた正田昌常から聞いたな。生まれは身分のある武家らしいが、わけありの浪人者とか、そろばんができて、町家の請人宿《うけにんやど》の周旋で、臨時の武家の用人役を請けているとかな。だが、所詮は渡り奉公の貧乏浪人だろう」

「見た目はひょろっとした瘦《や》せっぽちでやす。ですが、こっちも相当できるそうで、ちょいと調べたところ、お内方さまを川越城下から江戸の近江屋へ連れてきた折りにずいぶん働いたと、聞けやした」

七右衛門が箸をにぎって、剣を使う真似をした。

「今どき剣が使えたとして、それがどうした」

鎌谷が、白々と言った。

「その唐木の野郎が、おつたさまの前は赤坂新町三丁目の町芸者で、あたしが高和さまにおつたさまの仲をとり持って、高和さまがお妾さまに迎えたのは、あたしがそのかしたみてえに言いやがったんですよ。それだけじゃありやせんぜ。おつたさまが寅吉さまを産んで、お内方さまに男子が生まれなきゃあ、寅吉さまが岩倉家のお世継ぎになられやす。そうなったらあたしが手柄をたてたことになると、当《あ》て擦《こす》りやがった。この野郎と思いやしたが、一々腹をたてたら余計に勘《かん》繰《ぐ》りやがるんで、それ以上は相手にしやせんでした。けど、相手にしなくても、唐木がどういう野郎か、気になるじゃありやせんか。唐木は神田三河町の《宰領屋》で仕事を請けてるそうなんで、うちの留造が宰領屋の使用人に、唐木の生まれがどういう武家か、それとなく聞き出してきたんです」

「留造がか。あの男、鈍重《どんじゆう》そうだがな」

「そういうのを探《さぐ》るのは、鈍重そうに見えるのがいいんですよ」

七右衛門は、わざとらしく声をひそめた。

「そうしますとね、唐木が生まれた武家が何家かはわからねえが、どうやら唐木家じゃねえのは確からしいんで。留造が聞いたところでは、唐木は渡り奉公の浪人者のくせに、生家の家柄が案外に家禄の高え旗本らしく、もしかしたら御目付さまかも知れねえと……」

七右衛門が言いかけた途端、鎌谷は杯を持つ手を止め、うん？　と眉を曇らせ七右衛門を睨《にら》んだ。

「唐木の生家は目付と、留造が言ったのか」

「かも知れねえと聞いた、と言っておりやした」

鎌谷は顔をしかめ、舌打ちした。そして、

「もしかして、唐木は目付の……」

と、何かを訝るように呟き、杯をひと息にあおった。

「七右衛門、目付はな、若年寄さま支配で、重要な役目のひとつが、旗本以下の武家の監察だ。武家の粗相や失態、不届きなふる舞いを洗い出して、若年寄さまに上申し、上さまに直に言上《ごんじょう》する権限もある」

「へえ。だから？」

「もしもだ。唐木の正体が、渡り奉公の浪人者を隠《かく》れ蓑《みの》にした目付の隠密《おんみつ》で、お内方さまの身の上を案じて七右衛門を訪ねたのは表向きの口実にすぎず、狙《ねら》いは岩倉家を探ることだったとしたら、どうなると思う」

「岩倉家を探るって、どういうことで？」

「例えばだ。中奥番衆の高和さまが、柄の悪い金貸に多額の借金を抱えて賭場に出入りしている素行を探り、目付に報告し、目付が若年寄さまに上申したら、高和さまは中奥番衆を解かれるかもな。そういうようなことだ」

「なんだ。そんなことなら、高和さまが賭博の丁半博奕《ちょうはんばくち》にのめりこんで、遊び金をあっしに借金し、その額が相当ふくらんでいると、おいぼれも唐木もくる前から知っておりやしたぜ。だからその通りだって、教えてやりやしたよ」

「ならばだ、七右衛門。これはあくまで仮の話だぞ。もしも、岩倉家が身分違いの家柄のお内方さまのお輿入れを迎え入れたのは、お内方さまの後ろ楯の、大店両替商の巨額の融通をあてにしていたためだとしたら、それはどうだ」

　うん？　と七右衛門が首をかしげた。

「つまり、わが岩倉家が、どこかの大店両替商から巨額の融通を受けなければならぬほど台所事情が逼迫《ひっぱく》し、大店の両替商が後ろ楯になっている家格の低い家柄の一女を嫡子のお内方さまに迎え入れ、両替商からの莫大《ばくだい》な融通を目論んだ。目付の隠密がそれを探り出し、岩倉家の台所事情を目付に報告したら、番方の名門の岩倉家はどうなると思う」

「ど、どうなるって……」

「いいか、もしもだぞ。岩倉家が大店の両替商からの融通がこじれて長引けば、台所預りになり兼ねない台所事情を、隠密に嗅《か》ぎつけられ、隠密の報告を受けた目付が、それを支配役の若年寄さまに上申し、あるいは上さまに言上したら、岩倉家は、たちまち転落の憂目《うきめ》を見ることになるような、まずい事態に追いこまれかねないと思わぬか」

「そ、そりゃあ、まずいんじゃねえんですか」

「まずいだろうな。岩倉家と縁を切るわけにはいかぬ者同士としては、手を結ぶどころの話ではなくなるだろうな」

「唐木は、そいつを探りにきた目付の犬だったとしたら？　そうか。それが狙いだったか。野郎、すかしやがって」

七右衛門は吐き捨てた。

「確かに、岩倉家が、近江屋のでけえ融通をあてにしなきゃあならねえ台所事情だとしたら、目付の隠密に探られるってえのは面白くねえ。畜生《ちくしょう》、知らなかったぜ。そうだとすりゃあ、唐木にこれ以上好き勝手に、お家の事情を探らせとくのはまずいですぜ。鎌谷さんもあっしも、まだまだ岩倉家の世話にならなきゃならねえ。鎌谷さん、どうしやすか。なんぞ上手《うま》い手がありやすか。このまま唐木の好き勝手にさせといたら、岩倉家はどうなっちまうんで」

「七右衛門、仮の話だ。仮の話をおぬしが心配しても、どうにもならぬ。唐木が目付の隠密だとしたら、お上の手先だ。下手な手は打てん。それより、火の粉《こ》をかぶらぬよう、今のうちに用心しておいたほうがいいのかもな」

鎌谷は杯を弄び、冷やかに言った。

すると不意に、七右衛門の苦虫を嚙《か》み潰《つぶ》したような顔がゆるんだ。

「まあ、鎌谷さん、お呑みなすって」

七右衛門は、鎌谷の杯へ徳利を差した。

徳利が空になって、七右衛門は座を立って行き、階下に「おおい、姐《ねえ》さん。酒を頼むぜ」と声をかけた。「はあい」と、階下より女の声がかえってくる。

酒が運ばれてきて、二人はぬる燗の酒を手酌《てじゃく》で黙然と嘗めた。

やがて、七右衛門は出格子窓から坂下の渋谷の景色へ目を遣り、言った。

「あたしはね、昔は大坂堂島の米仲買商だったんですよ。ちょいとしたわけがありやして、二十年ばかし前に大坂を発って江戸へ下り、今は見ての通り、原宿町で金貸をやっておりやす」

「以前、高和さまから聞いたが、七右衛門の前など忘れていた」

「へえ、前のことなんぞ、とりかえしのつかねえすぎちまったことなんだから、忘れていいんですよ。ですから、これからのことを、ご相談しようじゃありやせんか。ここだけの内緒話をね」

「どんな内緒話だ」

「二十年前、大坂を発つとき、あたしは二十七歳でやした。女房も子もいなかった。けど馴染みの女がおりやした。ちょいと未練はあったんですが、江戸へ下るのに邪魔でしたから、別れ話もせずに大坂へ残してきやした。親兄弟も邪魔だったんで、一切、縁を断《た》ちやした。要するに、なんやかんやとあたしひとりが生き残るために邪魔なものは、全部、大坂に捨ててきたんでやす。ですが、あたしにとって一番邪魔なものがありやした。こいつも捨てなきゃならねえが、こいつを捨てるのには苦労しやした。鎌谷さん、なんだと思いやす」

「さあな」

「そいつはね、あたしの名前なんです。あたしがおぎゃあと生まれて、親につけられた名前は梅二郎《うめじろう》と申しやす。七右衛門の名は、江戸へ下って品川宿で宿をとったとき、上方《かみがた》から流れてきた願人坊主《がんにんぼうず》がおりやしてね。そいつの名が七右衛門で、だいぶ年上だが、ちょいと言葉を交わす機会があって、上方訛《なま》りがあるし、こいつならかまわねえかと、借用したんです。都合が悪くなりゃあ、またなんとかするつもりでおりやした。金さえ出せば、名前なんてなんとでもなりやす。何しろ、江戸の裏店《うらだな》は人別《にんべつ》も宗門改《しゅうもんあらため》もねえ住人だらけでやすから。お陰で、七右衛門の名で、無事二十年がたちやした。今じゃ、身も心も原宿町の金貸七右衛門でございやす。あはは……」

「七右衛門、米仲買商の梅二郎が七右衛門になったことと唐木に、なんのかかり合いがある」

「ですからね。唐木の生家が目付役の旗本だろうとなかろうと、隠密だろうとそうでなかろうと、唐木がここまでやってきたあっしと鎌谷さんの邪魔になるんなら、消えてもらうしかねえということですよ。当然、いつどこでどのように消えたかは、あたしら以外には誰にも知られねえようにですぜ。どうです」

鎌谷は七右衛門を見つめ、うす笑いを浮かべている。

七右衛門は、鎌谷の杯にまた酌をした。

「一緒にやってくれやすね。ひとりじゃ無理だ。鎌谷さんの仰った通り、鎌谷さんは則常さま、あっしは高和さま、お互い事情があって今はまだ岩倉家と縁を切るわけにはいかねえ者同士、手を結んだほうが何かと都合がよかろうと、そこのところは同じなんだし。鎌谷さんとあたしで、これからも岩倉家をお支えして行こうじゃありやせんか」

「どうやる」

鎌谷が杯を乾《ほ》して言った。

「どこでいつ、どのようにか、段どりはあたしが調えやす。ところで鎌谷さん、こっちのほうはいかがで」

七右衛門は、また箸で剣術の仕種《しぐさ》をした。

「鹿島神傳直心影流《かしましんでんじきしんかげりゅう》だ」

「流派を聞いただけで、そいつは使えそうだ。なら、金さえ払えば命を棒にふってもなんとも思わねえお侍さん方を三、四人、あたしがそろえやす。そいつらをつければ、やれますね」

鎌谷はむっつりとして、答えなかった。

「なあに、鎌谷さんに大した手間はかかりやせん。そいつらを指図してくれりゃあ、いいだけですよ。すぐ方《かた》がつきやす。何しろ、金と血に飢《う》えた化け物みてえなご浪人さんばかりでやすから。それと、殿さまの則常さまなんですがね。肝心《かんじん》なところはほのめかす程度にぼやかして、少々手荒《てあら》な始末をつけなきゃならねえ事情を、それとなくお知らせしておいたほうが、お互いのためにも、いいんじゃありやせんかね。高和さまは、あたしにお任せ願えやして」

「気は進まんが、やむを得ぬか」

鎌谷が言った。

五

米河岸《がし》の伊勢町《いせちょう》堀が、鉤《かぎ》の手《て》に曲がって浮世小路《うきよしょうじ》の堀留《ほりどめ》へいたる北側の塩河岸に、下《くだ》り塩《じお》の仲買問屋の店と軒を並べている白玉餅《しらたまもち》の《大和《やまと》や》の軒暖簾《のきのれん》を、見習同心の渋井良一郎と中間の谷助がくぐった。

四月上旬の天気のよい昼さがり、大和やの小広い前土間に縁台が並び、前土間の奥には小あがりの店の間もあって、界隈のお店者《たなもの》や奉公人、米河岸へ買いつけにきた商人、ご近所同士のおかみさんやお店の女中らで店内は賑わっていた。

白衣と黒羽織に両刀と鍛鉄《たんてつ》の十手《じって》を帯び、青竹のような痩軀《そうく》に紺足袋《こんたび》雪駄《せった》の良一郎が、町奉行所の紺看板、梵天帯《ぼんてんおび》へ木刀一本を差し、連尺《れんじゃく》で御用箱をかついだ谷助を従え、縁台にかけた客の賑わいの間を通って行くと、

「おや、町方だぜ」

と、賑わいの中に交わす声が交じり、小銀杏《こいちょう》に結ってはいても、目がぱっちりとしてまだ少年の面影《おもかげ》を残した良一郎を見あげたおかみさんらが、あら、という顔つきや頰笑《ほほえ》みを寄こしたりした。

赤い襷《たすき》がけの丸髷の女将《おかみ》さんと、同じく赤襷の痩せた小女《こおんな》が、華やかな声で客の注文を受け、盆《ぼん》に載せた白玉餅の器《うつわ》を運んだり片づけたりと忙しそうである。

「ちょいとすいません」

良一郎は女将さんに、さらさらした若い声をかけた。

「あ、はい。お役人さま、お役目ご苦労さまでございやす」

女将さんが手をそろえて辞儀をした。

「ご亭主の善次郎《ぜんじろう》さんに、取次を頼みます」

「亭主の善次郎は、裏におりやす。どうぞそちらへ……」

女将が通路を手で差したところへ、

「勘定だ」

と声がかかり、「はい、ありがとうございます」と女将さんがかえし、「白玉膳みっつう」と小女の高い声が聞こえた。

前土間から店の間わきの通路が裏の勝手の土間に通じ、餅搗《もちつ》きの臼《うす》や、湯気のぼる釜をかけた竈《かまど》があって、蒸し暑さと甘いあんこの匂いがたちこめていた。

主人の善次郎と年配の職人が、ねじり鉢巻で白玉餅を拵えていた。良一郎と谷助が勝手へ通って、二人を見較《みくら》べつつ、

「善次郎さん」

と、声をかけた。

「へい。善次郎でございます。お役人さま、なんぞ御用でございますか」

四十前後と思われる善次郎が、ねじり鉢巻と襷をとり、良一郎と谷助へ進み出て辞儀《じぎ》をよこした。善次郎はずい分汗をかいていた。

良一郎は小柄な善次郎へ、やや上体をかがめて言った。

「北町奉行所の渋井です。上方の泰三郎さんのことで、善次郎さんにちょいとうかがいたいことがあります。今いいですか」

「泰三郎さん？　大坂の米仲買商の泰三郎兄さんですか」

善次郎が手にした鉢巻で顔の汗を拭《ぬぐ》いつつ、不審を見せて聞きかえした言葉には、聞き覚えのある上方訛りがあった。

「そうです。大坂堂島の光之助店の泰三郎さんです。先月、泰三郎さんが善次郎さんを訪ねて見えたと聞け、そのときの事情をうかがいたいのです」

「はい、先月、泰三郎さんが訪ねてきたんで、本当に吃驚《びっくり》しました。そのときの事情をですか。そうなんですか。ではお役人さま、こちらへ」

と、善次郎は訝しげに、勝手の片側の板間へ良一郎と谷助を導いた。

北町奉行所見習同心の良一郎は、先月の八日早朝、隠田村の用水堀端に埋められていた大坂の米仲買商・泰三郎の亡骸《なきがら》が見つかった一件を、父親の渋井鬼三次の指図に従って探っていた。

泰三郎は、亡骸が見つかった五日前の三月三日、馬喰町の旅人宿《飛驒屋》に投宿し、翌日の四日は江戸の米取引事情の見物に、米河岸のある伊勢町や本船町界隈へ出かけて一日をすごしたらしかった。

そして、翌々日の五日、飛驒屋に旅の荷物を預けた軽装で、大山道の百人町から長安寺《ちょうあんじ》のほうへ折れた原宿町の、七右衛門なる古い知り合いに会う用があって出かけ、そのまま帰ってこなかった。

良一郎は、泰三郎が米河岸へ出かけ、米取引の事情の見物だけではなく、米河岸で誰かに会っていたかも知れず、もしも誰かに会っていたなら、誰とどういうわけで会ったかを調べるように、と渋井から命じられていた。

それが先月の十日のことで、以来、良一郎は中間の谷助とともに、米河岸界隈の下り米問屋、地廻《じまわり》米穀《べいこく》問屋、関東米穀三組問屋、米仲買商、小売の米屋から舂《つき》屋まで、一軒一軒を廻り、泰三郎の足どりを追っていた。

その日、良一郎は按針《あんじん》町の舂屋で、ひと月ほど前、泰三郎らしき人物が訪ねてきて、春屋の主人と江戸の米相場などの話をしばらく交わしたあと、塩河岸で白玉餅の店を開いている大和やの善次郎を訪ねると言っていたと、春屋の主人から聞いたのだった。

「泰三郎兄さんは、あっしより八歳年上で、堂島の同じ光之助店のご近所さんでございます。あっしが四、五歳のころ、泰三郎兄さんは可愛がってくれまして、ご近所の大好きな兄さんでございました。あっしが六つのころ、兄さんは堂島の米問屋で丁稚《でっち》奉公を始めて、それからはごくたまにしか見かける機会もなくなり、ずい分忙しくしていらっしゃると聞いておりました」

善次郎は、良一郎と板間の上がり端に腰かけた谷助に茶を勧めた。

「あっしは九つのとき、わけがあって江戸の親類の養子になって、江戸へ下ってから、今年で足かけ三十三年になりやす。こうして餅屋の職人になり、今じゃこの町に白玉餅屋を開いて、女房をもらい子もできて、このごろあっしもどうにかこうにか、江戸者になれたのかなと思い始めております」

「善次郎さん、御用はその泰三郎さんにかかり合いのあることなんです。お気の毒ですが、泰三郎さんは亡くなられました。善次郎さんを訪ねてこられたのが三月の四日で、その四日後の三月八日に、渋谷川ぞいの隠田村というところで泰三郎さんの亡骸が見つかりました。そのことはご存じでしたか」

善次郎は顔をしかめ、唇をへの字に結んでこくりと頷いた。

「兄さんがいきなり訪ねてきて、あっしは懐《なつ》かしくて泣けてなりませんでした。とにかく、あがってゆっくりしていってくれと言いますと、兄さんは、仕舞《しま》いをつけなきゃならない用があって江戸に下ってきた、それを片づけるまでゆっくりもしていられない、今日はおまえが達者かどうかを確かめにきた、達者でよかった、仕舞いをつけたら大坂へ戻る前にもう一度寄らせてもらうと言いましてね。せめて、とあっしが拵えた白玉餅を美味《うま》い美味いと食って、それじゃあまたな、と引きあげて行ったんです」

「それだけですか。どこで誰にどんな用で会うのか、訊かなかったんですか」

「何も聞いておりません。兄さんが話さねえんだから、あっしも訊かねえほうがいいのかなと思いましたんで。仕舞いをつけなきゃならないという言い方に、なんとなくただならねえ気配が感じられましてね。ただ、兄さんの宿は馬喰町の飛驒屋と聞いておりましたから、兄さんが顔を見せず半月以上がたち、どうしても気になって、先月の下旬に、飛驒屋に兄さんの様子をうかがいに行ったんです。そしたら宿のご主人に、今はまだ調べの最中で子細は教えられねえが、兄さんが渋谷のどっかの村はずれで追剝強盗《おいはぎ》に遭ったらしく、亡くなったと聞かされたんでございます。あのときあっしは、身体が震えてとまりませんでした。よっぽど御番所へ行って、事情をおうかがいしようかと思いました。けど、あっしごときがうかがってもなんのお役にもたてませんので、それきりに。今日、お役人さまに兄さんのことを訊かれて、兄さんの一件のお調べが続いているのが知れて、ほっとしております」

「泰三郎さんは、江戸に下ってきた用以外の話はしていませんでしたか。堂島の米仲買商の仕事の話とか、誰かに金を融通したり借りたりした話とか、なんでもいいんですが」

「へえ。ほんのちょっと、あっしの顔を見に寄ったという様子でしたから、別にこれと言っては……」

善次郎は首をひねった。

「強《し》いて言えば、まとまった金が要るようなことがあったら、相談に乗れるかも知れないから、声をかけてくれと、この古い店を見廻して言っておりましたね。もしかしたらあのとき、この古い店を改築するぐれえの元手なら、なんとかしてやれるぜと、兄さんは言いたかったのかも知れません」

四半刻後、良一郎と中間の谷助は、伊勢町堀の堀留から浮世小路を室町《むろまち》三丁目の往来に出て、南の日本橋の方角へ折れた。

往来は夏の気配をかすかに感じさせる暑気で、少しむっとしていた。

「渋井さま、次はどちらへ」

中間の谷助が、日本橋へ向かう良一郎の背中に声をかけた。

「奉行所に戻って、泰三郎が前日に、大和やの善次郎に会いに行っていたことを言上帳《ごんじょうちょう》に記しておく。これからの調べの指図も受けなければならないしな。あまり成果はなかったけれど、泰三郎がわざわざ江戸に下ってまで果たそうとした用が、どうやら大っぴらにはできないことらしいのはわかった。泰三郎は一体、どんな用があって江戸まで下ってきたのだろう」

「まったくで。泰三郎が江戸に下ってきた用さえわかれば、一気に落着しそうな一件なんですがね」

谷助は良一郎に同調して言った。

往来の前方には、店先に盥《たらい》や桶《おけ》を並べて、日本橋の魚河岸に運びこまれた平目《ひらめ》や貝などを売る露店の肴屋や、両天秤《りょうてんびん》の荷をかついで日本橋を上って行く振り売り、綿の束《たば》を堆《うずたか》く積み上げた地車《じぐるま》を人足《にんそく》らが支えながら、日本橋をがたがと下ってくる様子が見えていた。

そのとき、日本橋を行き交う老若男女の間を縫《ぬ》って、鉄色の上衣を尻端折《しりはしょ》りにし、白い股引《ももひき》、手甲脚絆黒足袋草鞋掛《てっこうきゃはんくろたびわらじがけ》、肩にふり分け荷物と三度笠をつけた旅人風体が日本橋を下り、室町の往来に急ぎ足で通りがかった。

旅人は、人通りの中に黒羽織の町方らしい風体の良一郎と、連尺に御用箱をかついだ谷助を目ざとく見つけ、ちらりと一瞥《いちべつ》を寄こしたものの、すぐに往来を本町のほうへ通りすぎて行った。

本町をすぎた旅人は、次の本石町二丁目と三丁目の辻《つじ》まできて立ち止まった。

そして、三度笠を持ち上げ周りをぐるりと見廻すと、西方の青空を背にそびえる石垣と白壁のお城に背を向け、東方の馬喰町方面へと、再び速足を運んで行ったのだった。

第四章　代々木村《よよぎ》

一

岩倉高和お内方《うちかた》の早菜は、先月三月十八日の夜ふけ、五番丁の岩倉家屋敷を窃《ひそか》に出て銀座町の両替商《近江屋》へ身を寄せてから、早や半月余がすぎた四月上旬になっても、まだ近江屋に留《とど》まっていた。

五番丁界隈《かいわい》のお屋敷雇《やと》いの中間《ちゅうげん》や下男下女、お屋敷にお出入りの御用聞らの間では、およそひと月ほど前の三月の上巳節《じょうしせつ》に岩倉家へお輿入《こしい》れしたばかりのお内方さまが、夫となった岩倉家嫡子《ちゃくし》高和さまとの不仲のため、わずか半月ほどで岩倉家を出され、銀座町の大店《おおだな》両替商の店に身を寄せているという噂《うわさ》が、いろいろと尾鰭《おひれ》がついてささやかれていた。

大きな声で言えないが、とささやかれるその噂は、先月三月の半《なか》ばごろの夜ふけ、夫の高和さまとお内方さまが夫婦喧嘩《げんか》をなされ、高和さまがお内方さまに斬られ怪我《けが》を負われた、というものだった。

「え？　夫婦喧嘩で高和さまがお内方さまをお手討《てうち》になさったんじゃなく、お内方さまが高和さまをお手討になさったてえのかい」

「そうだ。お内方さまがだってよ。恐ろしいお内方さまじゃねえか」

「夫婦喧嘩だとしても、亭主のほうが女房にそれでは不覚だな」

「不覚だ。当然、お城勤めは病《やまい》と届け出て休んでおられる。体裁《ていさい》が悪くて、表沙汰《おもてざた》にはできねえし。そもそもお二人の不仲のもとをただせば、表向きお内方さまが新番組の三村家より小姓組番頭の岩倉家へお輿入れになったことになっているが、じつはお内方さまのお生まれは川越藩の身分の低いお侍の……」

と、噂は続いた。

ともかく、早菜が岩倉家を出て、銀座町の近江屋に身を寄せて以来この四月の上旬まで、近江屋から岩倉家へは元より、岩倉家より近江屋への働きかけ、および音信も一切途絶《いっさいとだ》えていた。

それは、両者が正常な結びつきを保っているのではなく、一方が少しでもなんらかの動きを見せれば、その均衡がくずれ、このままでは済まないことをわかりつつも、今はまだ不気味な平静を守っているかのような、危《あや》うい均衡だった。

その日、昼間の夏の気配を少々感じさせた暑気は、夕暮れの訪れとともに収まり、宵《よい》の帳《とばり》が降りるころには、肌寒いほどの夜気が人肌をなでていた。

芝切通《しばきりどおし》の時の鐘《かね》が夕六ツ（午後六時頃）を知らせて四半刻《しはんとき》（約三〇分）余がたった刻限、黒の一文字笠《いちもんじがさ》をかぶり目だたぬ焦《こ》げ茶の羽織《はおり》を着けた長身の鎌谷晋ノ助と、今ひとり、熊谷笠《くまがいがさ》に黒羽織姿の中背に小太りの正田昌常の両名が、銀座町の近江屋を訪ねた。

両名が通された部屋は、東側と南側の砂礫《されき》を敷きつめた石組みの枯山水《かれさんすい》の庭に面した十畳ほどの客座敷である。

明障子《あかりしょうじ》を両開きにした濡縁《ぬれえん》が、東側と南側へ鉤形《かぎがた》に廻《めぐ》り、枯山水の庭には、宵の暗い景色に馴染《なじ》む小さな石灯籠《いしどうろう》が二灯、ほのかに淡い明かりを放っていた。

座敷には四灯の行灯《あんどん》が灯《とも》され、座敷の隅々《すみずみ》を明るく照らしていた。

次の間と屋内の廊下側に閉《た》てた襖《ふすま》は、黒塗枠《くろぬりわく》と月文字をくずした引手に、狛犬《こまいぬ》を描いた文様紙に彩《いろど》られ、鴨居《かもい》の上の欄間《らんま》には鳳《おおとり》を彫り、木目の揃《そろ》った杉板の鏡天井が、行灯の明かりを撥《は》ねかえしていた。

座敷の一角の違い棚に、花鳥画をあしらった小襖が開かれて、違い棚の花活《はない》けには紅《べに》色の芍薬《しやくやく》が鮮《あざ》やかに座敷を彩っていた。

両名が東側の庭を背に着座し、大刀《だいとう》を背後に寝かせると、座敷に案内した中働きの女が、日が落ちて肌寒さの感じられる東側と南側の明障子を閉じた。

「みなさまはすでにお揃いでございます。ただ今見えられます」

中働きの女が退《さが》ってほどなく、次の間に人の動く気配がした。

「近江屋の隆明でございます」

「隆明の母、季枝でございます」

二人の声が間仕切《まじきり》ごしにかかり、間仕切の襖が引かれた。

苔《こけ》色の羽織を着けた近江屋の主人の隆明と、地味な鳶《とび》色に菊小紋《きくこもん》を抜いた装《よそお》いの季枝が座敷に入り、そしてそのあとに、富山小左衛門と唐木市兵衛が続いた。

小左衛門と市兵衛が座敷ににじり入った背後で、襖が静かに閉じられた。

間仕切を背にした隆明と季枝は、東側の明障子を背にした鎌谷晋ノ助と正田昌

常に対座し、小左衛門と市兵衛は南側の明障子を背にして端座《たんざ》した。

鎌谷は近江屋の隆明と季枝と向き合いつつ、片側の小左衛門と市兵衛が大刀を背後へ寝かせる仕種《しぐさ》を、訝《いぶか》るように見つめ、隣の正田は、小左衛門と市兵衛へ微

妙な会釈《えしやく》を寄こした。

「本日はご足労いただきまして、畏《おそ》れ入ります。近江屋の隆明でございます」

「季枝でございます」

隆明と季枝が辞儀をし、そのあとに「富山小左衛門でござる」「唐木市兵衛でございます」と二人が名乗った。

「改めまして、岩倉家用人役を相務めます鎌谷晋ノ助です。ご婚礼の宵より早やひと月余、近江屋さんとこうして、再びお会いいたすことができ、喜ばしく思っております。先だってより、お内方さまが近江屋さんのお世話になられ、わが主《あるじ》の岩倉則常さま、高和さまより、くれぐれも近江屋さんに御礼をお伝えいたすようにと、申しつかって参りました。ありがとうございます」

鎌谷は膝《ひざ》に手をそろえ、深々と辞儀を隆明と季枝にかえした。そうして、

「のちほど、お内方さまにご挨拶《あいさつ》を申しあげ、岩倉家のみなさまが、早菜さまのお戻りはいつになるのかお心待ちにしておられることを、お伝えいたしたいと思っております」

と、この場には現れなかった早菜のことを気にかけた。

すると季枝は、物やわらかな口調ながら、早菜がこの場に姿を見せない事情に

触れず、則常と高和の健勝などを当たり障《さわ》りなく訊《たず》ね、それから、鎌谷と並んだ正田昌常に穏《おだ》やかな眼差《まなざ》しを向けた。

「正田どの、鎌谷さまとご一緒なので妙な具合に思われますが、今宵は、則常さま、高和さまのご意向を伝えに参られたのですか」

「いやはや、なんと申しますか、それがしの立場が妙な具合になってしまい、困惑いたしております。もともと、早菜さまの岩倉家お輿入れは、それがしが隆明どのと季枝さまのご意向を受け、両家の間をとり持ったのですからな。話がとんとん拍子《びょうし》に進み、両家の違いが大きくむずかしくとも、三村家に間に入っていただき、無事早菜さまのお輿入れとなって、よい縁談をまとめることができた、長年懇意にしていただいております近江屋さんにも、これで喜んでいただけた、まことにめでたいと思っておりました。それが……」

正田が言いかけているところへ、茶托《ちゃたく》の碗《わん》が運ばれてきた。

少し勿体《もったい》をつけて正田は茶を一服し、話を続けた。

「わずかひと月、いや半月で、高和さまと早菜さまのご夫婦仲が険悪になっているらしいと聞こえ、一体いかがしたことか、何があったのかと気を揉《も》んでおりました。とは申せ、ご婚礼をあげられたばかりのお若い高和さま早菜さまご夫婦ゆえ、すぐに仲直りなされるであろう、年寄りが傍《はた》から若いご夫婦に口出しするまでもあるまいと高《たか》を括《くく》っておりました。そうしておりましたところ、数日前、則常さまより五番丁のお屋敷にお呼び出しがございまして、事の子細経緯をうかがい、高和さまと早菜さまのご夫婦仲のみならず、岩倉家と早菜さまの後《うし》ろ楯《だて》の近江屋さんとの間がこれ以上こじれぬようにと、それがしに中立《なかだち》の依頼がございました。則常さまのご意向は、高和さまと早菜さまご夫婦の不仲を、廻りがとやかく口出しするのは、若い夫婦にとってはむしろよろしくない。廻りが静かに見守っておれば、夫婦は本性に従い納まるべきところに納まるゆえ、名門岩倉家の世間体をこれ以上損《そこ》ねぬためにも、とりあえずは、早菜さまが五番丁のお屋敷に戻ることが先決であると、それでございます」

隆明と季枝は、不審と戸惑《とまど》いの表情を見せ沈黙している。

正田は白髪《しらが》が目だつ鬢《びん》をなでつつ、やや下膨《しもぶく》れの顔をのどかにほころばせ、片側に居並んだ小左衛門と市兵衛に向けた。

「富山どの、唐木どの、つまる処《ところ》はそれがご夫婦の仲違いを収めるよい手だてだとは、思いませんか」

正田が言った途端《とたん》、その機会を待っていたかのように小左衛門が言った。

「それがしはそう思いません。このたびの事態には、お嬢さまになんの非もござらん。高和どのは間違えておられる。家柄の違い、家格の違い、身分の違いがあったとしても、夫婦の契《ちぎ》りを結ぶのは人なのでござる。人と人の情、慈《いつく》しみ、思いやりをないがしろにして、家格が違うと人を見下していては、夫婦相和することなどあり得ぬ」

「富山どの、高和さまはこのたびのことでは、ご自分にも落ち度があったとお認めになり、早菜さまだけを責めてはおられません。心底、早菜さまとのご夫婦仲を修復したいと、申されておりますぞ」

正田が小左衛門をなだめたが、小左衛門は頑《かたく》なな口ぶりをくずさなかった。

「夫婦仲の修復など、無用でござる。よい機会ゆえ、正田どのに言わせていただく。高和どのはすでに何年も前から、側妻《そばめ》同様のお女中を屋敷内に住まわせておられますな。武家が血筋を絶やさぬために、正妻以外に側妻をおくのは珍しくはないとしても、このたび早菜さまがお輿入れなさる前に、なぜそれを知らせてくださらなかった。それがわかっておれば、このたびのようなことはなかった」

「富山どのが申されるお気持ちはわかります。ですが、そのような習わしはどこにでもあることです。あえて申さずとも、お内方さまがのちにお知りになればよいと、それ式のことより、名門岩倉家へのお輿入れを先んじたほうが、お内方さまのお為《ため》になると考えたのです。そうではござらぬか」

正田はなおも、小左衛門をなだめるように言った。

すると、正田と並んだ鎌谷が、小左衛門へ冷やかに言い添えた。

「富山どの、岩倉家ご嫡子の高和さまと早菜さまのご夫婦仲を、あれこれ申されるのはいささか無礼ではござらぬか。このたびのことで、高和さまがどれほどお苦しみになられたか、ご存じではなかろう。高がお手付きの女中ごときのことでくどくどと、言葉を慎《つつし》まれてはいかがか」

富山は顔を背《そむ》け沈黙した。

それから鎌谷は、隣の市兵衛に平然と視線を流した。

「唐木市兵衛どの、でしたな。先月のご婚礼の折りに、ご挨拶いたしました」

「その節は……」

市兵衛は言った。

「正田どのからは、唐木どののお生まれはお旗本の由緒あるご一門ながら、お旗本の生家を出られ、母方の姓を名乗って浪々の身となられたと、うかがっておりました。それがしも五年前、岩倉家の用人役におとりたていただくまでは、水戸にて私塾を開いており、主家を持たぬ身でしたので、唐木どのとは馬が合いそうだと思っておりました。祝宴の折りは、ゆっくり話をする間もなくご挨拶のみでしたが、このたびの一件では、正田どのに中立をお願いいたし、たまたま、唐木どのの生家の片岡家は、兄上の片岡信正さまが御公儀の御目付役に就いておられることを正田どのより改めてうかがい、じつは驚いたのです。正田どのからは、唐木どのがお旗本の由緒あるご一門であっても、御公儀御目付さまのご一門とは聞いておりませんでしたので」

「そうでしたか。どのように申したか、よく覚えておりませんな。たぶん、唐木どのの出自が名門のお旗本と、申したかっただけなのでしょう」

正田が鎌谷に応じ、場をなごませるように笑顔をふりまいた。

しかし、鎌谷は市兵衛に絡《から》むように続けた。

「ところで、唐木どのが今宵のこの場に同座なされているのは、何ゆえなのですか。今宵のこの場は、岩倉家お内方の早菜さまに、今のおふる舞いがこれ以上続きますのは一門の外聞をはばかり、一門に疵《きず》をつけかねない。のみならず、早菜さまは新番頭の三村家の養女として、三村家よりお輿入れなされたのですから、このたびの事態には、三村家でも憂慮《ゆうりょ》なされておられる。よって、すみやかに五番丁のお屋敷へお戻りになるようにと、主の則常さまのご意向をお伝えする役目を、それがしが申しつかって参ったのです。すなわちわが役目は、世間の噂になろうとなるまいと、岩倉家とお内方さま、またお内方さまの後ろ楯になっておられる近江屋さんとの間の、内々の事情なのです。その内々の役目を果たす場に、両家にかかわりのない唐木どのが同座なさる理由がござらん。よって唐木どのには、この場をはずしていただきたい。しかも……」

「いえ、鎌谷どの」

と、鎌谷を遮《さえぎ》ったのは季枝だった。

「わたくしと隆明が、唐木さまにも同座をお願いいたしました。去年、早菜さまにおつらい事情があって、川越城下より近江屋へこられるまで、早菜さまをお支えしたのは、村山家旧臣の富山さまと唐木さまなのです。早菜さまは富山さまと唐木さまには、お身内同然に心をお許しになり、信頼しておられますので何とぞ、ご懸念なく。それから、三村家へのこのたびの申し開きにつきましては、わが近江屋をご懇意にしていただいておりますさるお大名家にお願いいたし、三村家より、事態が収拾したのちに改めて知らせがあればよいとのご了承を得ております。よって、わたくしと隆明の判断で、富山さまと唐木さまにも同座していただだくことにいたしました。中立の正田どの、それでよいのではありませんか」

「さようですな。早菜さまがお身内同然にお心をお許しになられ、三村家のほうにもそのようにご了承を得られているのならば、それでよいと、それがしも思います」

正田が答えた。

「それでは、わたくしがお伝えする則常さまのご意向は、御目付さまに筒抜けになるかも知れんのですな」

「鎌谷どの、わが生家の片岡家は兄の信正が継いでおり、確かに兄が目付役に就いております。仮に、目付役の兄より早菜さまのお輿入れになった岩倉家の障りになりかねない子細経緯を訊ねられたとしても、断じて差口《さしぐち》はいたしません。しかし、岩倉家が早菜さまの家柄を軽んじ、理不尽なふる舞いに及び、富山どのが申されたように、人の情や慈しみや思いやりをないがしろになさるなら、いかなる手だてを用いてでも、富山どのとわたしは早菜さまにお味方する所存だと申しておきます」

市兵衛が言うと、鎌谷は市兵衛を横目に見て、ふん、と鼻で笑った。

「理不尽だとかないがしろだとか、お味方するとか、大袈裟《おおげさ》ですな。唐木どの、このたびのことは所詮《しょせん》、高和さまとお内方さまの夫婦喧嘩にすぎません。夫婦喧嘩は犬も食わぬと申します。ただ、岩倉家ほどの大家には体面があって、町家のように犬も食わぬというわけにはいかぬのです。よって、殿さまが正田どのに中立を頼まれ、それがしが殿さまの命により、今宵近江屋さんをお訪ねして穏便に事を収めにきたのです」

鎌谷は市兵衛を殊更《ことさら》無視する素《そ》ぶりを見せ、隆明と季枝へ向いた。

「体面を重んじる武家の面目《めんぼく》を理解できぬ方々がおられては、いささか話しづらいですが、いたし方ありません。ともかく近江屋さん、お内方さまは速やかに岩倉家へお戻りいただきます。近江屋さんが了承なさるなら、今宵のうちにお内方さまのお駕籠《かご》を仕たて、それがしが五番丁のお屋敷まで供をいたします。それと今ひとつ、先般来、殿さまが近江屋さんへお申し入れなされていた一件の、ご承諾の返事がまだございません。その返事も今宵いただければ、早菜さまお輿入れ以来の、このひと月余のごたごたはすべてつつがなく収まって、のちのちそのようなもめ事があったなと、笑い話になります」

季枝と隆明はすぐには答えず、しばしの間をおき、季枝が言った。

「鎌谷さま、ご承知願いたいことを改めて申しておきます。わたしども近江屋にとりまして、早菜さまは、ご近所のお知り合いのお嬢さま、という方ではございません。わたくしと倅《せがれ》の隆明の命の恩人のただひとりのご息女にて、その恩人はすでに亡くなられ、わたくしと隆明は、その方のご息女の早菜さまに恩がえしをしなければならない特別な方なのでございます。ですので、わたくしと隆明は、早菜さまのご納得がなければ、岩倉家に戻っていただくつもりはございませんし、先般来の岩倉家のお申し入れにつきましても、このたびのように、早菜さまへのふる舞いをお改めにならない限り、応じかねるのでございます。隆明、鎌谷さまにあなたからお答えしなさい」

はい、と隆明が季枝の言葉を継《つ》いだ。

「岩倉則常さまのお申し入れにつきまして、近江屋の頭取と番頭らで協議いたしました。家禄三千石、あるいはお小姓組番頭の職禄四千石の岩倉家に、この夏の終りまでに五千両、さらに今年中に三千両、都合八千両のご融通の申し入れは、有《あ》り体《てい》に申しますと、金額の大きさに頭取や番頭らはいささか懸念を持っております。と申しますのも、念のため手前どもが調べましたところ、岩倉家には同業の両替屋にすでに相当の借り入れがございまして、また知行所《ちぎようしよ》の名主方にも田畑が差し押さえになっている事情が知れたのでございます」

「借り入れ金の利息は滞《とどこお》りなく払っておるし、期限がくれば返済をしております。差し押さえの一部の田畑も、岩倉家知行所のほんのひとにぎりにすぎず、この秋の収穫で抵当がはずれます。それ式のことが、支障になりますか。近江屋さんほどの大店両替商なら、今年中に岩倉家へ都合八千両の融通ごとき、できなくはございますまい。大名家や武家にまとまった金額を用だていたし、利息を得るのは両替商の商いのひとつではありませんか」

鎌谷は言葉の端々《はしばし》に、苛《いら》だちをにじませた。

「母の季枝が申しました通り、早菜さまはわたしども親子にとって、命の恩人のお嬢さまでございます。このたびの事態が一段落したのち、お内方さまとして岩倉家にお暮らしの早菜さまご自身が、近江屋にお見えになって岩倉家への融通をお申し入れになられれば、近江屋は、万が一にも岩倉家が台所預りになるような事態に追いこまれぬよう、両替屋の損得勘定を措《お》いてお支えいたします。それが当然の恩がえしでございます。ではございますが、鎌谷さま、それまではこのたびのご用だてのお申し入れをお受けいたしかねます」

隆明は、鎌谷の苛だちにも臆《おく》さず言った。

「岩倉家は、代々小姓組番頭を継がれるお家柄にて、ご嫡子の高和さまも中奥番衆から、いずれは番頭を命じられるお方です。お歴々に多くの知己《ちき》があり、評定所《ひょうじょうしょ》一座の町奉行さま、勘定奉行さま、寺社奉行さまの方々にも、お顔が知られております。則常さまをご不快にさせ事態をこじらせては、両替屋の商いによいことは、何もないと思いますが」

「いたし方ございません。わたしども近江屋にも先代よりおとり引きをいたし、長年おつき合いが続いておりますお大名家や、幕府のお役目に就かれているお客さまがおられます。そのときは、近江屋の商いに差し障りがなるべく生じぬよう、お力添えをお頼みするしかございません。そうそう唐木さま、御目付役の片岡さまにも一度ご挨拶申しあげたいのです。お引き合わせ願えますでしょうか」

「承知いたしました。理非曲直《りひきょくちょく》に明らかな自慢の兄です。お引き合わせいたします」

市兵衛が言った。

鎌谷は眉《まゆ》をひそめ、市兵衛を凝《じ》っと見つめた。

隣の正田が、ふうむ、とうめいたが、もう言葉はなかった。

二

同じ日の夜ふけ、鎌谷晋ノ助と提灯《ちょうちん》を提《さ》げた七右衛門は南部坂《なんぶざか》を下り、谷町《たにまち》の暗い往来を久国稲荷《ひさくにいなり》の社前で東方へ折れた。

「《丹波屋《たんばや》》という莨屋《たばこ》を、表向きは営《いとな》んでおりやす。小店ですがね。職人の亭主を亡くした若い後家さんが、ひとりで営んでいたところへ、まあもぐりこんで、ちゃっかり亭主に納まったってえわけです。七、八年前ですかね。ちょいと手荒《てあら》な真似《まね》をやらなきゃならねえ厄介《やっかい》な侍やら渡世人《とせいにん》相手のとりたてに、とりたて額の歩合で頼むようになったんです」

二人は、谷町の表店が板戸を閉じて並んだ一戸の前に立ち、

「ここですぜ。床《とこ》に入ってたって大丈夫。起きてきやすから。ごめんよ、丹波屋さん。この夜ふけに済まねえが、ちょいとお願えしやす。丹波屋さん」

と、七右衛門が表の板戸を叩《たた》いた。

往来のどこかの店の飼い犬が、七右衛門の声に目覚めて吠《ほ》え出した。

犬が静かになり、七右衛門はまた板戸を叩いた。

戸内に人のくる気配がし、素っ気《そけ》ない声がかえってきた。

「今日はもう店仕舞《じま》いにしたんで、莨の用は明日にしてくれませんか」

「小膳《しょうぜん》さん、あっしだよ。原宿町の七右衛門さ」

七右衛門が声をひそめた。

「なんだ、七右衛門さんか」

気のない返答が聞こえ、板戸が軋《きし》んで二尺（約六〇センチ）ほど引かれた。有明《ありあけ》行灯をかざした莨屋の主人が、提灯を手にした七右衛門を認め、

「今ごろなんの……」

と、言いかけたのを止め、七右衛門の後ろに佇《たたず》む背の高い鎌谷へ、むっつりと頷《うなず》きかけた。板戸がさらに引かれ、七右衛門と鎌谷が小店の狭い前土間に入り、七右衛門は提灯の灯《ひ》を吹き消した。

「小膳さん、久しぶりだね」

「一年ぶりだ」

「こちらはね、番町のさるお屋敷にご奉公の鎌谷晋ノ助さまだ。鎌谷さん、こちらが真下《ました》小膳さんです」

七右衛門が小声で言った。

真下小膳は地味な紺帷子《こんかたびら》に、半纏《はんてん》を袖《そで》を通さず肩にかけていた。

七右衛門と並んだ背の高い鎌谷を、まじまじと見つめている。

七右衛門は、地黒の眉間《みけん》に深い皺《しわ》がこびりついた不機嫌面《づら》を無理矢理ゆるめ、真下の左の一の腕を意味ありげに軽く打った。

「今日は丹波大野《おおの》の刻《きざ》みとね、また小膳さんの腕を頼みにきやしたんで」

「一年ぶりに顔を見せたら、いきなりそれかい」

「いきなりそれかいって、小膳さんとお仲間にお頼みするのに、この腕以外に何かありやすか。莨屋の用なら、原宿町にも莨屋がありやすよ」

「ではまた、武家相手のとりたてか。この前は金目の物は言うにおよばず、お内儀や娘の着物まで引き剝《は》がしてやった。みなおろおろするばかりで、ああなっては侍の矜持《きょうじ》など、絵に描いた餅《もち》だからな」

「所詮、町家の金貸ごときと高を括っていたのが、真下小膳さんとお仲間に睨《にら》まれ、手も足も出せなかった。油断して町家で借金を重ね、利息を勝手にふくらませた侍が間抜けなんだ。自業自得《じごうじとく》ってやつでね。けど、今度の相手は、たぶん、そういうのじゃねえ。真下小膳とお仲間の腕を借りなきゃならねえ、こっちが使えるむずかしい相手ですぜ」

七右衛門が、左の手刀で空を斬る仕種をして見せた。それから、

「というわけでこれは……」

と、懐《ふところ》から二十五両ひと包みの小判を二包《くる》み出し、真下の手ににぎらせた。

「小膳さんとお仲間の手間代の半額でやす。残りの五十両は、仕事が済んだらお支払いしやす。むずかしい相手だが、この通り、金にはなりやす」

真下が掌《てのひら》の五十両から目をあげ、鎌谷に会釈を小さく投げた。

「そういうことなら、あがれ。三人を呼ぶ。お駒《こま》、客だ。酒の支度《したく》を頼む。酒の肴《さかな》は有り合わせでいい。何か出してくれ。それと津川《つがわ》に、水上《みなかみ》兄弟を呼んで、三人一緒にくるようにと伝言を頼む」

店の奥から、艶《つや》めいた女の返事が聞こえた。


四半刻後の四ツ（午後一〇時頃）すぎ、莨屋丹波の店裏の四畳半に六人が車座になって、大根、きゅうり、ごぼうの漬物、晩の煮つけの残りを盛った鉢《はち》、焙《あぶ》った干魚、焼餅を肴に呑《の》みながら、七右衛門がひそひそと話すのを聞いていた。

頭《かしら》らしい真下小膳が呼んだ津川千次郎《せんじろう》、水上左門《さもん》と勇吉《ゆうきち》兄弟の三人は、ただ呑み食いし、言葉を惜《お》しむかのように黙っていた。

四十代半《なか》ばごろの真下に、津川が三十すぎ、水上兄弟はまだ三十前らしく、まるで獣《けもの》のように鼻息を鳴らしていた。

「仕事はそれだけで、あとはおのおの勝手に引きあげて終りってわけです。小膳さん、ざっとこんなもんです」

話し終えた七右衛門は、真下の反応をうかがった。

「爺《じい》さんのほうはむずかしくなさそうだな。だが、もうひとりのほうがどれほどの腕か、実際にやってみるまではなんとも言えん。で、誰が指図する」

杯《さかずき》を嘗《な》めながら、真下は言った。そこで、

「指図はわたしがする。あんた方はわたしに従ってもらう」

と、それまでは七右衛門に任せていた鎌谷が、真下らを見廻して言った。

一番年の若そうな勇吉が、干魚を咀嚼《そしゃく》しながら鎌谷を見あげた。

「あんたが指図するのかよ。こういうことは互いの気心が知れてねえと、ちっちゃな手違いで縮尻《しくじ》る場合が多いんだ。縮尻ったら命とりなんだぜ。馴《な》れたおれらに任せて、鎌谷さんは引っこんでたほうが、無難じゃねえのかい」

「そういうわけにはいかん。急いでいる。だから腕利きと聞いたおぬしらに頼むのだ。おぬしらこそ大丈夫か。相手は間違いなく手練《てだ》れだぞ。わたしは、おぬしらの腕を知らん」

「鎌谷さんが真下へ向きなおった。

「鎌谷さんは腕に覚えがありそうだが、生身の人を斬ったことはありますか」

真下はうす笑いを鎌谷にかえした。

「わたしは鹿島神傳直心影流の免許皆伝だ。使い手ならわかるはずだ。人を斬った覚えがあったとしても、それで強くなるのではない。言っておくが、ただ吠えたてるだけの野良犬では、通用せぬ相手はいくらでもいる」

「なるほど、そうですか。いいでしょう。みな、この仕事は鎌谷さんの指図に従うぞ。百両の大仕事だ。わかったな」

津川と水上兄弟は、むっつりと黙りこくっている。

「ところで、鎌谷さん。わたしは生まれも育ちも上州《じょうしゅう》前橋《まえばし》でしてね。十七年前、わけありで国を捨て、今はこの通り、莨屋丹波を細々《ほそぼそ》と営む亭主に納まっていますよ。江戸へ出て二年がたったころ、確かに、鎌谷さんの言われる、ただ吠えたてるだけの危なっかしいがきだったこの三人と、今の裏稼業を始めたんです。吠えたてるだけの野良犬が恐ろしいのは、おのれの命を棒にふってもなんとも思っていないことなのですよ。逆にそんな野良犬と仲間になれば、なんと頼もしいことか。わたしはこの三人となら、今の稼業が続けられると思いました。鎌谷さんは、命を棒にふれますか。斬り合いは、相手を斃《たお》すか斃されるかの前に、おのれの命を棒にふれるかふれないかですよ」

鎌谷は答えなかった。

ふふん……

真下はせせら笑い、徳利《とっくり》を自分の杯に傾けた。そして、徳利に残った酒を隣の津川の杯に注《つ》ぎ、徳利は空《から》になった。

「鎌谷さんはわれらの腕をご存じないゆえ、わたしの腕をお見せいたしましょう。先ほど七右衛門が手刀で斬る真似をしたとき、それが左手だったことにお気づきでしたか。じつはわたしは、左利きでしてね。子供のころ、通っていた城下の剣道場の師範に、左利きをなじられました。おまえは剣術に向いておらんと。おのれが正しいと思いこんで疑わぬ者ほど、心無い言葉を他人《ひと》に浴びせる」

真下は端座のまま、後ろに寝かせていた両刀をとり、右の腰に帯びた。

「わたしは、右を利き腕にして稽古《けいこ》に励み、道場ではいつも負かされてばかりでしたが、散々負かされたおかげで、両刀を使えるようになったのです」

言った途端、空の徳利をうす暗い天井へふわりと抛《ほう》り上げ様、片膝立ちになった真下の左手で抜き放った刃《やいば》の閃光《せんこう》がきらめいた。

ひゅん、とうなって虚空《こくう》の徳利をかすめたかに見えた。

車座のみなの目が、畳に落ちた徳利を追ったとき、徳利は転がらず、真《ま》っ二《ぷた》つになってわずかに震え、真下はすでに納刀し終え、膝を正していた。

津川と水上兄弟は、珍しくもなさそうに呑み食いをまた続けた。

七右衛門は啞然《あぜん》として真っ二つの徳利を見つめ、鎌谷は真下へ冷笑を向けた。

「鎌谷さん、いつやるのだ」

真下が、右の腰から大刀を外しながら訊《き》いた。

「明日だ。段どりはすでにつけている」

鎌谷が冷やかに言った。

その夜ふけ、五番丁の屋敷に戻った鎌谷は、当主の則常と嫡子の高和に委細を報告し、これからの手筈《てはず》を伝えた。

「くれぐれも、抜かりのないようにな」

則常はそれだけを言うと、そそくさと寝間《ねま》に消えた。しかし、

「おれも行く。首尾を見分する」

と、高和が言った。

三

一方、その日の夕刻のことだった。

四月は明番《あけばん》の北町奉行所表門わきの小門を、ひとりの中年の男がくぐった。

表門内右わきの番所の同心に質《ただ》され、上方訛《なま》りで答えた男は、先月の三月八日早朝、隠田村の用水堀で亡骸《なきがら》が見つかった大坂堂島の米仲買商泰三郎の従弟《いとこ》で、名を徳平《とくべい》、歳《とし》は四十三と答えた。

先月の下旬、大坂東町奉行所の町方を通じて、江戸北町奉行所より大坂の米仲買商の泰三郎が江戸にて災難に遭《あ》って亡くなった知らせと、泰三郎が江戸に下った事情を訊ねる書状が、泰三郎の女房にもたらされた。

泰三郎の災難の知らせに、泰三郎の女房の元に親類縁者が集まって相談した結果、夫婦には子がないため、泰三郎が江戸で果たそうとしていた用を泰三郎本人から聞いていた従弟の徳平が、江戸へ下ることになった。

「それでとるものもとりあえず、品川止まりの廻船《かいせん》で大坂を発《た》ったんだすが、伊《い》豆《ず》の下田《しもだ》港で風待ちのため、三日ばかり待たされましてな。昨日の夕刻、どうにか品川沖に廻船が碇《いかり》を下ろし、昨晩は品川で一泊し、今日の昼間、ようよう江戸に着いたんだす。で、まずは書状にございました、泰三郎兄さんが宿をとっていた馬喰町の《飛驒屋》という旅籠《はたご》をお訪ねし、泰三郎兄さんが残したままの旅の荷物を確かめ、宿のご亭主の福次さんにどんな事情やったんだすかと、いきさつをうかがいまして、それでこちらのお奉行所に参った次第でございます」

そのとき渋井は、助弥と蓮蔵を従え、金貸の七右衛門が赤坂新町の町芸者だったおつたの馴染《なじ》みになる以前、懇《ねんご》ろにしていた茶汲《ちゃくみ》女がいた話が聞け、四谷御門外元鮫河橋北町《もとさめがばしきた》の水茶屋へ聞きこみに出ていた。

そこへ泰三郎の従弟が御番所に出頭したと、小者の知らせを受け、急いで呉服橋の北町奉行所に戻ったとき、もう四月の日は暮れていた。

北町奉行所の表門を入った右わきに番所、番所の隣は広い同心詰所と勝手があって、さらに内塀《うちべい》に囲われ、厠《かわや》に風呂場、押入も備えた、町方が宿直をする数軒の長屋が、同心詰所に続いている。

その一軒の六畳間に、渋井と若い当番同心、そして見習の良一郎が二人の後ろに控える恰好《かっこう》で、泰三郎の従弟の徳平と向き合った。

「徳平さん、大坂からの長旅、お疲れさまでした。まず、このたびは泰三郎さんが亡くなられ、お悔《く》やみを申します」

　お悔やみを申します、お悔やみを……

　と、当番同心と良一郎が渋井に続いた。

「おおきに。泰三郎兄さんのことは、そういう定めやったんやと、もう諦《あきら》めるしかおまへん。御番所よりのお問い合わせの書状が届けられ、嫂《ねえ》さんはえらい嘆《なげ》きようだした。知らせを聞いたわてら親類一同も、えらいことやと集まって、とにかく誰かが江戸へ下って、御番所にお知らせせなあかんやろと、話し合いをいたしました。嫂さんがわてが江戸へ行きますと申しましたが、御番所の書状では、兄さんはどうやら厄介《やっかい》なもめ事に巻きこまれたのは間違いないらしいから、このたびは嫂さんの代わりに従弟のわてに頼む、ということになったんでございます。わては米仲買商ではございませんが、大坂の梅田《うめだ》で米屋を営んでおりまして、兄さんが江戸へ下った事情を兄さんから聞いておりました」

　徳平は、渋井と若い当番同心、後ろに控えた良一郎へも潤《うる》んだ目を寄こした。

「それでお役人さま、兄さんの、泰三郎兄さんの亡骸が、江戸のはずれの隠田村とかの用水堀で見つかった事情を、聞かせてもらえまへんか」

「それなんですがね……」

渋井は、先月の三月八日、隠田村の用水堀端の小藪《こやぶ》に埋められていた泰三郎の刺殺体《しさつたい》が見つかり、渋井が検屍《けんし》に向かったいきさつを伝えた。

「仏さんは、冷たく湿《しめ》った土の中に埋められていた所為《せい》で、一見したところ、それほどひどく傷《いた》んではいませんでした。首には締められた痕《あと》、腹に一ヵ所、背中に二ヵ所、匕首《あいくち》らしき得物《えもの》で刺され、三ヵ所とも相当深手でしたから、泰三郎さんは埋められる前に亡くなっていたと思われます。仏さんの身元を明かす持ち物は何もなく、年のころは四十代から五十代の旅人風体《ふうてい》で、片側の小鼻にかなり目だつ疣《いぼ》がありました」

「そうだす。泰三郎兄さんに間違いおまへん。ここに大きな疣がおます」

徳平は、自分の小鼻に指先を当てた。

「亡骸が見つかった何日か前、隠田村の野道で追剝《おいはぎ》強盗に襲われ殺害され、埋められたという見方もありましたが、追剝強盗の仕業《しわざ》なら、仏さんを埋めて隠したりはしません。泰三郎さんに手をかけたやつは、泰三郎さんの亡骸を隠さなきゃあならなかった。下手人は泰三郎さんの知り合いと思われました」

それから、二日後の三月十日、泰三郎が宿をとっていた馬喰町の旅人宿・飛驒屋の主人の福次が奉行所に現われ、三月の三日に飛驒屋に宿をとった大坂の米仲買商の泰三郎という客が、三月五日に旅の荷を飛騨屋に残したまま知人に会いに出かけ、五日たっても戻ってこないため、お調べ願いを出した。

それでようやく、隠田村の用水堀端に埋められていた旅人風体の亡骸が、大坂堂島の米仲買商の泰三郎と知れた、と渋井は続けた。

「泰三郎さんと、亡骸の素性が知れてひと月近くになります。ですが、下手人《げしゅにん》はまだあがっていません。泰三郎さんはある人物に会う用があって江戸に下ってきたと、飛騨屋の主人に伝えてその人物に会いに行ったきり、戻ってこなかったんです。お訊ねしたいのは、泰三郎さんが、どこの誰にどんな用があってわざわざ江戸まで下ってきたのか、それなんです。むろん町方は、泰三郎さんが三月五日に会いに行ったらしいその人物に、事情を訊いております。その人物が言うには、確かに先日、上方の泰三郎と名乗る方が自分に会いにきたけれど、それは人違いだったので自分ではないと伝えたら、泰三郎さんは納得して引きあげたそうです。それきり、泰三郎さんは宿の飛騨屋には戻らず、三月八日、隠田村の用水堀で殺された泰三郎さんが見つかったんです」

「くそ。なんでや兄さん」

口惜《くや》しそうな声を、徳平が絞《しぼ》り出した。そして、着座した姿勢を強張《こわば》らせるように膝をつかんで訊いた。

「その日に、泰三郎兄さんが会いに行った人物は、江戸の原宿町とかの七右衛門という金貸とちゃいますか」

「そうです。原宿町の金貸の七右衛門です。泰三郎さんは、原宿町の七右衛門にどんな用があったんで……」

こくり、と徳平は首肯した。

「あれは二十年前だした。泰三郎兄さんの二つ年下の、梅二郎という米仲買人が堂島におりました。米仲買人は、幕府米であれ藩米であれ、商人米であれ、最少は十石から米の取引を行って、代銀の一厘《りん》六毛《もう》ほどの口銭《こうせん》をとっております。でございますが、大坂堂島の先物《さきもの》市場では、米仲買人でも先物市場の株を持っている米仲買人しか取引ができず、正米商《しょうまい》いではなく、帳合米商《ちょうあいまい》いが行われておるのでございます。その先物市場では、取引は百石以上からで、口銭も正米取引の半分以下に抑《おさ》えられておりますものの、正米がなくとも先物市場の株を持っていたら取引ができますので、売りから取引が始まって満期日までに買い戻す、あるいは買持ちした立物米《たてものまい》をこれも満期日までに売り埋めることができる頭と度胸さえあれば、吃驚《びっくり》するほどの儲《もう》けを出すことができるわけだす。自信のある米仲買人は、帳合米取引でひと財産築くことも夢ではございません。けれど、最少単位の百石以上からの帳合米取引に手を出して、一旦、売りどきか買いどきを間違えてしもたら、あとの祭りだす。物乞《ものご》いに身を落とすどころか、括《くく》る首がなんぼあっても足りんぐらいの、大損を出してしまうこともおます」

「二十年前、泰三郎さんもその梅二郎という米仲買人も、大坂堂島の先物市場の株を持って、博奕《ばくち》みたいな帳合米取引を行っていたんですね」

渋井が言うと、徳平は首をひねった。

「博奕というより、帳合米取引は米仲買人の戦《いくさ》だす。歳をとった米仲買人に、そんな戦みたいな取引はできるもんやおまへん。泰三郎兄さんも梅二郎も、二十代の初めごろから堂島の帳合米取引では名の知られた米仲買人だした。殊に梅二郎は堂島の野良犬と呼ばれて、嫌われてはいても、梅二郎には一目おかざるを得んと、泰三郎兄さんが言うてたのを覚えております」

「二十年前なら、泰三郎さんは二十九歳。二つ下の梅二郎は二十七歳ですね。何があったんですか」

「蝗《いなご》だす」

徳平が即座に答えた。

「そうか。蝗が発生したんだ」

渋井と当番同心の後ろに控えていた良一郎が、ぼそ、と呟《つぶや》いた。

「良一郎、わかるのかい」

渋井と当番同心が、良一郎へふりかえって質《ただ》した。

「あ、はい。たぶん、蝗の大群が米どころの稲を食い荒らしたんじゃあ……」

良一郎は去年の春の初めからおよそ三月、わけがあって大坂の町家で暮らし、その間、西国や九州の田んぼが蝗の大群に襲われ、壊滅する被害を出した昔話を聞いた覚えがあった。それでつい、口走ったのだった。

「その通りだす。立物米に選ばれた四蔵のひとつの筑前《ちくぜん》に蝗が大量発生し、稲が蝗の大群に襲われて大きな被害を出したと、知らせが古米限市《きりいち》に届いた途端《とたん》、筑前米の値が急騰《きゆうとう》したんだす。その年の古米限市では、梅二郎は前年から高値が続いていた筑前米を、今年も天候に恵まれてるから、遠からず値下がりするのは自明の理やと、強気で遣《や》った遣ったの大量の売りに出ておりました。ところが、蝗の被害の知らせが届き、筑前米は値下がりどころか、上がる一方だした。こりゃまずいと気づいて、取ろう取ろうの買戻しをしても、値上がりした分が見す見す損になるだけだす。売るに売れんというわけだす。梅二郎は焦《あせ》った」

「焦って、どうしたんで？」

「同じく四蔵の加賀《かが》米の売りに出て、筑前米の損をとり戻そうとしたんだす。加賀米も、筑前米ほどではなくとも、前年より北陸は好天に恵まれ、高値が続いておりました。必ず値下がりするはずやと踏んだ。けど、落ち目とはそういうもんなんだっしゃろな。加賀米も売りのすぐあと、なんと大雨にやられて値上がりが始まったんだす。そのうちに取引期間の終る十月八日が迫《せま》って、野良犬と言われた梅二郎が大損を出した噂は広まっておりましたから、売掛金《うりかけきん》の大きい商人らが梅二郎の店へとりたてに押し寄せた。けど、表向きは儲けた金は派手に使う野良犬に、精算する蓄《たくわ》えなんかおまへん。というわけで、古米限市の期間が終る十月八日に、消合場《けしあいば》の精算ができず、梅二郎は身代《しんだい》限りになったんだす」

「値上がりをしたなら、米が値下がりするまで待てねえんですか」

当番同心が口を挟んだ。

「それはできまへん。正米ではなく帳合米の取引は、春夏冬の限市の期間内に、米仲買人は売ったら売った分だけ買い戻す、買うたら買うた分だけ売り埋めなあかん決まりだす」

なるほど、と当番同心はうなった。

「それで、これは泰三郎兄さんが江戸へ下る前に聞いた話だす。梅二郎は売掛金なんかの精算もできず、とりたてに追われて、知り合いの家を転々として、逃げ廻っていたんだす。で、その十月の末のある夜、泰三郎兄さんの店に転がりこんで、借金とりに追われとる、二、三日でええから匿《かくも》うてくれへんかと頼んで、しかも借金まで申し入れたんだす。自分はこんなもんで終る男やない。まだ二十七歳や。まだまだやれるし、やらなあかん。このまま終ったら、ご先祖さまに申しわけがたたん。米仲買人の株はもうないし、米仲買人はできんけど、金勘定の頭の早さは誰にも負けん。負けるとしたら兄さんぐらいや。そやから、これからは両替屋になろかと思てます。思いたったが吉日でんがな。手始めに、金貸を始めようと思うてます。兄さん、元手《もとで》を融通してくれまへんかと」

「ほう。金貸ですか」

「へえ。三年、三年だけわてに賭《か》けるつもりで、五十両ばかり、一年で倍、三年後には必ず三倍にしてかえしまっせ、この通り、兄さん後生や、と掌《て》を合わせて頼んだんだす。ちょうど兄さんは、同じ夏の古米限市で大儲けし、五十両なら貸せんこともないな、という気のゆるみもあったそうだす。それに、野良犬と米仲買人の同業者に嫌われるほど頭が切れて勘の鋭《するど》い梅二郎の才を、このまま塵界《じんかい》に埋《う》もれさすのは惜《お》しい、負けるとしたら兄さんぐらいや、とおだてられ、米仲買人同士相身互《あいみたが》いやとつい仏心を起こしたと、言うてました」

「それで五十両を、貸したんですね」

「それにもう五十両を足して、これはおれの梅二郎に賭ける気持ちや、利息は五十両分だけでええとわざわざ言い添えてまで……」

「百両ですか。そいつは椀飯振舞《おうばんぶるまい》だ」

渋井はつい笑って、隣の当番同心に言った。

だが、徳平はかまわず続けた。

「梅二郎は、これだけ貸してもろたら、もう逃げ隠れせんでも済む。自分の店に戻れる。明日からわての新しい門出やと、喜んでいたそうだすわ。その門出のはずが、梅二郎が大坂から姿を消して行方《ゆくえ》知れずになったと聞こえたのは、それからわずか、十日ほどがたったころだした。おまけに、その話にはどういうことやと思うような尾鰭《おひれ》がついていて、兄さんが心配になって梅二郎が行方知れずになったいきさつを聞いて廻ったところ、どうやら梅二郎は身代限りになったのに、ほんまはかなりの金子《きんす》と証文や手形を隠匿《いんとく》して、無一文になることをまぬがれていたらしい。それで、大坂の町奉行所に訴《うった》えが出され、町方が梅二郎の店に踏みこんだときは、梅二郎はすでに姿を消したあとやったと、わかったんだす。なんということやと、兄さんは梅二郎にころっと騙《だま》され百両もとられて頭抱えた。けど、後悔もあとの祭りで役にたたずだした」

「それから二十年、梅二郎の行方はまったく知れず、手がかりもなかった。なのに先月、泰三郎さんは梅二郎の居どころをつかんだ。すなわち、二十年前、大坂からぷっつりと姿を消した梅二郎が七右衛門に成り済まし、江戸の原宿町で金貸を営んでいる。そんな話が聞けて、先月、泰三郎さんは江戸に下り、原宿町の金貸の七右衛門を訪ねたんですね」

へえ、と徳平は首肯した。

「たまたまこの春、わても顔見知りの下り米問屋の番頭はんが、江戸の取引先の米仲買人を商用で訪ねたんだす。その折り、元赤坂町の脇店の米屋さんらとも会う機会があって、商いの話が済んだあと、米屋さんらのおもてなしにより、一ツ木丁《ひとぎちょう》の料亭で一席設けられたんだす。町芸者をあげて賑《にぎ》やかな酒宴の途中、番頭はんは厠へ立った。その厠への廊下で、同じ酒亭に武家のお客とあがっていた梅二郎とぱったりと出会った。二十年がたち、どちらももう昔の姿やおまへん。梅二郎は、番頭はんに気づかず通りすぎた。けれど、番頭はんは梅二郎を覚えていたんだすな。若かった風貌《ふうぼう》は衰《おとろ》えても、浅黒い顔色の眉間にこびりついたみたいな不機嫌皺は、あの梅二郎とちゃうかと。番頭はんが、厠に案内していた中居はんに、今のお客はんはどちらの、とさり気のう訊ねたところ、梅二郎は七右衛門という名で、原宿町で金貸を営み、借金のとりたてに情け容赦《ようしゃ》のない金貸と噂が聞こえている。だいぶ以前から、五番丁の身分の高い武家屋敷にお出入りが許されているらしく、今宵もそのお武家の若殿さまと芸者をあげて賑やかに、と聞いたそうでございます。大坂に戻った番頭はんは、七右衛門と名を変えた梅二郎を江戸の赤坂の一ツ木丁で見かけた話を、知り合いの米仲買人に聞かせ、それが泰三郎兄さんにも聞こえたんでございます」

「泰三郎さんは、梅二郎に貸した借金のとりたてにきたんですね」

「兄さんは、百両は大金やが、それだけが理由やない。梅二郎みたいなならず者をこのまま見逃《みのが》しては、大坂堂島の米仲買商の面目が施《ほどこ》せん。梅二郎に貸した金をとりたてに江戸へ行く、梅二郎に二十年前の落とし前をつけさせると、わてにそう言うて……」

「江戸に下ったのが、先月三月三日」

と、渋井は腕組みをして、朝、廻り髪結《かみゆい》が顎鬚《あごひげ》を剃《そ》った痕《あと》を指先で擦《さす》りつつ、独《ひと》りごつように呟いた。

「馬喰町の飛騨屋に宿をとり、三月五日朝、原宿町の七右衛門の店を訪ね、三月八日、隠田村の用水堀端で亡骸となって見つかった」

渋井は後ろの良一郎に言った。

「よし、きまりだ。良一郎、これから原宿町へ行くぞ。今晩中に七右衛門をひっ捕らえる。助弥と蓮蔵が門前で待ってる。二人にそう伝えろ。それから、中間《ちゅうげん》の谷助にもな」

「承知しました」

良一郎に続き、当番同心の野々宮《ののみや》が言った。

「では渋井さん、わたしは当番の与力さまに報告し、念のためできるだけ人数をそろえてあとを追います」

「そうしてくれ。こっちは野々宮と捕方《とりかた》がくるまで、七右衛門の店を見張ってる。野々宮と捕方がそろったら、七右衛門の店に踏みこむ。七右衛門は、三四の番屋にぶちこんで訊問《じんもん》する。今夜中に泰三郎殺しを一件落着させる。すぐかかれ。徳平さん、今夜はこれで宿へ引きとっていただいて結構です。明日また、奉行所までご足労願うことになると思いますが」

良一郎と野々宮が行きかけたとき、徳平が言った。

「お役人さま。わても原宿町へご一緒させてもらえまへんやろか。二十年前の姿を消す前の梅二郎には、わても何度か会うて、顔は今でもよう覚えてます。七右衛門という金貸が間違いなく梅二郎やったら、二十年ぶりでも必ずわかると思います。少しでもお役人さまの、梅二郎を召し捕るお役にたって、泰三郎兄さんの仇討《あだう》ちができたら、兄さんの供養にもなりますし」

「徳平さん、お気持ちはわかりますが、捕物《とりもの》はわたしら町方の仕事です。たぶん明日は、番屋で七右衛門の面割《めんわ》りをしてもらうことになりますんで、泰三郎さんの仇討ちは面割りでできますよ」

と、渋井は意気ごんだ徳平をなだめた。

四

翌日も、四月上旬の心地のよい天気になって、原宿町には、普段と変わらぬ穏やかなときが流れていた。

午後のその刻限、百人町の北側の武家地から、小店が肩を寄せ合うように密集した原宿町の小路へ四半町（約二七・二メートル）ほど入り、三軒家と二軒家が路地を挟んで向かい合う金次郎店の、居付《いつき》地主の金次郎の店に、渋井と助弥がいた。

助弥は、寄付きの格子窓に閉てた障子戸の隙間ごしに、路地を挟んだ斜向《はすむ》かいになる七右衛門の店を見張っていた。

渋井は寄付きの三畳間に胡坐《あぐら》をかき、苛々を抑えつつ、堂々巡《どうどうめぐ》りになる思案に耽《ふけ》っていた。そして、長屋の路地を住人や物売りなどが通りかかるたび、誰だ、と神経をとがらせていた。

そこへ路地に足音がして、表の腰高障子が引かれ、蓮蔵が戻ってきた。蓮蔵は表の土間から、寄付きにあがりながら、

「旦那、行ってきやした」

と、渋井に小声で言った。

「変わったことはねえかい」

「今んとこ、まだ何もありやせん。良一郎さんと谷助さんも、変わったことは何もねえと、暇《ひま》そうにしてやした」

蓮蔵は、金次郎の老妻が用意した冷めた茶を淹《い》れた土瓶《どびん》と湯呑《ゆのみ》をとって、自分

で注《そそ》ぎ、喉を鳴らした。

「ちょいと長安寺と妙円寺《みようえんじ》のほうまで、行ってみやしてね。武家地を抜けて坂を下ったら隠田村の田んぼが広がって、渋谷川の北の千駄ヶ谷村とか代々木村のほうまで、ずっと田んぼと武家屋敷やら寺やらが見わたせて、なんだかいい眺《なが》めでやした」

「蓮蔵、遊びにきてんじゃねえ。用が済んだらさっさと戻ってこい」

助弥が障子戸の隙間から蓮蔵へ向いて、ささやきかけた。

「遊んでるわけじゃねえっすよ。七右衛門が戻ってきて捕物になったとき、万が一やつをとり逃がしたら、ここら辺の土地を知っといたほうが、何かといいんじゃねえかと思って、見廻ってきたんですよ」

「良一郎の様子はどうだ」

渋井が訊いた。

「へえ、良一郎さんは一睡もしてねえらしく、目を血走らせてなんかひりひりした様子でやした。あれじゃあ今にぶっ倒れちまいますよ。谷助さんがいろいろ気を廻して、良一郎さんを気遣《きづか》ってました」

「気が張って、仮眠もできねえんだろう。そういうこともある。これも町方の経験だ。若いんだから、ひと晩や二晩寝なくてもなんとかなる。蓮蔵、助弥と見張りを代わってやれ」

「へい。兄さん、代わりやす」

と、蓮蔵が見張りを代わり、助弥は四つん這《ば》いで寄付きの格子窓から渋井の前まで這ってきて、ふうっとひと息吐いた。

「それにしても、旦那、七右衛門の野郎、戻ってきやせんね。昨日の昼前に使用人を従えて出かけ、丸一日がすぎてやすぜ。金次郎さんの話じゃ、ちょっとそこまで、みてえな風体だったようなのに、なんか妙ですね。まさか、泰三郎殺しの足がつきそうなことに勘づいて、有金《ありがね》だけを全部持って、わざと身軽な恰好でずらかったわけじゃあ、ねえんでしょうね」

「ふん、まさかな……」

渋井は言いかえしたものの、頭の中ではいやな考えが堂々巡りをしていた。

昨夜の五ツ（午後八時頃）すぎ、渋井は助弥と蓮蔵、良一郎と中間の谷助を従え、この金次郎店に出役《しゅつやく》した。

ところが、七右衛門の店は人気《ひとけ》がなく、暗く閉ざされていた。

家主の金次郎に訊ね、七右衛門は昼前に使用人の留造を従えて出かけ、まだ戻っていないことがわかった。

どこへ出かけたのか、いつごろ戻るのかもわからない。

渋井らは金次郎店周辺の夜陰に身をひそめ、七右衛門の帰りを待った。

ほどなく、当番同心の野々宮が、奉行所の中間や小者に、御用聞らを十数名従え、原宿町に到着した。

しかし、捕方の総勢が夜半近くまで待ったが、昨夜は七右衛門も留造も戻ってこなかった。

「渋井さん、お手柄をたて損ねましたね」

野々宮が冗談交じりに言って、捕方の一隊を率《ひき》い、空《むな》しく引きあげた。

「こうなったらおれたち五人で、張りこみをする。で、七右衛門が戻ったら、おれたちでやる。御番所に捕方の応援を頼んでる暇が惜しい。相手は七右衛門ひとりだ。五人でかかりゃあ、逃がしはしねえ。使用人の留造はほっとけ」

渋井は、ちょっと意地になっていた。

原宿町の自身番に助力を要請し、その夜のうちに、渋井と助弥と蓮蔵は、金次郎の店の寄付きを借りて身をひそめ、七右衛門の戻りを待った。

寄付きの格子窓から、路地の斜向かいに七右衛門の店が覗《のぞ》けた。

良一郎と中間の谷助は、渋谷川上流の隠田村や上渋谷村、あるいは、川向《かわむこ》うの千駄ヶ谷村や代々木村のほうへの逃亡を阻止《そし》するため、原宿町の北側へ出る小路の角の乾物屋を借り受け、張りこんだのだった。

同じ日の天気のよい午後、富山小左衛門は、去年の夏、早菜の供をして川越城下より江戸へ出て以来、早菜とともに身を寄せている銀座町の近江屋の、小左衛門に充《あ》てられた六畳の居室にいた。

客間の枯山水の庭ではないけれど、居室の濡縁ごしの小庭には、石灯籠もおかれ、れんげつつじの灌木が鮮やかな褐色《かっしょく》の花を咲かせていて、れんげつつじの花に魅《ひ》かれてこの小庭までどこからか飛んでくるのか、ここ数日、四十雀《しじゅうから》が初夏の薫風《くんぷう》に、ちっちっ、ちっちっ、と可憐《かれん》な鳴き声を遊ばせていた。

小左衛門はれんげつつじへ遣っていた眼差しを、まだだいぶ高い日射しが庇《ひさし》の影を落としている濡縁へ戻し、溜息《ためいき》をひとつ吐《つ》いた。

村山家のただひとりの家臣として、早菜の供をし、当然のごとくに近江屋に身を寄せてはいるものの、早菜さまの邪魔にならぬよう、早菜さまにもまた近江屋にもいとまを申し入れるときがきているのを、小左衛門はわかっていた。

早菜さまのお幸せになられる姿を見届けてから、と思っていたが、もはや老いぼれた、そろそろ身を引かねばという思いが、小左衛門には、ちくちくと刺す胸の痛みとともに感じられた。

十代の若衆《わかしゅ》のころより村山家に仕え、長い年月がすぎ去った。

もともと、去年、よき主人だった村山永正が落命し、村山家は川越藩松平家を改易《かいえき》となり、村山家一女の早菜さまが江戸の両替商の近江屋に身を寄せるため、川越城下を出たときから、

「江戸の近江屋さんまで早菜さまをお見送りいたし、早菜さまがどのようにお暮らしになるのかと見さだめたところで、この武州へ戻ります。早菜さまはお強いお嬢さまです。それがしのような老いぼれがついていたとて、なんのお世話もできず、お力にもなれず、足手まといになるだけですのでな」

と、人には言っていた。

郷里の武州松山《まつやま》に縁者がおり、その者の世話になることになっていた。

武家奉公の刀を仕舞い、鍬《くわ》を持つつもりだった。百姓仕事は知っている。武家奉公をして両刀を帯びても、手入れする以外に刀を抜いたことはなかった。

とそのとき、居室の間仕切ごしに、中働きの女の声がかかった。

「富山さま、失礼します」

中働きの女が間仕切を引き、敷居の手前に跪《ひざまず》いたまま言った。

「唐木市兵衛さまのお使いの方が、小左衛門さまにお伝えすることがあってと仰《おつしや》って、表のほうにお見えです」

「うん、市兵衛どのが？」

お使いの方、というのがいかにも唐木市兵衛らしくなかったが、

「表のほうにですか。わかりました」

と、小左衛門は、よっこらしょ、と立って、念のため刀を提げた。

住居の寄付きへ行くと、近江屋の主人一家の住居の広い表土間に、細縞《ほそじま》の着流しに黒い角帯をきりりと締めた痩身中背の、いかにも町家のお店者《たなもの》風体に見える若い男が待っていた。

若い男は、中働きの女に導かれて現れた小左衛門に、ぺこり、と気安い仕種で頭《こうべ》を垂《た》れた。初めて見る男だった。

「富山小左衛門でござる。そちらはどなたで」

小左衛門は寄付きに立ったまま、訝《いぶか》しげに質した。

「富山さまでございやすか。お初にお目にかかりやす。勇吉と申しやす。じつは

あっしは、神田永富町の安左衛門店の、市兵衛さんの近所の者でございやす。市兵衛さんにはいつも、懇意《こんい》にしていただいておりやす」

ああ、あの安左衛門店の同じ住人か、と小左衛門は少し気を許した。そういうことなら勇吉というこの男、知らぬわけだ、と思った。

「して、唐木どのよりそれがしに、なんぞ伝言がござるのか」

「へい。市兵衛さんに頼まれてくれねえかと声をかけられやして、市兵衛さんには日ごろお世話になっておりやすんで、それぐらいならお任せくだせえと、使いにあがった次第でやす」

「さようか。どのような……」

言いながら、それにしても市兵衛どのらしくないとは感じた。

「必ず小左衛門さんだけに、と市兵衛さんのお言いつけですので、ちょいとお耳を拝借いたしやす」

と、勇吉は言った。

ふむ？　さようか、と訝りつつ、小左衛門は上がり端《はな》に進んだ。

勇吉は広い三和土《たたき》の土間をひょいひょいと跳《は》ね、寄付きの沓脱《くつぬぎ》に膝をついて、あがり端に端座した小左衛門の耳に、日焼けした手を添えささやいた。

ささやき声に、葮の臭いが嗅《か》げた。

「市兵衛さんの伝言はこうでやす。小左衛門さまだけに、至急、ご相談しなきゃならねえ事態が新たにわかった。市兵衛さんの兄さんのほうからこっそり教えられた事態なんで、今はまだ誰にも内密にしてほしい。本湊町《ほんみなと》の船宿でお待ちするので、そこまでお越し願いてえと、そのように」

「本湊町？」

小左衛門が思わず声をあげて訊きかえした。

「押さえて、押さえて……」

勇吉がささやき声で言い、両手を上げ下げした。

中働きの女はやはり勇吉を訝ってか、寄付きから立ち去りかねていた。

「本湊町など、どこの町かも知らん。河岸場《かしば》か。そこに船宿がござるのだな。なぜ船宿なのでござる。内々の用なら、京橋あたりの掛茶屋でよいのでは」

「あっしは、詳しい事情は聞いておりやせん。ただ、市兵衛さんはどうやら、小左衛門さまに、ご案内してえところがあるそうで。なんでも岩倉家とかのお武家さまの別邸が、代々木村のどっかにあって、そちらへ行けばわかるんじゃあございやせんかね」

「岩倉家の別邸？　市兵衛どのはそう言われたのか」

「それだけ言えば、小左衛門さまはお察しになるとかなんとか」

「その代々木村の別邸と船宿に、いかなるかかわりがござる」

「たぶん、代々木村まで、船で行くんじゃございやせんかね。詳しいことは存じやせんので、市兵衛さんに会って、お確かめを願いやす。とにかく、あっしは小左衛門さまをその船宿までご案内すりゃあ、用が済みやすんで。小左衛門さま、このままよろしゅうございやすか」

代々木村へ船で？

と、小左衛門はしばし迷った。

この勇吉にも、市兵衛の伝言というのにも、なんとなく不審を覚えた。代々木村が江戸のどの辺の土地なのかも、小左衛門にはさっぱりわからない。

と言って、市兵衛が伝えることがあるというのを、不審だからと拒《こば》むのも、いかがなものかと思われた。それにしても、普段の市兵衛どのらしくない。普段なら喜んで行くが、なんとなく気が進まなかった。

だが、仕方あるまい。

小左衛門は中働きの女に、ちょっと用があって市兵衛どのに会ってくる、夕刻までには戻れると思う、と断った。

行ってらっしゃいまし、と中働きの女に表戸のところまで見送られ、妻戸のほうから路地を抜け、表通りに出た。

小左衛門の痛風はもうすっかり癒《い》えて、歩くのに不自由はなかった。

しかし、あまり気が進まないことと、二、三間（約三・六～五・四メートル）ばかり前を行く勇吉の歩みが、表通りに出てからは、なぜか、町家のお店者風体の軽い歩みではなく、地に足がついた強い足どりに変わっていた。

この男、もしかして侍か、とそこでもまた不審が募《つの》った。

初夏の空の下、小左衛門は三十間堀の紀伊國橋《きのくにばし》を築地《つきじ》へ渡ったところまでは、道順がわかった。

だが、それから先は知らない町家や武家地を通り、本湊町を目指した。

本湊町の海岸から、佃島《つくだじま》や石川島《いしかわじま》が目の前の海に見えた。

沖には帆《ほ》を下ろした廻船が停泊し、廻船の荷を瀬取《せど》りした荷船が、どこかの河岸場へと漕《こ》ぎ進んで行く。

海へ通じる入堀があって、船寄せに歩みの板を備えた入堀端に、二階家の船宿が何軒か並んでいた。

《みなとや》と屋号を印したその船宿の行灯看板が、往来に立ててあった。

両引きの腰高障子が引き開けられて、折れ曲がりの前土間と板敷の広い店の間があって、店の間から二階へあがる階段が見えていた。

「ここでやす」

小左衛門へふり向いた勇吉は、近江屋で見せていた愛想笑《あいそ》いを消していた。

先に軒《のき》をくぐって声をかけ、折れ曲がりの土間の奥から出てきた羽織姿の女将《おかみ》らしき大年増《おおどしま》が、「おいで」と、馴《な》れ馴れしい口ぶりで言った。

勇吉は二言三言を女将と交わすと、往来でぐずぐずと躊躇《ためら》っている小左衛門に素っ気なく声をかけてきた。

「二階です。女将さんが案内してくれます。あっしはここまでなんで」

仕方ない、と小左衛門は軒をくぐり、女将の案内に従って、店の間から安普請《やすぶしん》の板階段をぎしぎしと鳴らした。

階段の途中でふりかえると、勇吉が前土間に佇み、小左衛門が二階へあがって行くのを、むっつりとした顔つきで見守っていた。

小左衛門は勇吉の顔つきを見て、迂闊《うかつ》だった、と気づいた。易々《やすやす》と勇吉についてきたことをだ。けれど、今さら引きかえせなかった。

「お見えです」

安普請の狭い廊下の奥の部屋に案内され、女将が襖ごしに言って、返事も待たず襖を引き開けた。

あっ、と小左衛門は声をもらした。

四畳半ほどの部屋には、入堀端の町家が見える縦格子の窓を背に、武家ふうに装った年増が着座して、廊下に立った小左衛門を見つめていた。

見覚えはなかった。誰だ、と訝った。ただ、わけもなく、もしやと思った。

「どうぞ、お客さま、お入りになってください」

女将に促《うなが》され、つい低い鴨居《かもい》をくぐってしまった小左衛門の後ろで、襖がぴしゃり、と音をたてて閉じられた。

五

「お待ちいたしておりました。つたと申します」

やや甲高《かんだか》い声で言ったつたの名は聞いていたことを、小左衛門は思い出した。

目鼻だちは整っているものの、青白く堅い表情に少々険相のある年増だった。

早菜さまがお輿入れになった数日後、つたという女中が、赤坂新町の町芸者を生業《なりわい》にしていたころ岩倉高和の馴染《なじ》みとなり、高和の子を宿したのち、表向きは女中として岩倉家に迎えられ、三年前、寅吉を産んだと聞いた。

話に聞いていたつたが、今、小左衛門の目の前にいた。

つたの傍《かたわ》らには莨盆と朱塗《しゅぬ》り羅宇《らう》の煙管《キセル》がおかれ、部屋の一角には枕屛風《まくらびょうぶ》が囲った朱の布団《ふとん》が重ねてある。

なんだこれは、と小左衛門は気色《けしき》ばんだ。

「富山小左衛門さま、どうぞお坐《すわ》りください」

「それがしは、唐木市兵衛どのに呼ばれてきたのでござる。唐木どのはどこにおられるのか」

小左衛門は、立ちすくんで言った。

「唐木さまもほどなくお見えになられます。まずはお坐りになって……」

「ほどなくですと。唐木どのが待っておられると聞いていたのだが」

「そのような理由にしなければ、富山さまにお越しいただけませんので、わたくしがそのようにと申しつけました」

「どういうことだ」

小左衛門は、少々声を荒《あら》らげた。

「富山さまと唐木さまに、わたくしから折り入ってお願いがございます。殊《こと》に富山さまには直《じか》にお会いいたし、どうしてもお願いしたかったのでございます。お内方の早菜さまのことでございます」

「早菜さまの？」

「はい。早菜さまのことで、お願いがございます。どうぞお坐りになって、気をお静めください。何とぞ、富山さま」

つたは畳に手をつき、髪を武家ふうの片はずしに結った頭を垂れた。

「そんなことを言われても困る」

小左衛門は突っぱねるように言ったが、早菜さまのことと言われて気になったうえ、頑固一徹な反面、どんな相手でも頭を低くして殊勝《しゆしよう》に頼まれれば、突っぱねきれない気性でもあった。

困惑したものの、小左衛門は仕方なく着座した。

「それがしのような者に、一体何用でござるか」

「ありがとうございます。小左衛門さまにお願いできれば、お内方さまはきっとわたくしのことを許していただけると思うのでございます」

つたは手をついたまま頭をもたげ、赤い紅《べに》を塗った唇《くちびる》をかすかに歪《ゆが》め、少し悲しげな表情を小左衛門へ寄こした。

「早菜さまが岩倉家を出られたこのたびのことを申されているなら、つたどのを許すとか許さぬとか、そういう話ではござらん」

「そうではございましても、お内方さまにわたくしのような卑《いや》しい素性の者が、岩倉家ではどのような立場におかれているかを知っていただくだけでも、少しはわたくしを哀《あわ》れに思われ、このたびのお怒りを収めてくださる糸口になるのでは、ございませんでしょうか」

「つたどのがどう思われようと、そのような簡単なことではござらん。そもそもが、早菜さまはつたどのを責めておられるのではない」

そこへ、お待たせいたしました、と女将の声が聞こえた。

襖が引かれ、女将が徳利の酒のほのかな匂いがのぼる膳を運んできた。

「なんですか、これは」

小左衛門は言ったが、女将は愛想笑いを寄こして膳を並べ退《さが》った。

「富山さまに、まずはわたくしがどのような者か、いかにして岩倉家に迎えられたのか、その事情を聞いていただくために、勝手に酒《ささ》を用意いたしました。つらい話ばかりでございますので、どうぞ召されながら……」

つたは小左衛門の傍らへにじり寄り、ほんのりと薫《かお》る徳利を差した。

「ここで呑むつもりはござらん。おやめなされ」

しかし、つたは物悲しげな中にも、ねっとりとした頬笑みを寄こし、小左衛門の手をとって杯を持たせ、無理矢理酒を注《つ》いだ。

小左衛門は、そこまでするつたを愚《おろ》かしいとも哀れとも思い、少しだけならと、不承不承《ふしょうぶしょう》杯をゆっくりと嘗めた。

小左衛門が乾《ほ》した杯に、つたは続けて酌をした。そして言った。

「富山さま、わたくしはこれをいただいてもかまいませんか」

つたは小左衛門の返事を待たず、莨盆の把手《とって》を持ち、莨盆の朱塗りの煙管を摘《つ》まんだ。刻みを火皿につめ、莨盆の火種に火皿を近づけると、小左衛門へうす笑いを寄こしながら煙管をひと息に喫《す》った。それから、強く奇妙な香りのする煙を、うっとりとした表情と一緒に小左衛門へ吹きかけた。

小左衛門は煙から顔をそむけた。

これで退散いたそうと考え、杯をあおった。

だが、つたはしどけなく煙管を咥《くわ》えて煙をくゆらしつつ、また徳利を傾ける。

ふしだらな、これ式の女か、と小左衛門は内心に思うものの、つたの酌を拒めなかった。小左衛門は少し咳《せき》こんで、酒を呑んで喉《のど》を潤《うるお》し、

「つたどの、うかがうゆえ話されよ」

と、ふと軽いめまいと懈怠《けだる》さを覚えつつ言った。

つたは口紅で汚れた歯を見せて、あはは、と心地よさそうに笑った。

「嬉《うれ》しい。富山さま、わたくしの胸の裡《うち》を聞いてくだされ……」

と、小左衛門に寄りかかりそうなほどさらに膝を進め、小左衛門にも煙管を喫うようにと奨《すす》めた。

「それがしは結構。この莨はそれがしの好みに合わぬ」

「そう仰らず物は試しに。とても良い気持ちになります。お屋敷暮らしがつらいとき、わたくしはこっそりこれを喫って、つらさを忘れるのです。胸の鬱屈が解けていき、どんなつらさもささいなことに思えてきますから」

つたは吸殻を灰吹に捨て、新しい刻みに詰め替えた。

また莨盆の火種に煙管を寄せて一服し、煙を小左衛門に吐きかけながら、赤い煙管を差し出したとき、寄りかかってきたつたの顔がすぐ傍《そば》にあった。煙管の吸口に、つたの赤い口紅がついていた。

しょうがない。一度だけだぞ、と小左衛門は思った。

赤い紅で汚れた吸い口を咥えた。

「大きくゆっくりと、喫うのですよ」

つたが小左衛門の耳元でささやいた。

おおきくゆっくりと、小左衛門は喫った。急にめまいがして、部屋がゆっくりとゆらぎ始めた。縦格子の窓の景色があがったりさがったりと波を打ち、つたの甲高い笑い声とひそひそ声が、小左衛門の耳をくすぐった。

「聞いてくださいよ、小左衛門さん。あっしは上州国定《くにさだ》村の生まれで、物心がつくかつかないころ、村にきた人買いに売られましてね。江戸の赤坂新町の子供屋の子供になって、あれから二十年がすぎました……」

小左衛門の頭がぼうっとして、つたの話を覚えているのはそこまでだった。

次に気がついたとき、小左衛門は板床に横たわっていた。

全身が筵《むしろ》でぐるぐる巻きになり、手足を縛られ、声を出さないよう、息苦しいほど強く口と鼻を布がふさいでいた。

筵が視界を隠し、廻りは何も見えなかったが、ぐるぐる巻きの頭のほうから差しこむうす明かりで、夜の暗がりでないのは知れた。

ごと、ごと、と鈍《にぶ》い音に合わせ、わずかな横揺れが感じられ、どうやら櫓床《ろどこ》に櫓が擦《こす》れている船らしいとわかった。

どこかへ向かう船のさな（船底）に寝かされているらしかった。

身体《からだ》が自由にならず、窮屈《きゆうくつ》な恰好で横たわっていたため、下になっている肩と腰が痛み、身体をずらした拍子《ひようし》に、低い男の声がかかった。

「凝《じ》っとしてろ」

いきなり、筵の上から得物の痛打を見舞われた。

小左衛門は痛みに耐えかね、ふさがれた口の奥でうめき、身体をよじった。

「ふん。抜け作が、やっと目覚めやした」

別の男の声が聞こえた。

「老いぼれめ。津軽《つがる》を嗅いで、効《き》き目は中々《なかなか》のようだぜ。年寄りが手もなく女の色香に血迷うて、この様《ざま》だ。みっともねえったらねえぜ」

津軽とは阿片《あへん》のことである。

奥州の津軽で栽培され、その名で知られていた。だが、このころの阿片の多くは、長崎の唐人屋敷や出島《でじま》あたりからもたらされていた。幕府は、阿片を禁じてはいなかった。阿片が禁じられたのは、明治の世になってからである。

「まあ、この世にあまり恥を曝《さら》さぬよう、早々にあの世へ送ってやるからよ。あまり苦しませず、すっぱりとな」

二人の男が低い嘲笑《ちょうしょう》を交わした。

「お、荷船が下ってきやすぜ」

「やりすごすぞ。老いぼれ、動くんじゃねえぞ。少しでも動いたら、そこで終りにするからな」

筵の上から蔽《おお》いかぶさって、くぐもった声がうめいた。

小左衛門が、このくぐもった声は原宿町の金貸の七右衛門ではないか、この男らは金貸の七右衛門と、確か使用人の留造とか呼ばれていた男ではないのか、と気づいたのはこのときだった。

「まだだ。まだだぞ」

間違いなく、金貸の七右衛門の抑《おさ》えた声が筵ごしに聞こえた。

七右衛門が沈黙し、櫓を漕ぐ音だけになった。

すると、川縁や野でさえずる様々な鳥の声が聞こえてきた。

くいー、きりっ、きりっ、こーつ、こーつ、ぴっぴっぴっ……

小左衛門は鳥のさえずりに聞き入り、ここはどこだと探った。町中ではなかった。銀座町や築地や、江戸の海が見える町中ではなかった。

そうだったか、と小左衛門はようやく察した。

つたを手引きに使い、近江屋から岩倉家への融通の邪魔になる唐木どのとそれがしを、とり除く腹か。ならば、指図しているのは鎌谷、いや、この者らには、岩倉家の息がかかっているのだ。

なんということだ。このような無頼漢《ぶらいかん》のごとき真似を旗本がするのか。

ああ、情けない。面目ない。

易々とつたごときの手管《てくだ》にあやつられたとは、いい歳をして、早菜さまにも唐木どのにも、合わせる顔がない。唐木どの、老いぼれが縮尻《しくじ》りました。くれぐれもご用心を。どうか、早菜さまをお守りください。

早菜さま、何とぞお許しを。役たたずの老いぼれは、先に逝《い》きます。

小左衛門は忍《しの》び泣いた。

六

神田永富町に、夜の帳《とばり》が降りていた。

永富町表通りの土もの店の賑わいはとうに収まって、夕暮れのころに灯された町内の明かりが、夜ふけ前の短いひとときをへるうち、ひとつ消え、またひとつ消えして、やがて町内が夜の闇《やみ》にすっぽりとつつまれたころだった。

袖頭巾《そでずきん》に面を隠した女がひとり、小提灯の明かりを頼りに、永富町三丁目の安左衛門店の木戸をくぐった。

安左衛門店の路地が、木戸から北の藍染川のどぶまで通る東側の、二階長屋の三軒目。閉《た》てた戸前まできた女は、戸内の気配を探るかのようにしばし凝っと佇んでいた。

明かりの灯っている店は、路地には一軒もない。

隣町かどこか離れた町家で、犬の吠える声が聞こえてきたけれど、すぐに静まって大した騒ぎではなかった。

女は東側三軒目の板戸を、細長い指先をそろえ、少し強く打った。

たんたん、たんたん、たんたん……

夜の静寂《しじま》を妄《みだ》りに破らぬよう、女は同じ調子で打ち続けた。

ほどなく、板戸の奥から声がかえされた。

「どなたですか」

男の穏やかな問いかけだった。

「夜分、ご免なさいね。こちらの唐木市兵衛さまにお伝えしなきゃならないことがあって、おうかがいいたしました。富山小左衛門さまのご伝言です」

女は小声で言った。

返事はすぐになく、しばしの黙考のときがあった。やがて、

「お名前をどうぞ」

と、市兵衛の声が言った。

「つた、と申します。お目にかかったことはございませんが、唐木さまのお名前は存じております。戸を開けてお確かめになれば、おわかりになります。岩倉家のつたでございます」

「おひとりですか」

「夜空に綺麗《きれい》なお月さんがかかった暗い道を、ひとりできました」

市兵衛が土間におり、障子戸と板戸を半ば引いた。

市兵衛のかざした有明行灯が、袖頭巾をかぶったつたの目を照らした。有明行灯はつたの後ろへ、さりげなく向けられた。

一方のつたは、戸口に立った市兵衛を見あげ、こういう男だったかと思った。

黒の帷子《かたびら》ひとつに大刀一本を帯び、何も着飾らない生身の男の気配だけが、つたを瞬《まばた》きもせず見つめている。

知っているどの男とも、ちょっと違う、とつたは思った。何が違うかは言えないけれど、違うことだけはわかる、そんな感じだった。

「中へ入りますか。それとも……」

「いえ。ゆっくりはしていられません。富山さまは首を長くしてお待ちです」

「伝言をどうぞ」

「富山さまの伝言はこうです。すぐにきてほしい。今夜中にどうしても伝えなければならない用がある。誰にも言わず、案内の者に従って、ひとりでと」

「どちらへ」

「案内の者が連れて行ってくれます」

束《つか》の間《ま》をおいた。

「つたどの。これは岩倉家ご当主の則常さま、ご嫡子の高和さまが、あるいはどちらかおひとりが、ご存じのことなのですか」

「さあ、ご存じかどうか、あたしは知りません。ただ言われたことを、お伝えにきただけですから」

「どなたに言われたのですか」

「富山さまに、決まっているじゃありませんか」

つたは嫣然《えんぜん》として言った。

市兵衛は黒の帷子に紺青《こんじよう》の単衣《ひとえ》を重ね、鉄色の細袴《ほそばかま》、手甲に脚絆、革《かわ》足袋。脇差《わきざし》の鞘《さや》に小柄《こづか》を差した大小の両刀を帯び、菅笠をかぶって草鞋を履《は》いた。

提灯を提げ路地に出ると、つたは木戸の外で待っていて、市兵衛に目配《めくば》せを寄こし、永富町一丁目へとった。

つたの小提灯の明かりが、十間（約十八メートル）ほど先にゆれ、永富町一丁目の土もの店の往来を南へ折れて、鎌倉《かまくら》河岸へ向かった。

鎌倉河岸の夜空にかかった半月が、神田堀《かんだぼり》に架かる竜閑橋《りゆうかんばし》と河岸場を、ほのかな青白さにくすんだ夜の帳で蔽っていた。

つたの影は鎌倉河岸の川端に立ち止まり、近づいて行く市兵衛へ、お壕《ほり》の水面に響くような、甲高く張りのある声を寄こした。

「あの船が唐木さまを、富山さまのところへ乗せてってくれます。あたしはここまでですのさ」

河岸場に舫《もや》った茶船の一艘《そう》に、頬被《ほおかむ》りの人足風体が、ひとりは艫《とも》に、ひとりは舳《へさき》の板子にしゃがんで、川端の市兵衛とつたを見あげていた。

茶船の水押《みよし》に吊《つ》るした篝《かがり》が、暗い水面の先に明かりを投げていた。

二人がどちらからともなく立って、ひとりは棹《さお》を差し、ひとりは纜《ともづな》を解いた。

「どうぞ、唐木さま」

つたが促した。

市兵衛は河岸場の雁木《がんぎ》を下り、歩みの板を踏んで、茶船の小縁《こべり》を跨《また》いだ。

つたの提げた小提灯の炎が、細かく震えていた。

艫の櫓をとるのは若い男だった。

舳の棹を持つ男は年上に思われたが、まだ三十前に思われた。

両名とも市兵衛を冷やかに一瞥《いちべつ》しただけで、いっさい言葉は発しなかった。

市兵衛が胴船梁《どうふなばり》の前のさなに坐ると、目配せを交わした両名の、舳の男が棹をついて船を水路へゆらりと押し出し、艫の男が櫓を操《あやつ》る音をたてた。

つたは河岸場の雁木の上に佇立《ちょりつ》し、茶船が河岸場を離れて行くのを物憂《ものう》げに見遣っていた。ほどもなく、暗いお壕の彼方《かなた》に茶船の篝と市兵衛の提灯の小さな灯しか見えなくなり、かすかな櫓の音は聞こえなくなった。

それでもつたは、なぜか、その場を立ち去らなかった。

茶船はお壕から一石橋《いちこくばし》をくぐって、日本橋、江戸橋とすぎ、永代橋《えいたいばし》の袂《たもと》より大《おお》川《かわ》を下ると、佃島の灯が見える築地の海へ出た。

それから、芝口沖《しばぐちおき》をしばらく南下し、金杉川《かなすぎがわ》に入った茶船は、およそ半刻（約一時間）後、古川、渋谷川とさかのぼった。

これより一刻半（約三時間）ほど先、筵にくるまれた小左衛門は、七右衛門と使用人の男に荷物のように担《かつ》ぎあげられた。

陸《おか》にあがってしばらく運ばれたあと、硬い地面に乱暴に投げ落とされたが、その場所がどこか、見当もつかなかった。

七左衛門と留造が小左衛門を筵ごとごろんと転がし、壁にぶつかった。

離れたところで、数人の男らが、他愛もない、くたばりぞこないが、などと嘲《あざけ》りや笑い声を交わし、ひそひそと、男らの遣りとりが続いた。

それから、低い声が命じた。

「よかろう。今から行けばよい刻限になる。左門、勇吉、唐木を連れてこい」

「承知だ。勇吉、行くぞ」

おう、と声を交わした水上左門と勇吉の兄弟が出て行く気配がしたあと、話し声は途絶え、竈《かまど》か、あるいは炉《ろ》にくべた薪《たきぎ》の燃える音が聞こえた。

どうやら、どこかの屋敷の勝手に転がされているらしいと知れた。

しばらくして、また誰かの声が聞こえた。

「まだ仕あげが残っております。ほどほどにお控えくだされ」

「言わずともわかっておる。わたしはおぬしらの見分にきたのだ。酔わなければ差し支えあるまい。おぬしらも呑め」

まぎれもなく、高和と鎌谷の遣りとりと思われた。

見分とは、唐木どのと自分の始末を高和が見届けることに違いなかった。

やはり、高和と鎌谷が指図しているのは明らかだ。金貸の七右衛門と使用人の留造、つたもだ。

おのれ、破落戸《ごろつき》めらが……

このとき小左衛門は、勝手の土間の隅に転がされた筵の中で、身体を少しずつよじらせ、後手に縛《いまし》められた指先で得物を探していた。

それは、腰に帯びた両刀のほかに、普段から懐に呑んでいる小柄《こづか》だった。

小左衛門は、主《あるじ》の村山永正さまが上意討ちに遭って亡くなり、村山家も改易となったとき、早菜さまより永正さまの形見にその小柄を貰《もら》い受け、以来、その小柄を脇差の鞘には差さず、袱紗《ふくさ》で包んで懐深くに仕舞っていた。

就寝するとき、両刀は刀架にかけるが、長年仕え恩のある主の形見の小柄だけは、常に肌身離さず身につけ横になった。

自分の墓には、この小柄も埋葬してもらうつもりだった。

七右衛門と留造は、小左衛門の両刀は奪ったが、小左衛門の懐までは探らなかった。両刀を奪って手足を縛め、筵と荒縄でぐるぐる巻きにしておけばよいとしか、考えがおよばなかったのだ。

その小柄の包みが、筵のぐるぐる巻きを七右衛門らが勝手に運び入れ、土間に投げ落としたときのはずみで、懐からこぼれ出たのだった。

旦那さまの小柄がこぼれ出たとわかったとき、咄嗟《とっさ》に、その小柄を手にできれば、高和らにせめてひと泡吹かせるのではと思った。

小左衛門、戦え、と旦那さまの声が聞こえた気がした。

旦那さま、お助けを……

小左衛門は祈りつつ、苦痛で悶《もだ》えるふりをして転がったり、身体を少しずつよじったりして、後手に縛《しば》られた指先で懸命にまさぐった。

しかも、身体をよじっているうち、留造の縄目がぞんざいだったため、手足の縛りがだんだんゆるんで、ほどけそうになっていた。

小左衛門はそれを悟《さと》られぬよう、ゆっくりと小柄を探り、ついに小柄を包んでいた袱紗をつかみ、指先に小柄が触れたのを感じた途端、それを気づかれたかのように、高和らしき声が聞こえた。

「見ろ。老いぼれがほたえている。鎌谷、大人しくさせてやれ」

すぐに、別の男のぞんざいな口ぶりが続いた。

「任せろ」

近づいてくる足音に、小左衛門は凝っと身を堅くした。

「なんだ。筵がゆるんでいるぞ。縛りなおしてやる。老いぼれ、起きろ」

筵が剝ぎとられ、男の逞《たくま》しい腕が小左衛門の襟首《えりくび》にかかり、上体を引き摺《ず》り起こしかけた。

小左衛門は後手に縛られぐったりしたふりを見せ、男に起こされるまま、跪《ひざまず》く恰好になった。

そして、男が小左衛門の後手の縄がほどけているのに気づき、背中へ廻りかけた一瞬の隙を逃さず、男の胸に小柄を深々と突き入れたのだった。

水鳥が鳴くような絶叫をあげ、男は仰《の》け反《ぞ》った。

胸に突きたった小柄をつかみ、一歩二歩と退《ひ》いた。

勝手の板間で徳利の酒を嘗めていた男らが、土間の隅の小左衛門と絶叫を発した男へ一斉《いっせい》に顔を向けた。

板間に切った炉に、薪の小さな炎がゆれているだけでうす暗かった。

しかし小左衛門は、その薄暗がりの中で手足に絡まる縄を懸命にはずしながら、岩倉高和と鎌谷晋ノ助、七右衛門と使用人の留造と、今ひとり侍風体を認めていた。

「千次郎っ、どうした」

その侍風体が叫び、刀をつかんで真《ま》っ先《さき》に土間へ飛び降りた。鎌谷が続き、七右衛門と留造が立ちあがった。

高和だけが、炉の側で小左衛門を見つめて動かなかった。

小左衛門は必死に身を起こし、後退《あとじさ》る千次郎が帯びた一刀の脇差の柄をにぎり、よろけながら引き抜いた。

「狼藉者《ろうぜきもの》、成敗いたす」

小左衛門は千次郎の脇差を上段へふりかぶった。

ところが、ふりかぶった勢いにまだ絡みついた縄に足をとられてよろけ尻餅を
つき、一方の千次郎は胸に突きたった小柄をつかんだまま、身体を丸めて崩《くず》れ落
ちた。

「おのれ、おいぼれ」

侍風体が提げていた刀を腰に帯び、小左衛門へ見る見る迫《せま》った。

よろけながらも、小左衛門は足に絡んだ縄をはずし、やっとのことで起きあが
った。

再び上段にとってひと声発し、侍風体へ打ちかかった。

まさにその一瞬、侍風体は声もなく小左衛門の胴を抜き打ちに仕留め、小左衛
門と体《たい》を入れ換えた。

小左衛門にはなす術《すべ》もなかった。

「あっ」

と前のめりになって空足を踏んだ。

「小膳、唐木がくるまで止《とど》めは刺すな」

小左衛門は、鎌谷が叫ぶ声を聞いたがそのあとは闇と沈黙に包まれ崩れ落ちていった。

七

その辺りは代々木村と思われる、田んぼの畔《あぜ》のような暗い野道を、市兵衛は、頰かむりの人足風体を前後にして歩んだ。

三人はそれぞれ提灯を提げ、市兵衛のかざす提灯の灯が、前を行く男の帯びた大小の黒鞘に映ってきらめいた。茶船からあがった男らは、ただついてくればよいと言わんばかりの不穏な沈黙を、ずっと続けている。

西の空に浮かぶ半月の光の届かない夜空に星がきらめき、集落や森陰らしき黒い地平が認められた。

四月の初夏とは言え、鳥肌のたちそうな肌寒さが野道を蔽っていた。

やがて、村道と思われるやや広い道に出て、道は片側に屋敷と思われる土塀に沿って続いた。

土塀に沿って行き、瓦葺《かわらぶき》屋根の門前に出た。

こういう別邸だったか、と市兵衛は間近に門を見あげて思った。

前を行く男が、門前で市兵衛へふりかえり、「こい」と、素っ気ないひと声を寄こし、門をわずかに開いて、屋敷内の暗がりへ身を滑りこませた。

後方の男が頬かむりの奥で、行けというふうに、冷やかな目配せをした。

門内に入った数間先に、入母屋《いりもや》ふうの大きな主屋の影があった。

正面の庇下の、腰高障子に手をかけた男が市兵衛をひと睨みし、暗い屋内のかすかな明かりが洩《も》れている中へ姿を消した。

腰高障子に映った男の提灯の明かりが、ゆれながら遠ざかって行った。

市兵衛の背後で、後ろの男が門を閉じた。

主屋に入ると、中仕切のない長い土間が、わずかな明るみの差す奥の勝手へと通っていた。土間の左手は、落縁《おちえん》のある取次の間になっていて、中の間、勝手の板間へと、三つの部屋が土間に沿って続いているのが知れた。

土間の奥には、邸内裏手に出る両引きの腰高障子が閉てられていて、前の男が勝手の腰高障子を背にし、主屋に入った市兵衛に素っ気なく寄こした。

「こっちだ」

市兵衛は土間をそのまま進んで、竈が二つ並び、流し場や井戸もある広い勝手の土間に出た。

土間に面した板間に切った炉で、薪の火がゆれていた。

岩倉高和、鎌谷晋ノ助、七右衛門、干魚を咀嚼している留造、それからもうひとりの浪人風体が、その火を囲んで、声もなく市兵衛を見つめていた。

あたりに、酒の肴に炙《あぶ》ったらしい干魚の臭気が漂《ただよ》っていた。

市兵衛は勝手の板間の五人へ提灯を差し向け、土間の男に提灯を廻した。

さらに土間中を提灯の明かりで照らして、小左衛門の姿を求めた。

小左衛門は、土間の一隅に乱雑に積んだ俵《たわら》や薪《まき》の束《たば》と並んで、壁に凭《もた》れかかって力なくうな垂れ、手足を投げ出していた。

血だらけの刀疵《かたなきず》が脇腹に走り、血は土間にも広がっていた。

市兵衛は小左衛門の傍らに片膝をつき、提灯の灯を消して土間に捨て、小左衛門の上体を抱えた。うな垂れた首を起こすと、まだかすかな息が残っていた。

「富山さん、気を確かに。市兵衛です。富山さん、聞こえますか……」

耳元で呼びかけた。

そのとき、うすく見開いた小左衛門の目にかすかな精気が兆《きざ》したかに思えた。

市兵衛を見あげ、何か言いかけた。

「す、すまない、し、縮尻……ゆ、ゆる……」

あとは言葉にならなかった。

「いいのです、富山さん。あとはお任せください。長くはかかりません。済んだら戻りましょう。みなが富山さんの帰りを待っています」

そのとき、板間の男らが炉の周りから立ちあがった。みな刀を帯びつつ、土間にぞろぞろとおりてくる。

小左衛門の上体を壁にそっと凭れさせた市兵衛は、勝手の板間へふりかえりながら身を起こし、刀の下緒をとって襷《たすき》にかけた。

前面の鎌谷を中心に、片側の浪人風体、反対側の脇差一本の七右衛門と留造、そして土間の右手に頰かむりがひとり、左手に頰かむりがもうひとりの六名に、市兵衛は土間の壁を背に、三方を囲まれる恰好になった。

ただ、高和だけは炉の傍《そば》を動かず、ゆらめく炎に身を隠すように、土間の市兵衛を凝っと睨んでいた。

大刀を腰に帯びながら鎌谷が、最初に口を開いた。

「唐木市兵衛、富山小左衛門の最期の伝言を聞いたか」

だが、市兵衛の眼差しは、正面の鎌谷をすり抜け、板間の高和に向いた。

「岩倉高和、早菜さまの婚礼の祝宴で見かけたな」

市兵衛は高和に声を投げた。

「おまえがこの企《たくら》みの首謀者のようだな。中奥番衆に就きながら、これほどの無頼な所業に及ぶとは、岩倉家を潰《つぶ》す覚悟と見た。確かに、おまえのような輩《やから》は早菜さまの夫には相応《ふさわ》しくない。おまえには、この岩倉家の廃屋同然の別邸が一番似合っているぞ。これから起こることをそこで、最後までよおく見ておけ。何が起こるか、すぐにわかる」

「た、戯《たわ》けが。虫けらごとき素浪人が、目障《めざわ》りなのだ。老いぼれとともに、さっさと消えろ」

高和が怒りを露《あら》わに、目を剝《む》いて怒声《どせい》を投げつけた。

しかし市兵衛は、それ以上高和を相手にせず、正面の鎌谷に向きなおった。

「鎌谷晋ノ助、これほどの無頼なふる舞いを働いたおまえの前途は、もはや潰《つい》えた。岩倉家とともに滅《ほろ》びるだけだ。相手になってやる。こい」

市兵衛は素早く抜刀し、八双《はっそう》に構えた。

「埒《らち》もない。真下、さっさと済ませろ」

鎌谷は抜き放ちながらだらだらと後退し、代わって真下小膳が市兵衛の正面に立って、身を低くした居合《いあい》のような体勢を見せた。

同じく、土間の左右をかためていた二人の頬かむりも抜き放ち、土間のほの明かりに白刃をきらめかせた。

「左門、勇吉、油断すな」

小膳が、じりじりと市兵衛との間を詰めながら言った。

左門と勇吉も、両膝を折って刀を腰に溜《た》め、市兵衛の左右へ一歩一歩と接近して行く。

「頭、千次郎はどうした」

勇吉が市兵衛から目を離さず言った。

「老いぼれに油断し、不覚をとった」

「なんだと、千次郎がか」

「仇《かたき》はとった。外に寝かしてある。あとで埋めてやる。今はこいつを斃《たお》せ」

言うや否や、小膳の抜き打ちの一閃《いっせん》が放たれ、市兵衛は八双からの右袈裟懸《けさがけ》を放って、二刀が鋼《はがね》を鳴らし閃光の火花を散らし、両者の戦端が開かれた。

するどく刀をかえした小膳が、二の太刀《たち》へ転じかけた束の間、市兵衛は右横から打ちかかった左門の一撃を、頭上すれすれに空を斬らせつつ、すかさず左門の脾腹《ひばら》を薙《な》いでいた。

さらに、脾腹を裂かれ、わあっ、と身をよじった左門の左へ俊敏に半歩廻りこみ、左肩へ打ち落としざっくりと引き斬った。

左門は血煙《ちけむり》を噴《ふ》きながら、四肢を投げ出した勢いのまま土間奥の腰高障子へ勢いよくぶつかって、腰高障子の木組みを突き破った。

そこは、勝手の土間より邸内裏手へ出る通り庭になっていて、千次郎の骸《むくろ》が寝かされ、左門は千次郎の骸に折り重なるような恰好で横転したのだった。

瞬時もおかず、市兵衛は小膳が浴びせた二の太刀を、かあん、と再び火花を散らし打ち払いつつ、左手から勇吉が喚声をあげ、縦横に刀を躍《おど》らせ攻めかかる剣筋に身体を撓《しな》らせ添わせて空を斬らせると、小膳がかえした三の太刀を紙《かみ》ひと重《え》の差で躱《かわ》しながら、空を斬った勇吉のこめかみへ一刀を見舞った。

たん、と切先が勇吉のこめかみから顔面を薙いで、頭蓋《ずがい》を無残に砕《くだ》き、勇吉の頰かむりの手拭《てぬぐい》が撥ね飛んだ。

勇吉は空を斬った体勢を立てなおしかけた恰好で、砕かれた顔面をひねり、そのまま両膝から潰れるように土間を這った。

「おのれが」

怒声を放った小膳は脇差を抜き二刀を手にし、右上から左下へ、左上から右下へと怒り狂ったように二刀を操り、市兵衛に次々と浴びせかける。間断なく繰り出される刃が、市兵衛の体《たい》をぎりぎりに、うなりをあげてかすめていく。

市兵衛は、小膳の実戦で鍛え、練磨した両刀使いに次第に押され、うなる刃を左右上下にかろうじて躱し、ことごとく打ち払い、一歩一歩後退していった。

そうして、果てもない打ち合いの末、市兵衛が小膳の一撃を撥ねあげ、逆に踏みこんで斬りかえした袈裟懸を、小膳が咄嗟に一歩を引いて躱したところで、市兵衛と小膳は合い引きとなった。両者は束の間、ひと息、二息と、息を整え睨み合った。

しかしその途端、市兵衛は小膳から身を転じ、俯せた勇吉を飛び越え、鎌谷と、鎌谷の背後にいて、尻端折《しりはしょ》りの腰に帯びた一本差しの長脇差《ながわきざし》を抜いていた七右衛門と、留造の三人へ突進したのだった。

七右衛門と留造は、三人がかりのうちの二人があっという間に斃された凄《すさ》まじい惨状に慄《おのの》いていた。痩せっぽちの素浪人ごとき、と高を括っていたのが、こいつはまずい、と思った。

二人は市兵衛の反転に、たちまち逃げ腰になった。

一方の鎌谷は正眼《せいがん》に構えつつも、見る見る迫る市兵衛にたじろぎ、だらだらと引き退《の》いた。

「わあ、くるぜ」

七右衛門と留造は、逃げながら叫んだ。

しかし、市兵衛のすぐ後ろに小膳が迫っていた。

小膳は雄叫《おたけ》びを発し、市兵衛の背後より袈裟懸を見舞った。

と、市兵衛は半歩横へ飛んで身をかえし、小膳の袈裟懸を躱し様、その左肩をひと撥ねした。

小膳は奇声を発し、くるくると回転しながら倒れこみ、市兵衛の追い打ちからすんでに逃れた。

そのとき鎌谷は、背中を見せた市兵衛にすぐに打ちかかれなかった。

怯《ひる》みが鎌谷の動きを遅らせた。

そのため鎌谷が市兵衛に見舞った一刀は束の間遅れた。

市兵衛は再び身をかえし、それをからくも受け止め、二刀の鋼が軋《きし》んで悲鳴を放った。

「七右衛門、今だ。打て、唐木を打て」

鎌谷が後ろの七右衛門に怒鳴《どな》った。

「留造、やれえっ」

逃げ腰の七右衛門が喚《わめ》いても、留造は後退《あとずさ》るばかりだった。

「おのれっ」

鎌谷の膂力《りょりょく》が市兵衛を押しこんだ。

と、その瞬間、市兵衛は鎌谷の一刀の圧力をいなすように巻き落とし、切先を土間へ激しく嚙《か》ませると、躊躇《ためら》いもなく刃の平地《ひらじ》をしたたかに踏みつけ、真っ二つに踏み折ったのだった。

ああ？

と、唖然《あぜん》として数歩退いた鎌谷を、続き様に斬りあげた市兵衛の一撃が、鎌谷の頰にひと筋の赤い疵をつけた。

鎌谷は後ろへ横転し、土間をごろごろと転がった。

それを見た七右衛門と留造が、喚声をあげて土間を飛び出して行った。

そのとき、左肩に深手を負った小膳は、土間奥の通り庭から邸内の裏手へと逃れ、鞘に納めた刀を杖《つえ》にして、広い裏庭の妻戸より邸内を出ようとしていた。

邸内の土塀に沿って柿の木が植えられ、杉やひば、たぶの高木《こうぼく》などの樹林が、星空よりも黒い影を見せていた。

夜空にかかっていた半月は、もう消えていた。

星空の下の主屋の影も干戈《かんか》の響きが途絶え、静まりかえっていた。

それにしてもあの男はなんだ。ああいう男がいるのか。刃を交わしながら舌を巻いた。

だがもう終った。三人の仲間を失った。おのれも利腕の左肩に疵を負い、血が腕を伝って滴《したた》り落ちていた。

もうこれ以上は戦えなかった。

肩の疵が癒えるまでは、莨屋稼業で細々と暮らしていくしかあるまい。

塀ぎわには竹の小藪があって、小藪の間の細道の先に、代々木村の野道に出る妻戸があるはずだった。

小膳が小藪の細道に差しかかった、そのときだった。

「待て。おぬし、小膳と言うのだな」

と、後方から呼びかけられた。

小膳がふりかえると、黒い人影が小藪の細道に立って、ぼんやりと白い刀をわきにさげていた。

「唐木市兵衛か。三人がかりで、おぬしには敵わなかった。これほど遣える浪人者がいるとはな。もうよい。終った」

「仲間の亡骸を放って行くのか」

「仕方がない。われらは仲間であっても、みなひとりだ。生と死は人の世の裏表にすぎぬ。死ぬときもひとりで逝く。それだけだ。こういうこともある。われらは金で頼まれた。仕事は縮尻ったがな。元々、おぬしにも富山小左衛門にも遺恨などない」

「小膳、おぬしの仕事は終っていない。なぜなら、わたしは富山小左衛門さんの仇《あだ》を討たねばならないからだ」

「仇を討つだと。唐木、おぬしはそろばん侍だそうだな。仇討ちはそろばん勘定に合うのか。おぬしか、それともおれの亡骸がひとつ増えるだけではないか。おぬしはそろばん侍に戻れ。おれは葭屋稼業に戻る」

「小膳。おぬしらが仕かけた。おぬしは仕かけた仕事の始末をつけろ。仇討ちはそろばん勘定で始末をつける仕事ではない。行くぞ」

市兵衛が正眼に構えた。

小膳は刀を杖に佇み、しばし市兵衛の影を見守った。

市兵衛の影が、真っすぐ静かに、ひた向きに小膳へと、細道をさわさわと踏み始めた。

「そうか。ならば仕方あるまい」

小膳は呟いた。

おもむろに刀をとって下緒を咥え、鞘を払うと、右手一本の正眼に構えた。

さわさわ……

と、小藪の細道が鳴った。

小膳は、相打ちに仕留めるしかあるまいと思った。小膳は正眼の構えを、真っすぐに突き進んでくる市兵衛の影に対して上段にとった。

それは一瞬の出来事だった。

市兵衛の影が、小膳の傍らを、その息吹を肌に感じるほどすれすれに通りすぎて行った。

小膳はなす術もなかった。

胴を抜かれ、数歩前へよろめいた。

両膝を折り、刀で上体を支え、せめて夜空の星を見あげようとした。

だが、それさえできず、小膳は突きたった刀を残して横たわった。

そうして、すべてが消えるまでの束の間がすぎ去ったのだった。

八

四半刻後、代々木村の岩倉家別邸から逃げ出した七右衛門と留造は、渋谷川を渡って、上渋谷村、隠田村、原宿町へと夜道をたどった。

息がきれたが、休んでいる暇はなかった。

原宿町の金次郎店に戻り、有り金を一銭残らず懐にねじこんで、夜明け前には江戸を発つと、腹は決まっていた。

それにしても、鎌谷の頼りなさには呆《あき》れるぜ。直心影流とかの使い手じゃあなかったのかい。たったひとりの唐木市兵衛に怯《おび》えやがって、刀までへし折られ、逃げ惑うだけじゃねえか。

それに高和め、気がついたらてめえひとりが逃げ出していやがった。くそが。

侍なんぞ当てにしてたらろくなことにならねえ。

七右衛門は江戸の暮らしに見切りをつけた。

隠田村の野道から、武家屋敷地への坂道をのぼって、妙円寺と長安寺の門前をすぎ、ようやく往来に面した乾物屋の角を原宿町の小路へ折れた。

その小路を半町ほど行ってまたひとつ折れた先の表店の並びに、金次郎店へ通る路地の裏木戸がある。

金次郎店は、木戸をくぐった路地の七、八間先である。

「ここまで戻ってくりゃあ、ひとまず安心だ。まったく、肝を冷やしたぜ」

黙ってついてくる留造に、七右衛門は何げなしに言った。

すると、留造が七右衛門の背中に怯えた声をかけた。

「七右衛門さん、このままで済みやすかね」

「済むわけがねえだろう。あんな化け物みてえな野郎と、これ以上かかわり合っちゃあいられねえ。おれはずらかるぜ。夜明け前に、江戸からおさらばだ。これから先は、おめえも好きにしな」

「ええ、七右衛門さん。好きにしなはねえでしょう。あっしは七右衛門さんの指図に従っただけですぜ。あんな老いぼれをかっさらったのも、それからあとの斬り合いも、あっしはなんにも知らなかったんですぜ。七右衛門さんに言われるまについて行ったら、こんなことに巻きこまれちまって。それだけじゃねえ。上方から下ってきた、七右衛門さんの古い知り合いの、泰三郎とかいう米仲買商を始末したのも……」

「しっ。大きな声を出すな。てめえの身ぐらい、てめえで始末をつけろと言いてえところだが、おめえじゃ無理か。ちぇ、しょうがねえ」

と、二人がどぶ板を踏む路地の裏木戸に、良一郎と奉行所中間の谷助がそっと近づいて、路地奥の暗がりに紛《まぎ》れて行く二人の様子を見張っていた。

原宿町の角の乾物屋で、眠い目をこすりながら張りこんでいた良一郎は、こんな真夜中近い刻限になって、金貸の七右衛門と使用人の留造が、提灯も持たずようやく戻ってきたので、眠気が吹き飛んだ。

暗がりで顔は見分けられなくても、気配で七右衛門と留造だとわかった。

七右衛門も留造も、長《なが》どすを一本、腰に帯びている。

「谷助……やすけ……七右衛門と留造が戻ってきた」

良一郎は、交代で仮眠をとり始めていた谷助に声を忍ばせ呼びかけた。

谷助は跳ね起き、乾物屋の寄付きの小窓を睨んでいる良一郎の後ろから、原宿町の小路へ曲がって行く七右衛門と留造を認めた。

「渋井さま、間違いありやせん。長どすを差してるようですね。まるで、押しこみを働いてきた賊《ぞく》がねぐらに戻ってきたみてえだ」

ふむ、と良一郎は頷いた。谷助を従え乾物屋の勝手口からそっと出て、七右衛門と留造が小路を曲がって行く影を追った。

そうして、金次郎店の裏木戸をくぐった二人を木戸口で見守った。

良一郎は鍛鉄の十手《じって》を手にし、谷助は腰の木刀をしっかりとにぎっている。

「廻り方の旦那が、必ず先に動きやす。あっしらも旦那らの動きと歩調を合わせて突っこみやしょう」

谷助がささやいた。

「わかった。行こう」

良一郎と谷助は、二人が路地の暗がりに消えたあと、木戸口をくぐり、どぶ板を踏まぬように路地を進み、金次郎店の裏手の物陰に身をひそめ、捕物が始まるのを待った。

金次郎店の表側は、父親の渋井鬼三次、助弥と蓮蔵の三人が、地主で家主の金次郎の店で張りこんでいる。

三人は、戻ってきた七右衛門と留造にもう気づいているはずだ。

七右衛門と留造が戸口の板戸を鳴らし、店に入って行くのを見守った。表戸の腰高障子に戸内で灯した明かりが映った。

良一郎は武者震《むしゃぶる》いがした。

と、渋井鬼三次が、御用提灯をかざした助弥と蓮蔵を従えて路地に現われ、七右衛門の店の前にくると、蓮蔵がひょいひょいと小太りの身を軒下へはずませ、七右衛門の店の腰高障子を少々乱暴に叩いた。

「夜分、畏れ入りやす。こちら、金貸の七右衛門さんに御番所の御用で、少々お訊ねしてえことがございやす。七右衛門さん、御用でございやす。開けやすぜ」

蓮蔵が声をかけたそのときだ。

腰高障子に映っていた明かりが、ふっとかき消え、暗い店の中で、どどど、と音が響いた。

「突っこめ」

渋井が叫んだ。

蓮蔵が腰高障子を勢いよく引き開け、御用提灯と鍛鉄の十手を手にして、真っ先に踏みこんだ。

続いて助弥が突入し、朱房《しゅぶさ》の十手の渋井が飛びこんだのはそのあとだった。がらがら、どたんばたん、と物音が続いた。

怒声と喚声が飛び交い、御用提灯の明かりが、表戸から路地に散乱した。

「行くぞ」

良一郎が物陰から飛び出した瞬間、二階家の物干台の雨戸が蹴り倒され、長どすをかざした七右衛門の影が、物干台に飛び出してきた。

店の中では、留造に手こずっているらしく、まだどたばたが続いていた。

「二階だ。七右衛門を逃がすな」

渋井の喚く声が聞こえた。

二階に追いかけてきた御用提灯の明かりが、物干台の七右衛門を照らした。

しかし、七右衛門は躊躇いもなく、長どすを咥え、物干台の手摺《てすり》に足をかけ、やすやすと二階の板屋根によじのぼった。

「渋井さま、あれを……」

「七右衛門だ。谷助、呼子《よぶこ》を吹け」

即座に呼子が吹き鳴らされ、原宿町の星空を引き裂いた。

すると、二階の板屋根の上に立ちあがった七右衛門が、長どすをにぎって、一瞬、路地の良一郎と谷助を見おろした。

不敵にも、良一郎へ長どすを突きつけ、それからくるりと身をかえし、棟木《むなぎ》の向こうへ姿を消したのだった。

咄嗟に良一郎も路地を駆け出し、一旦、七右衛門を見失っても、路地から原宿町の表店の通りに走り出た。谷助は呼子を吹き続け、良一郎を追ってくる。

原宿町は、百人町の大通りから北の隠田村や千駄ヶ谷村方面へ分かれる往来に沿う片側町で、周囲の殆《ほとん》どが大名屋敷や旗本御家人の武家屋敷や寺院だった。武家屋敷に隠れるのは、捕まりに行くようなものである。

ずっと屋根伝いに逃げることもできない。

七右衛門が姿を消した方角から、原宿町東側の往来に七右衛門は必ず出てくるのに違いないと、良一郎は睨んだ。

狙い通り、良一郎が一気に往来へ駆け出たとき、七右衛門が表店の屋根から往来へ飛びおりたのだった。

「七右衛門、御用だ」

良一郎が叫び、突進した。谷助が呼子を吹き鳴らし、七右衛門はすぐさま、百人町の方角へ往来を駆け出した。

だが、良一郎の長身痩軀《そうく》の若い脚力がはるかに勝った。

「ちきしょうめ」

追いつかれそうになった七右衛門は喚き、反転するや否や、良一郎へ長どすをふり廻した。

ぶうん……

と、良一郎はそれを小銀杏《こいちょう》すれすれに空を打たせ、不機嫌皺がこびりついた七右衛門の眉間に、鍛鉄の十手を見舞った。

七右衛門は悲鳴をあげてよろけた。

そこへ谷助が追いついて、七右衛門の足を木刀で薙ぎ、さらに良一郎が十手をかえし、七右衛門の頰へしたたかに浴びせた。

七右衛門が堪《たま》らず仰《あお》のけに転倒したところへ、良一郎は馬乗りになって長どすをにぎった手首を膝で押さえ、十手で七右衛門の咽《のど》を扼《やく》した。

「苦しい。やめて、くれ……あ、あたしが、何を、しし、したってんだ」

喘《あえ》ぎ喘ぎ、七右衛門が下からうなった。

「上方の米仲買商・泰三郎殺しの廉《かど》だ。七右衛門、元の名は大坂堂島の米仲買商の梅二郎だな」

「ち、違う。人違えだ。前に、言っただろう」

「梅二郎の顔を知っている者が、上方から下ってきた。言い逃れは通用しない」

父親の渋井と助弥、そして留造をお縄にして引っ立てた蓮蔵が、慌てて往来に駆け出してきたのがそのときだった。

良一郎が七右衛門を組み敷いているのを見ると、渋井ははあはあと荒い息を吐いて言った。

「やれやれ、とり逃がしたかと焦ったぜ。良一郎、でかした。よくやった」

「良一郎さん、お手柄ですぜ」

助弥が大声で言った。深夜の突然の捕物騒ぎに、町家の住人や武家屋敷の侍らが出てきて、往来はざわついていた。

くそう、くそう、とそれでも七右衛門は往生際《おうじょうぎわ》が悪かった。

同じころ鎌谷晋ノ助は、五番丁の岩倉家の屋敷にようやく戻った。

唐木市兵衛から受けた頬の疵は、下着の黒帷子の袖を引きちぎって覆い、途中の辻番《つじばん》の番人に質された折りも、不覚にも転んで血が出ましてなと言い逃れ、まさに這《ほ》う這《ほ》うの体《てい》でたどり着いたのだった。

しかし、表門の番人が気づき、番人は驚いて言った。

「ど、どうなされたのですか。医者を呼びますか」

鎌谷は声をひそめ、番人に命じた。

「大事ない。騒ぐな。いいか。このことは誰にも、一切言うてはならん。岩倉家のためにならんのだ。わかったな」

それから、高和さまはお戻りか、と番人に訊ね、四半刻ほど前に戻っていることを知った。

邸内は寝静まり、寂《しん》としていた。

鎌谷は、この五年の岩倉家用人役に用意された当主の居室に近い八畳間にそっと入り、頰の疵に当てていた帷子の袖をはずした。

痛みは残っていたものの、どうやら血は止まっていた。

だが、頰の疵よりも、暗澹《あんたん》たる思いに苛《さいな》まれていた。

則常さまにどのように報告すればよいのか、この事態をどのように繕《つくろ》えばよいのか、こののちどのような策を講ずればよいのか、と懸命に考えを廻《めぐ》らせた。

不意に、いっそこのまま誰にも告げず、すぐさま岩倉家を出たほうがよいのではないか、という気さえした。

恐ろしいことが降りかかりそうな予感が走り、身震いした。

そのとき、廊下を近づいてくる足音がして、若侍の室川平三郎の冷やかな声が襖ごしにかかった。

「鎌谷どの、お戻りですか」

思わず身が竦《すく》んだが、すぐにとりつくろい、襖ごしにかえした。

「たった今、戻ったところだ。殿さまは、お休みになられたか」

「いえ。ずっとお休みにはならず、鎌谷どののお戻りをお待ちでした。殿さまがお呼びです。身づくろいはよいので、至急にと仰せです」

「高和さまもご一緒か」

「殿さまおひとりでお待ちです」

室川の口ぶりが普段とは違い、何かしらよそよそしく感じられた。

「鎌谷どの、お加減はよろしいですか」

「大事ない。すぐにおうかがいする」

当主の居室に灯された一灯の行灯は、居室の奥に端座した則常に届かず、うす暗い中の影にしか見えなかった。

見開いた目だけが、行灯のうす明かりを照りかえし、不気味に光っていた。

先月の夜、則常が早菜をこの居室に呼びつけた折り、早菜がいた場所に鎌谷は今自分がいて、手をつき頭を垂れていた。

早菜さまには則常さまがこのように見えていたのかと、鎌谷は思った。

鎌谷は手をついて言った。

「ただ今戻りました。遅くなりました」

則常は手をあげよ、とは言わなかった。ただ、沈黙が続いた。

深々と夜がふけた邸内のどこからも、物音ひとつ聞こえなかった。

鎌谷が言おうとしたとき、則常の咽の奥に籠《こも》った高い声が、隙間風《すきまかぜ》のように絞り出された。

「どうする」

それだけだった。

「どうするとは」

「高和からすべて聞いた。このあとのことに決まっておるではないか」

「高和さまは、どのように……」

「そのほうが知ってる通りだ。ほかに何がある」

「策を、練っております」

「だから申せ」

「今宵の代々木村の下屋敷で起こったことについては、高和さまもわたくしも一切かかわりがなく、たまたま、しばらく人をおいていなかった下屋敷に新たに人を雇い入れ、以前のように下屋敷を利用いたすべく、高和さまとわたくしが下屋敷に出向き、その方策を練っておりましたところ、無頼な輩が、人気がないと思いこみ侵入し起こした一件に巻きこまれた、と弁明いたすのが良策かと……」

鎌谷は言いながら、そんな子供騙しの弁明が通じるはずがないとは、わかっていた。

しかし、冷汗が全身にどっと吹いた。

しかし、それを言い続けるしかなかった。

「よい。退れ」

則常が遮り、則常の影が座を立って暗がりに没した。

鎌谷は手をついたまま、うす暗い居室にひとり残された。

部屋に戻り、しばし呆然《ぼうぜん》とした。

呆然としながらも、水戸に戻ることを考えた。

そこへまた、室川平三郎の冷やかな声が襖ごしにかかった。

「鎌谷どの、殿さまが疵の手当をするようにと、申されておられます。薬箱をお持ちいたしました」

「いやかまわぬ。もう血はとまっておる。放っておいても大事ない」

「それでも、殿さまは医者には診せられぬのだから、できるだけのことはしてやれと……」

鎌谷は煩《わずら》わしかった。だが、仕方あるまいと思った。

「そうか。ならば入ってくれ」

襖が静かに引かれ、鉄色の上衣に黒褐色の細袴の平三郎が、薬箱と思われるひと抱えの葛籠《つづら》を提げてにじり入った。

「手数をかける。済まんな」

「いえ。これ式のこと」

平三郎は鎌谷の正面に着座し、両膝を進めた。そうして、行灯のうす明かりをかき分け、鎌谷の頰の疵に顔を近づけ、

「確かに血はとまっているようです。深手でなくて幸いでした。膏薬《こうやく》を塗って、少し煩わしいでしょうが、朝までは晒《さらし》を巻いておきましょう」

そう言って薬箱の葛籠を開け、手を差し入れた。

鎌谷は平三郎に気を許し、吐息《といき》を小さくもらした。

途端、葛籠からとり出した平三郎の手に、うす明かりに光る得物がにぎられているのが一瞬見えた。

なんだ、と平三郎の顔を見て言いかけ、気づいたのはそのときだった。

小刀が腹に突き入れられた。

鎌谷は平三郎の腕をつかみ、平三郎の顔を押し退《の》けようともがいたが、手遅れだった。うす明かりの部屋がぐるぐると廻り、息を喘がせた。

「おのれ、謀《はか》ったか」

喘ぎながら、声を絞り出した。だが平三郎は、小刀を突き入れたまま苦悶《くもん》する鎌谷の身体をしっかりと抱き止め、

「お静かに、お静かになされませ。お家のためでござる」

と、鎌谷の耳元でささやいた。

終章　五月雨《さみだれ》

四月上旬、代々木村の旗本岩倉家別邸で起こった一件は、代々木村が陣屋《じんや》支配の村方ではあっても武家屋敷のため、御目付役が調べに当たった。

御目付役は幕府十人目付筆頭の、片岡信正が指揮をとった。

片岡信正が調べた一件の子細はこうであった。

岩倉家用人の鎌谷晋ノ助は、岩倉家が申し入れた両替商《近江屋》よりの借入金の交渉が進まないのは、近江屋とのかかわりの深い唐木市兵衛と富山小左衛門の両名が、岩倉家に輿《こし》入れした村山家の一女早菜が、夫高和との不仲のためわずか半月で岩倉家を出た事態に意趣《いしゅ》を抱き、岩倉家の借入を妨害《ぼうがい》していると疑念を持った。

鎌谷は、岩倉家の借入金を妨害する両名を除くため、岩倉家にお出入りが許されている原宿町の金貸七右衛門を誘って共謀《きょうぼう》し、七右衛門とかかり合いのある麻布谷町の莨屋《たばこ》を営む裏で、人の始末さえ請け負《うお》う真下小膳と津川千次郎、水上左門と勇吉兄弟を雇《やと》い、それを実行に移した。

場所を岩倉家の代々木村別邸に選んだのは、岩倉家が一年半ほど前から別邸の番人をおかなくなって明き家同然になっており、人目につかず都合がよいと思われたからだった。

しかし、これらのことはすべて、鎌谷晋ノ助が岩倉家の行く末を案じてひとりで企《くわだ》て、そこに金貸の七右衛門が手を貸したものであって、岩倉家当主の則常と嫡子《ちゃくし》の高和、またそのほか岩倉家一類の者は与《あずか》り知らないことであった。

その一件は、鎌谷の企てが為《な》らなかった当夜、鎌谷が子細を当主の則常にすべてを伝え、用人としての力が及ばなかったことを詫《わ》び、切腹して果てたことにより、以上のような次第が明らかとなったのだった。

御目付の片岡信正は、一件の調べをそこで打ち切った。

むろん、信正は市兵衛から当夜の真相をすべて訊《き》き、高和やったのかかわりのみならず、当主の則常の意向が陰で働いていたであろうことは承知していた。

さりながら、当主の則常は、鎌谷が切腹して果てた翌日から、岩倉家と旧交を暖めてきた幕閣ならびに、重要な諸役に就いている高官らに表裏様々な手段を用い、岩倉家が不利な立場に追いこまれぬように働きかけた。

また、岩倉家に輿入れした早菜の後ろ楯になっている新両替町二丁目の大店《おおだな》両替商・近江屋にも、勘定奉行を通じて両替商仲間に近江屋の経営に障《さわ》りになる、金融上の圧力をかけさせた。

結果、富山小左衛門の死は、首謀者の鎌谷晋ノ助が屠腹《とふく》して果て一件は落着した、これ以上の詮索《せんさく》は無用、となったのである。

ただし、番方の名門・岩倉家三千石の台所事情が逼迫《ひっぱく》し、台所預りになり兼ねない事態に変わりはなかった。

ましてや、近江屋よりの莫大《ばくだい》な借入金の申し入れが頓挫《とんざ》し、岩倉家はいっそうの窮状《きゅうじょう》に追いこまれつつあった。

旗本以下の監察が役目の御目付の片岡信正は、岩倉家の台所事情に厳しい目を向けた。武家が家政に破綻《はたん》をきたす不始末は、以《もっ》ての外《ほか》である。

月を跨《また》いだ五月、その年の秋の収穫のころと噂《うわさ》されていたが、岩倉家は台所預りとなった。岩倉家の武州と相州の采地《さいち》の名主らが協議し、こののちは岩倉家の台所勘定を管理して行くことが決まった。

台所預りが決まったその直後、岩倉則常は小姓組番頭を解かれた。

同じく、嫡子の高和も、中奥番衆を過怠《かたい》の事多しとの理由により、出仕に及ばずとなった。

さらに翌六月の蟬《せみ》の鳴きしきるころ、岩倉家は家禄三千石を千三百石の減封となって、代々受け継いできた五番丁の拝領屋敷から本所の亀戸《かめいど》村に近い閑静《かんせい》な土地へ屋敷替の沙汰《さた》がくだされた。

岩倉家は無役の小普請《こぶしん》役へと廻《まわ》った。

抱えていた侍や使用人の多くが岩倉家を去ったその折り、お女中のつたは、本所の岩倉家では台所の下女となって奉公を続けた。

つたが岩倉家で産んだ四歳の寅吉は、高和に似ていず、金貸の七右衛門にそっくりであった。岩倉家の下男が、赤坂新町の町芸者を抱える子供屋で、つたが町芸者を勤めていたころの事情を調べたところ、どうやら寅吉は高和の子ではなく、金貸の七右衛門が父親らしいとわかった。

それを問いつめると、つた自身が、倅《せがれ》の寅吉は高和の子ではなく、原宿町の金貸の七右衛門が、赤坂新町の町芸者だったつたを馴染《なじ》みにしていたときに孕《はら》んだ子であることを白状したのだった。

だが、当主の岩倉則常は、つたと四歳の子を岩倉家から追って、岩倉家の内情をいろいろと言い触らされてはまずいと考え、本所へ屋敷替えになった折り、下女としてつたを改めて雇い入れ、寅吉とともに長屋に住むことを許した。

その原宿町の金貸の七右衛門と使用人の留造が、大坂堂島の米仲買商・泰三郎殺しの廉《かど》で、小伝馬《こでんま》町の牢《ろう》屋敷に入牢《じゅろう》となり、打首となったのはその年、文政九年の秋であった。

前夜、五月雨《さみだれ》が降った。

雨が止《や》んでまだ暗い早朝、布団《ふとん》を出た市兵衛が寝間に使っている二階の出格子窓の板戸を開けると、藍染川の土手の木々で早《は》や鳴き騒ぐ蟬の声が聞こえた。

出格子の果ての東の空には、かすかな赤みすら射しておらず、星がまたたき、雨あがりのしっとりとした夏の朝の気配が冷やかだった。

ふっと息を吐いた市兵衛は、そのとき出格子の隅の床板に爪をたてて凝《じ》っとしている《空蟬《うつせみ》》に気づいた。

ん、こんなところに。

かすかに思った刹那《せつな》だった。

市兵衛は自分の心が何かに躓《つまず》いたような気がして、季《とき》の流れから解き放たれてうずくまる空蝉に、自分の心の奥を探るかのように見入ったのだった。

だが、市兵衛はすぐにそれを止めた。それが何かはわからなかったが、わからぬならわからぬままでよいのだと、再び気づいたからだ。

それから市兵衛は身支度を素早くすませ、藍染川のにいにい蟬の声を背に、安左衛門店を出た。

神田の町家から日本橋北の大通りをとり、本石町の四辻《よつつじ》を浅草御門の方角へ折れた。まだ暗い早朝は、職人風体《ふうてい》や朝立ちの旅人が、ちらほらと行き交うばかりにて、人通りはほとんどない。

浅草御門橋を渡って、奥羽道《おううどう》の始まりでもある往来を浅草へと向かい、浅草の広小路《ひろこうじ》を吾妻橋《あづまばし》へ折れるころ、東の空の果てに朝焼けの赤い帯がかかった。

俗に大川橋とも呼ばれる吾妻橋の袂《たもと》の花川戸《はなかわど》町に、武州川越城下と浅草花川戸町を結ぶ新河岸《しんがし》川《がわ》舟運の河岸場がある。

大川は、大川橋を上手へくぐるまでのこの辺りを、浅草川とも言った。

さらに上流は、隅田川《すみだがわ》とも呼んだ。

その早朝に船出する新河岸川舟運をつかい、早菜が女中の静と近江屋の下男の孫平《まごへい》を供に、武州の松山へ旅に出ることになっていた。

この四月に亡くなった富山小左衛門の郷里である武州松山の、先祖代々の墓所に、小左衛門の遺骨を納めるためであった。

近江屋の季枝は、早菜の松山への長旅を案じた。けれど、小左衛門の遺骨は自分が郷里の松山へ、と強く希《のぞ》む早菜の強い意向を酌《く》み、女中の静と下男の孫平に供をさせて許した。

女中の静は、早菜が岩倉家よりひそかに近江屋へ身を寄せた三月の夜ふけ、近江屋まで早菜の供をしてきた岩倉家の奉公人であった。

そのことがあって静は岩倉家を出されたが、それを知った季枝が、岩倉高和の離縁状が届いたあと静を近江屋の中働きの女に雇い入れ、また早菜付きにしていた。

季枝は早菜を、自分と倅隆明の命の恩人が残した一女という以上に、自分の娘のように、母親のように愛情を注ぎ始めていた。

花川戸の河岸場には、船寄せに舫《もや》う茶船とともに、帆《ほ》をかけていない帆柱をたてた七十石積ほどの平田船《ひらたぶね》が舫い、その平田船に河岸場人足らが船荷の干鰯《ほしか》を積みこむ作業を、土手の常夜灯が照らしていた。

干鰯の臭気が河岸場に漂《ただよ》っていた。

土手の常夜灯の傍《そば》に掛茶屋があって、葭簀《よしず》をたて廻し、三脚の縁台が並び、竈《かまど》にかけた茶釜に湯気がゆるくのぼっている。

掛茶屋の板屋根の上に榎《えのき》が枝葉を広げて、まだうす暗いにもかかわらず、その葉陰でもにいにい蟬が盛《さか》んに鳴いていた。

早菜ら三人が縁台に腰かけ、船頭の船を出す声を待っていた。

船客は、早菜ら三人のほかに、商人風体の旅人がひとり、掛茶屋の縁台に腰かけているだけである。

市兵衛が掛茶屋の葭簀の間から、縁台に腰かけた早菜ら三人に会釈《えしやく》を送ると、うす紫を裾短《すそみじか》に着け、白の手甲脚絆《てつこうきやはん》、白足袋《しろたび》に後ろ掛けの草鞋《わらじ》を履《は》いた旅姿の早菜が、目ざとく市兵衛を認めた。編笠《あみがさ》の下から、

「まあ、唐木さん」

と、笑顔を寄こした。

市兵衛は掛茶屋の庇《ひさし》をくぐり、早菜に頭《こうべ》を垂《た》れた。

「早菜さまが、富山さんの郷里の松山へ旅をなさるとうかがい、お見送りにきました。それから、富山さんの墓前に供えていただければと思い、香典《こうでん》を用意しております。早菜さまに、お供えをお願いいたします」

早菜は縁台を立って、市兵衛に辞儀をかえした。

「わざわざ、ありがとうございます。小左衛門はきっと喜んでおります。小左衛門は、村山家が改易《かいえき》になったのちのわたくしの身を案じて、縁者のいる郷里の松山には帰らず、わたくしが江戸の暮らしに落ち着くのを見届けてから、郷里の松山に帰るつもりだったのです。でも、それも見届けず、こんなことになってしまって、郷里に帰る願いもかないませんでした。わたくしが、小左衛門を郷里に帰してやるのが、小左衛門の忠義に報《むく》いる務めですので」

早菜は、寂《さび》しそうな目を河岸場へ流した。

「富山さんは、早菜さまに仕えることに生き甲斐《がい》を感じておられました。最後まで早菜さまのことをと、言うておられました」

早菜の美しい目が、見る見る潤《うる》み出した。

「早菜さま、唐木さま、どうぞこちらへ」

と、静が下男の孫平と頷《うなず》き合い、隣の縁台に移った。

市兵衛は二人に会釈を送り、早菜と並んで縁台に腰をおろした。

まだうす暗い対岸の船寄せや川縁《かわべり》に、数羽の白鷺《しらさぎ》の影が舞っていて、地平の果ての朝焼けが、暗い空に広がっていた。

そのうす暗い中で、にいにい蟬は鳴き騒いでいる。

「でも小左衛門は、江戸で唐木さんや矢藤太さんとおつき合いができて、とても楽しそうだったのですよ」

早菜が、浅草川の景色を眺《なが》めつつ言った。

「そうそう。春に痛風が出て、唐木さんのお友達の柳井宗秀先生に診ていただき、たちまち癒《い》えて、さすがは名医、唐木どのの仰《おっしゃ》っていた通りでしたと、感心しておりました。わたくしの父に仕えていたころは、廻《まわ》りにそういうおつき合いのできる方がいなかったので、江戸にきてから小左衛門は、唐木さんたちとおつき合いができて、却《かえ》って生き生きとして見えました」

「富山さんは、ご奉公ひと筋の気むずかしいお侍、と思っておりました。つき合ってみると、案外に心くだけた楽しい方でした」

「そうなのです。わたくしが幼いころから、冗談を言ってよく笑わせてくれました。でも、いつの間にかみんないなくなって、わたくしはひとりに……」

早菜の言葉は、そこで途切《とぎ》れた。

「いいえ。心の中に生きている人がずっと一緒です」

市兵衛は遠い昔のことを思い出し、ぽつんと言った。

すると、早菜もぽつんと答えた。

「そうですね」

早菜は市兵衛に、ほんのかすかな笑《え》みを向けた。

「積みこみが済み次第出すでよ。お客さん方は乗ってくれ」

半纏《はんてん》にねじり鉢巻の船頭が、艫《とも》の楫柄《かじづか》をとって、土手の掛茶屋の船客に呼びかけた。

船荷の積みこみが終りかけていた。早菜ら三人が縁台を立ったとき、

「それから、これを……」

と、市兵衛は懐《ふところ》から袱紗《ふくさ》のひと包《くる》みをとり出し、早菜へ差し出した。

「なんでしょうか」

早菜は市兵衛を見つめた。

「お父上の村山永正さまが亡くなられたとき、永正さまの形見を早菜さまのお許しを得て譲り受けたと、富山さんが仰っていた小柄です。富山さんは、この小柄を鞘口《さやぐち》には収めず、袱紗にくるんで肌身離さず持っておられました。富山さんは賊《ぞく》に謀《はか》られ落命なさる直前にこの小柄で賊に一矢《いっし》を報い、侍らしく一生を閉じられました。これもどうぞ、富山さんの墓前に……」

早菜は袱紗の包みを白い手にとり、しばらく見つめていた。ふと、その頰《ほお》にひと筋の涙が伝った。しかし早菜は市兵衛に晴れやかな頰笑《ほほえ》みを見せ、

「ありがとう、市兵衛さん」

と、唐木さんではなく、そう言ったのだった。

やがて、早菜ら三人と商人風体が、掛茶屋を出て河岸場へおりて行き、市兵衛は土手に残って、早菜らが平田船に乗りこむのを見守った。

平田船に乗りこんだ早菜は、世事《せいじ》（船室）には入らず、世事のあけ板の傍《かたわ》らに佇《たたず》んで、土手の市兵衛に辞儀をした。

「出せ」

船頭の太い声がかかり、棹《さお》をにぎった二人の水手《かこ》が小縁《こべり》を踏み締め、平田船を川中《かわなか》へと押し出した。

浅草川の川面《かわも》に、青い明るみが次第に射《さ》し始めていた。

川中に出た平田船は、水押を川上へ向け、水手が棹をついてゆっくりと河岸場から、青い明るみの彼方《かなた》へと遠ざかって行った。

だが、早菜はあけ板の傍らに佇み、小さくなっても動かなかった。

土手に残った市兵衛の周りで、にいにい蟬がなおもしきりに鳴き騒いでいた。

一〇〇字書評

切り取り線

購買動機（新聞、雑誌名を記入するか、あるいは○をつけてください）

□（　　　　　　　　　　　　　　　　）の広告を見て
□（　　　　　　　　　　　　　　　　）の書評を見て
□ 知人のすすめで　　　　　　　　　□ タイトルに惹かれて
□ カバーが良かったから　　　　　　□ 内容が面白そうだから
□ 好きな作家だから　　　　　　　　□ 好きな分野の本だから

・最近、最も感銘を受けた作品名をお書き下さい

・あなたのお好きな作家名をお書き下さい

・その他、ご要望がありましたらお書き下さい

住所	〒				
氏名		職業		年齢	
Eメール	※携帯には配信できません	新刊情報等のメール配信を 希望する・しない			

この本の感想を、編集部までお寄せいただけたらありがたく存じます。今後の企画の参考にさせていただきます。Eメールでも結構です。

いただいた「一〇〇字書評」は、新聞・雑誌等に紹介させていただくことがあります。その場合はお礼として特製図書カードを差し上げます。

前ページの原稿用紙に書評をお書きの上、切り取り、左記までお送り下さい。宛先の住所は不要です。

なお、ご記入いただいたお名前、ご住所等は、書評紹介の事前了解、謝礼のお届けのためだけに利用し、そのほかの目的のために利用することはありません。

〒一〇一－八七〇一
祥伝社文庫編集長　清水寿明
電話　〇三（三二六五）二〇八〇

祥伝社ホームページの「ブックレビュー」からも、書き込めます。
www.shodensha.co.jp/
bookreview

祥伝社文庫

うつ蟬《せみ》　風《かぜ》の市兵衛《いちべえ》 弐《に》

令和 6 年 4 月 20 日　初版第 1 刷発行

著　者　辻堂《つじどう》 魁《かい》
発行者　辻　浩明
発行所　祥伝社《しょうでんしゃ》
東京都千代田区神田神保町 3-3
〒 101-8701
電話　03（3265）2081（販売部）
電話　03（3265）2080（編集部）
電話　03（3265）3622（業務部）
www.shodensha.co.jp

印刷所　堀内印刷
製本所　ナショナル製本
カバーフォーマットデザイン　中原達治

Printed in Japan ©2024, Kai Tsujidou ISBN978-4-396-35046-8 C0193